U0045762
完全體阿爾菲雅
路西菲爾
傑羅斯

路賽莉絲
梅爾拉薩

強尼
楓
安潔
凱
拉維

夏克緹
莉莎
唯
亞特
庫緹
貝拉朵娜
德魯薩西斯
克雷斯頓

18

Kotobuki Yasukiyo

寿安清

Kadokawa Fantastic Novels

Contents

序章　邪神降臨的影響

那一天，世界為之一震。

蘊含在大氣中的魔力帶來那異常存在的氣息，儘管所在位置不同，感覺敏銳的人依然全都看向了同一個方向的天空。

比索利斯提亞魔法王國更北邊的地方——梅提斯聖法神國的方向。

既然敏銳的人能感受到那股氣息，那感受力在那之上的人又會如何？

答案意外的就在附近。

「喂，楓……妳怎麼了？」

「突然蹲下來，妳是肚子痛嗎？」

看楓的樣子突然不太對勁，強尼和拉維連忙關心她。

楓的臉色蒼白，用雙手環抱住自己的身體，像是因寒冷而顫抖著，流出的汗水也讓周遭的人意識到她的狀況不尋常。

「這、這是……怎麼回事…………」

那是所有活在世上的生物都擁有的本能。

想要立刻逃跑的感覺，以及知道逃跑也無可奈何的絕望感。

對這種氣息相當敏感的家畜紛紛嘶鳴，各處此起彼落地傳出了飼主們拚命壓抑住失控的馬匹或牛隻，驚慌失措的聲音。

身為野生生物的咕咕們也一樣感覺到了這股氣息，然而──

『咕咕……（這、這是……）』

『咕咕咕……（這氣息……是阿爾菲雅閣下嗎？）』

『咕咕，咕咕……（多麼驚人啊。真想請她指點指點。）』

──牠們卻不知為何燃起了鬥志。

不，關於牠們已經沒什麼好說的了。因為牠們本來就是異常生物。

不過若是對自然氣息十分敏感的高階精靈，便會直接感受到那壓倒性的強大存在感。

「小楓，妳怎麼了？到底是什麼……」

「這……不是人會散發出的氣息。這股彷彿發自靈魂深處的恐懼感……是『神』嗎……」

「神、神……？」

路賽莉絲雖然還只是見習神官，但身為神官，她也多少能夠察覺到魔力，不過在那之前，她是路菲伊爾族的一員。就算不善於感受大氣魔力，她仍多少能感覺到順著大氣魔力流過來的那股微弱但熟悉的神氣，喜悅之情湧上心頭。

沒錯……路賽莉絲從以前開始就憑著本能，從總是在用餐時出現，吵著要吃晚餐，背上長有羽翼的歌德蘿莉少女──阿爾菲雅身上感受到某種難以言喻的事物。

那始終盤踞在她心中，揮之不去的事物──今天終於初次有了具體的形象。

那是刻劃在她的靈魂根幹，身為使徒的本能（系統）。

「沒錯……阿爾菲雅小姐。不對，阿爾菲雅大人終於復活了呢。」

這句話自然地脫口而出。

就算沒有羽翼，她仍是路菲伊爾族。

儘管由於隔代遺傳，她有著更為明顯的人族特徵，但是她也從祖先那裡繼承了身為使徒的本能，她的另一個側面一時性地顯現，為神的完全復活感到喜悅。

現在的路賽莉絲並非平常的她，雖然很微弱，但她的身上帶有神氣，人格也完全化為了使徒。不過現場只有一個人發現了她的變化。

路賽莉絲靠近因恐懼而顫抖的楓，輕輕抱住她的身體。

「沒事的。沒有什麼事好擔心的。」

「修女……為什麼妳在這種狀況下……還笑得出來？而且妳跟平常不太一樣喔。這不是魔力……這是什麼？」

楓因為路賽莉絲的變化而困惑不已。

路賽莉絲微笑著。

那是宛如天使般，充滿了慈愛的笑容。

路賽莉絲這時以使徒的身分覺醒一事，不過是一時性的現象，這一連串發生的事情也完全沒有留存在她的記憶當中。

楓敏銳的感覺或許是為了保護她的自我意識，所以也沒有留下這時候的記憶。

其實因為這天的覺醒，路賽莉絲持有的魔力量大概增加了兩倍，不過當事人只覺得「哎呀？我今天狀況不錯耶」，對自己發生的變化毫無自覺……

路賽莉絲本質也是個粗枝大葉的人。

比索利斯提亞魔法王國更北邊的山岳地帶。在阿爾特姆皇國，所有路菲伊爾族都凝視著梅提斯聖法神國所在的方向。

從戰士到一般民眾，所有人都欣喜若狂地渾身顫抖，喜極而泣。

包含人族在內，其他種族的人都無法理解到底發生了什麼事吧。

「啊啊……這是……我知道，我知道……」

路賽莉絲的親姊姊路瑟伊也和眾人一樣，身體因喜悅而顫抖著。

在她因為極度怕生而刻意戴著，不讓人看到她臉上表情的面具底下，不斷湧出滾燙的淚水。

「路瑟伊……」

「父親大人……神……回來了。」

「是啊……這是多麼美妙的日子啊。真希望能和梅亞一起迎接這天的到來……」

拉馮心中抱著對因自己的疑心而受傷，有如遭到國家放逐般地離開本國的亡妻的懺悔之意，持續望著西方的天空。

在此同時，皇宮內也有凝視著西方天空的人。

那就是阿爾特姆皇國的國王「馬爾杜克．拉赫．阿爾特姆」及其側近。

「喔喔……喔喔喔喔喔……我知道……我知道……這股興奮感……」

「陛下……這該不會是……」

「覺醒了……我們體內的古老血脈……隨著神的再度降臨……」

使徒──侍奉神，負責執行神旨的僕役。

他們的靈魂和肉體由於察覺到偉大力量的顯現而覺醒，賜予了路菲伊爾族新的力量。不，應該說力量重新回歸到他們身上了。

然而那股力量已經減弱到了與原本的使徒無法相提並論的程度。

儘管路菲伊爾族的血統在漫長的時光中變得愈來愈稀薄，削弱了他們身為使徒的力量，但再怎麼衰退，那仍是使徒之力。

而既然相當於神的力量覺醒了，也就表示四神教失去了其正當性。

「這樣就能對那些邪惡之徒降下神罰了。」

「我還不知道是否有這個必要。立刻僱用人族的人去調查那個邪教國家。」

「為什麼！有這份力量的話……」

「神已降臨於該處，在那裡施展過去淨化了世界的力量喔？現在有需要由我們出面去毀滅他們嗎？不如說，神可不願看到我們光憑感情，就隨意施展使徒之力吧。」

「這、這個……確實是如此……」

「既然使徒之力已經覺醒，我們便有遵從神意的使命在身。不對，應該說我們又重新找回使命了。既然如此，我們只能等待神出現在我們的面前。不過還是先去取得相關情報吧。」

「謹遵聖意……我們會確實地做好準備，等待我主下令的那一刻到來。」

「嗯……」

因為神的降臨而覺醒的路菲伊爾族——阿爾特姆皇國決定靜觀其變，不貿然進攻。

以這一天為界線，西大陸廣大的中央平原迎向了戰亂之世。

◇　◇　◇　◇　◇　◇

場景再度轉換，來到了索利斯提亞魔法王國，索利斯提亞公爵家本館。

德魯薩西斯公爵也仰頭望著北邊的天空。

「嗯……看來復活了啊。不過這還真是…………」

「真是驚人吶……明明離聖法神國這麼遠，魔力的波動卻一直傳到了這裡來……對老夫這種上了年紀的人來說，有些受不了啊。」

德魯薩西斯公爵和克雷斯頓前公爵早已知道神復活一事。

正因如此，他們並未驚慌失措，然而也不至於若無其事。

足以震撼世界的神威將給人帶來無比的絕望感，就算只是間接感受到那股力量也一樣。正常的人類就連想要站著都有困難吧。

「終於要開始了吶，大國的滅亡……」

「大國毀於神罰，大亂之風將肆虐於大陸中央的大平原上嗎……令人雀躍的時代似乎即將到來了啊。」

「會期盼此事的想必只有你，還有聖法神國的當權者吧。」

相對於感慨萬千地浮現出淡淡笑意的德魯薩西斯，克雷斯頓倒是一副拿他沒轍的樣子。

在魯達·伊魯路平原上，安佛拉關隘陷落，獸人族徹底剷除了殘存的敵軍。

戰敗後，騎士和衛兵在經由南門逃往梅提斯聖法神國的途中，遭到從後方猛追上來的獸人們無情地獵殺。

獸人們完全沒在掩飾他們那想狩獵目標的野獸習性，喜孜孜地持續進行著這殘虐的行為。

這時東南的方向傳來一股無比強大的氣息，讓獸人們瞬間失去了戰鬥意志。

布羅斯這個事實上只是在一旁看著的指揮官，也因為感受到那非比尋常的存在所散發出的波動，臉上沒了血色。那顯然是某種強大的事物。要比喻的話……

「……這是神？不會吧，有可能會發生這種事嗎？」

在布羅斯所知的範圍內，神指的就是四神。

可是他實在不認為四神是擁有這等實力的神。

要說原因，那就是因為曾與四神接觸的傑羅斯和亞特跟他提過關於四神的事。

照傑羅斯他們的說法——

『我實在不覺得那是神吶……我想只要努力點，我或亞特都能打倒她們吧。當然，我覺得布羅斯你也辦得到。只是得費點工夫就是了。』

『她們就是群不正經的傢伙，不過絕對稱不上強。只有一隻的話，我覺得連我都打得贏喔？』

——也就是說，四神不是足以撼動大氣的存在。

層級顯然差太多了。

既然這樣，有可能的就是——

「邪神？哈哈哈……我是覺得應該不至於啦，但是傑羅斯先生他們讓邪神復活了這種事…………他們還真有可能做得出來啊！」

布羅斯意外的導出了真相。

正好就在這個時候，傑羅斯他們也察覺到了邪神的氣息。

「哈啾！可惡，是誰在說我的閒話？」

「把打噴嚏跟有人在談論自己劃上等號不太對吧？會說出這種話就表示你太自戀了喔。更重要的是……這玩意兒。」

「是小邪神吧？我想她八成是完全復活了。真沒想到會到這種程度……不愧是最高階的神啊。」

其實小邪神尚未完全復活，是傑羅斯誤會了。雖然這單純只是小邪神釋放了至今為止壓抑著的神氣，那非比尋常的巨大波動卻令傑羅斯做出了這樣的推斷。

「這麼誇張的氣息，不會對普通的人造成影響嗎？」

「應該不要緊吧？畢竟這股波動是順著魔力傳播的，我想一般人應該幾乎感覺不到喔？唉，妖精跟矮人會怎樣我就不知道了……」

關於波動帶來的影響，傑羅斯提到了對魔力較為敏感的妖精或矮人這些種族，不過實際上還有更令人在意的種族存在。

那就是祖先為使徒的路菲伊爾族。

「嗯？有什麼讓你很在意的事嗎？」

「不是啦，只是路菲伊爾族啊，他們的祖先是天使吧。我有點擔心，要是他們察覺到神復活了，會對他們造成怎樣的影響。」

「為什麼要擔心？那跟傑羅斯先生無關吧。」

「也不是完全無關喔。因為路賽莉絲小姐身上有路菲伊爾族的血統啊。而且還是王族的直系血脈……吶。」

「原來如此……有可能會發生的就是返祖現象吧？或是覺醒？」

「別發生漫畫裡會出現的那種情節就好了。」

大叔一邊仰望著東南方的天空一邊祈禱，希望別出什麼事。

他真的不想看到路賽莉絲由於天使之力覺醒，沒辦法在人世間生存，必須回到天上去這種竹取公主故事的情節發生。

不對，說不定他得找來傳說級的寶物才能和路賽莉絲結婚。

「…………亞特小弟啊。」

「幹嘛？」

「你覺得這個世界上有火鼠裘或是蓬萊玉枝嗎？」

「你在說什麼啊？」

聽到大叔突然說出這種意義不明的話，亞特忍不住吐槽。

看來大叔心中多少有些不安。

第一話　復活與進擊的小邪神

過去從未感到懼怕的事，成為了現實。

連法則都能夠改變，壓倒性的強大存在——邪神。

那和過去截然不同的模樣令火之女神弗雷勒絲和水之女神阿奎娜塔驚愕不已，但更重要的是，那光是存在便足以震撼世界的沉重壓力，引出了刻劃在所有活著的生物基因中，發自本能的恐懼。

那是毀滅一度繁榮的高度文明的元凶，也是無法打倒，只能封印的對象。

就連封印都付出了莫大犧牲才勉強成功，儘管如此，邪神肆虐的爪痕仍在這段漫長的時光中，不斷嚴重影響著這個世界。在眾多的傳承和史書中都詳細地記載了這些事。

而那樣的存在此刻正顯現在她們的眼前。

「怎麼了？沒什麼話要對吾說嗎？」

光是說一句話，威嚴便宛如重力場沉重地壓上來。

無論是誰都想別開目光卻動彈不得，僵直的站在原地，簡直像是時間停止了。

「不會吧……為什麼？這……太奇怪了吧……」

「太出乎預料了……轉生者根本不能與之相提並論……難道妳想說這才是神真正的模樣嗎……」

擔心過無數次的邪神復活，終究成了現實。

她們萬萬沒想到，邪神會看準她們要殲滅那條怪物龍的瞬間現身。

只能怪她們自己總是會把事情想得太樂觀。

是她們過著自甘墮落的生活才招來這種結果的，只能說這是她們自作自受。

而且邪神擁有遠遠凌駕於邪神戰爭時的力量。

至少當時的邪神並未散發出這種程度的壓迫感。

「她變得比以前更強了耶～…………」

「真不敢相信……那些傢伙為什麼要把怪物給送回來啊……」

「那也無可奈何吧？吾原本就是這個世界的神。既然不知道會造成何等影響，異世界諸神當然不可能將吾留在自己管理的次元世界。妳們早該料到諸神會送吾回來了。」

「我們怎麼可能會知道這種事啊～～～！」

「那就表示汝等太愚蠢了。不過是拿妖精王改良而成的爛貨，汝等這段時間還真是為所欲為啊？拜此所賜，這個星球快變成牽連多個世界一同崩壞的契機了。汝等打算怎麼負起這責任吶？」

「我才不想被失敗作這樣說呢。不管有多接近創造主的力量，妳原本就是因為長得太醜才會被拋棄啊。妳現在倒是變得可愛多了嘛。是異世界諸神幫妳整形了嗎？」

阿奎娜塔順勢說了這句話。

這等於是一腳踩進了小邪神心中不容他人觸碰的部分，擁有的破壞力足以讓小邪神釋放出壓抑著的激情。

一言以蔽之，就是「禍從口出」。

「呵呵呵呵……真敢說啊，汝這個缺陷爛貨！可別以為吾會賞汝等一個痛快啊？吾原本就不打算那麼做。」

「阿……阿奎娜塔？這下狀況不太妙吧？」

「哎……哎呀？等一下，妳也不用這麼認真……」

「廢話少說♡」

既然被嗆了，當然要嗆回去。

是哪邊先開始的不重要，但這是以愚蠢對話為開端的激烈發展(諸神黃昏)。

急遽加速的小邪神(阿爾菲雅)迫近弗雷勒斯眼前，用一個掌心輕輕推開她的小動作施展出意想不到的威力，打飛了弗雷勒絲。

她撞穿好幾間宅邸及民房，穿過的地方隨之揚起成列的粉塵，宛如經歷了一場連續爆炸。

「弗雷勒絲！」

「汝還有閒情逸致看旁人啊。還是說，汝是太缺乏危機意識了？」

「什麼，好快………」

不知何時來到阿奎娜塔上方的阿爾菲雅高舉雙臂，將雙手交握後，以驚人的加速一口氣往下揮。

阿奎娜塔因為這股衝擊而被擊落地面，發出了簡直像是丟了一顆炸彈的巨大聲響。

「唔？」

阿爾菲雅察覺到高溫反應飛離原處後，一顆巨大的火球掃了過去。

那顆火球接著停在半空中，伸出長蛇般的火焰觸手，逼近阿爾菲雅。

「哼。想趁隙反擊這主意是不錯，但汝太天真了。」

阿爾菲雅邊說邊隨便把手臂往旁邊一揮，逼近的火焰便煙消雲散，殘餘的威力還連帶著消滅了火球。

在那之後，阿爾菲雅將魔力聚集在掌心裡，朝弗雷勒絲輕輕丟出一發魔力彈。

「喵啊～～～～～！」

魔力彈分裂成無數小球，引發有如地毯式轟炸的連續爆炸，吞沒了弗雷勒絲。

對手不像過去那樣不分對象的盲目攻擊，而是確實的掌控力量，只攻擊她們這件事，令阿奎娜塔不禁顫抖。

「該怎麼說呢，這叫聲還真俗氣吶。汝好歹也是神，這也太不像樣了。」

「妳、妳…………妳這個怪物！」

「妳可別小看我！」

「喔～還真有活力吶。那些力氣拿來再多取悅吾一點吧？唉，雖然那也要汝辦得到就是了。」

「喔呵呵，從地底爬出來了呀？汝比外表看來還更低級呢……不，外表也夠低級了。汝那身半透明的衣服是怎樣，若是透明度的操控上出了什麼差錯，私密處豈不給人看光了。得打馬賽克處理吧。」

只見從瓦礫裡爬出來的阿奎娜塔操控大氣中的水分，創造出無數的水龍，龍嘴大張地朝著阿爾菲雅襲去。

阿爾菲雅面對這感情用事的胡亂猛攻，瞬間凍結並粉碎了這些水龍。

「這招也沒用？妳到底是怎樣啊！」

「只是汝等太弱了吧？連這種程度的事都做不到，果然是爛貨吶。」

過去的邪神幾乎所有的能力都被封印住，攻擊手段也大多都是憑藉著魔力使出的無差別攻擊，所以就算是四神也能站在對等的立場上與之一戰。

可是邪神在體力上占有絕對性的優勢，不拿出創造神遺留的神器，就連要封印邪神都很困難，最後是從異世界召喚名為勇者的抗體過來，靠著以犧牲為前提的人海戰術才勉強封印成功。

而那些神器多半佚失，有幸回收的神器也已嚴重毀損，對現在的邪神八成派不上用場。

更糟的是，邪神帶著遠勝於過往，無可比擬強大力量復活了。

『雖然早就知道了，但居然有這麼大的差距……我們是能拿這種怪物怎麼辦啊。』

四神身上被賦予了特殊的命令。

其中一個就是監視遭到封印的邪神，以及在邪神覺醒時將其再度封印。

在創造出阿爾菲雅後，不滿意她外表的創世神立刻凍結了阿爾菲雅，封印在這顆星球的某處。

相對的創世神必須準備代理的管理者，因為也沒時間了，創世神便隨便做了四神出來交差了事，然而創世神並未告知四神祂封印阿爾菲雅的地方，所以沒能防止阿爾菲雅覺醒，成了星球上高度文明毀滅的要因。

此外，從神器這些在阿爾菲雅覺醒時毀損的緊急封印裝置，不管怎麼想都是臨時趕製的一次性用具

這個事實來看，可以想見創世神是一位個性隨便到無可救藥，相當不負責任的神吧。

幾乎可以肯定的說，創世神表面上雖然是用以防萬一為由做了這些準備，但實際上祂根本就不在意這個往後不再是祂負責管理的世界會變成怎樣。

儘管這對於活在這世界上的人來說是場災難，可是創造這個世界的神原本就沒有責任感，人們也只能死心。畢竟人無法防範神造成的天災。

「太弱了，太弱了，太弱了～♪」

「而且……總覺得很不爽。」

阿爾菲雅像是在玩弄她們似地，不斷使出和緩的攻擊，阿奎娜塔則是拚命在躲開那些攻擊。和賈巴沃克戰鬥時的立場完全相反。

「若是過去的吾，汝等四個也能與吾抗衡吧。但現在可不一樣嘍？」

「妳這話是什麼意思……」

「意思是另外兩個不會到這裡來了吶。」

「怎麼可能！既然妳復活了，溫蒂雅和蓋拉涅絲應該也會察覺到妳的存在。我們只要湊齊了，像妳這種………等等，該不會！」

「看來汝注意到了吶。」

阿爾菲雅臉上浮現反派千金般的得意笑容。

完全就是邪神會有的模樣。

相較之下，阿奎娜塔不僅內心焦急起來，也了解到自己正面臨非常危險的狀況。

「沒錯……吾已經打倒了風，地也沒多做抵抗，乖乖地交出了管理權限唷？也就是說，吾已經解開了兩道束縛著吾的枷鎖。」

「……順序反了，妳最先接觸到的是蓋拉涅絲吧。如果是她，一定會主動放棄神的地位……因為她是個超級懶惰鬼。」

「順序不重要。因為剩下的只有汝等了。」

「唔……」

事到如今，去追究邪神先奪走了誰的管理權限確實不重要。

重要的是該如何突破這個完全看不出獲勝的可能性，一籌莫展的現況。

就算想逃，不明的空間也覆蓋了整座聖都，讓她們連要到外頭去都辦不到。

想逃進聖域，空間也遭到阻隔，無法打開通往聖域的門。

「可別以為汝等逃得掉啊？畢竟吾就是為此才特地準備能吸引汝等注意的誘餌的。」

「妳說誘餌……是指那條龍吧！」

「因為那玩意兒正好對汝等懷恨在心，吾便賜予了牠足以逼出汝等的力量。信奉汝等的信眾們應付不來那玩意兒對吧？」

「妳就趁隙張設了結界對吧。」

「考慮到汝等可能會逃入聖域，吾也建構了能干涉系統的病毒……不過用上這個，事情會變得有些麻煩吶。汝等這麼輕易就上鉤，可真是幫了大忙。」

「…………」

看來邪神為了把她們給拖出來，準備了好幾層的陷阱和各種手段。

就算僥倖逃入聖域，從邪神早已備好侵入手段這點來看，便能看出她們絕對無法安全地逃脫。

她們在陷入這個狀況時，就已經無處可逃了。

「那麼差不多該要汝等償還過去欠的債了吶。都怪汝等沒好好處理，還有成山的工作等著吾呢。」

「妳想都別想啦～～～！」

弗雷勒絲身上纏繞著地獄烈燄，以逼近音速的速度從瓦礫中飛出，順勢衝向阿爾菲雅，展開接近戰。

或許是判斷靠著放出火焰或熱能無法打倒阿爾菲雅，才選擇了肉身搏鬥吧。

「喝啊喝啊喝啊喝啊喝啊～～～～～～！」

以驚人的速度施展出的拳腳攻勢。

阿爾菲雅卻用幾乎一倍以上的速度，而且只用單手就化解了她的攻擊。

肢體碰撞發出的聲音響徹周遭，簡直就像是某部格鬥動畫中的場面。

「唷呵呵，汝出拳的速度還滿快的嘛。若不是吾，可是會看丟的喔？」

「妳那個感覺曾經在哪裡聽過的台詞超令人不爽的！」

「生氣起來能力不是也該跟著提昇嗎？什麼SUPER還是GOD的……嗯？在神後面接上GOD不太對吶。把同樣意思的兩個詞彙疊在一起，就像『頭痛很痛』一樣，從文脈上來看很怪啊。」

「唔唔唔……妳居然把我當成是笨蛋～～～！」

「汝實際上就是個笨蛋吧。」

「氣死我了～～～～～～別一臉認真的說這種話！」

阿爾菲雅毫不留情地挑釁使出全力作戰的弗雷勒絲。

因為她愈是情緒化就愈會猛攻過來，那缺乏變化的攻擊實在太好躲了。

在此同時，阿爾菲雅也留意著阿奎娜塔的動作。

她看來是在等待時機趁隙攻擊，但是說穿了，阿爾菲雅身上根本沒有破綻。

而且就算同時正面接下她們的攻擊，也不會對阿爾菲雅造成多大的傷害，阿爾菲雅真想打倒她們兩個的話，現在就能痛下殺手了。

之所以沒有付諸實行，是因為她們好歹是構成這個世界基礎的屬性神，在世界本來就不穩定的狀態下，若是掌管自然的存在消失，不知道會帶來怎樣的影響。

老實說阿爾菲雅根本不需要這樣的部下，可是現在消滅她們恐怕會有危險，她也沒有時間準備可以用來替代她們的存在，只得妥協。

也因為背後有著這令人氣憤的理由，阿爾菲雅才會試圖徹底擊潰這四神中的兩神，讓她們再也不敢反抗她。

「那麼……汝等已經沒其他把戲了嗎？要是沒有就告終了吧。」

「咿！」

「唔……！」

在壓迫感急速增加的同時，阿爾菲雅的臉上也沒了表情。

一切可稱之為感情的東西瞬間消失，像個只為了完成任務而存在的機械，毫無生氣的表情。這才是阿爾菲雅原本的人格吧。

「趴下。」

「「咕啊！」」

往下的重力增強，把弗雷勒絲和阿奎娜塔給拉往地面，她們無從抵抗，就這樣狠狠摔到了地面上。

阿爾菲雅靜靜降落到宛如遭到捆綁，動彈不得的她們身邊後，先將弗雷勒絲拉到自己的面前，右手手指併攏呈手刀狀後隨意往前一伸，貫穿了她的胸口。

「咿嘎啊啊啊啊啊啊啊啊啊啊！」

弗雷勒絲的慘叫聲響徹周遭。

儘管有某種東西正從自己的根基遭人奪走般的失落感和痛楚讓她幾乎暈眩過去，她卻無法失去意識，被這份痛苦給折磨著。

這景象對於信奉、崇拜四神的人們來說根本就是一場惡夢。

仍懷著一縷希望的人就算再不情願，也被迫面對這是處刑的現實。

「第三管理權限回收完畢。執行下一個回收流程……」

「等、等等！不對，請您等一下！不要……我不想失去神的身分……」

「放心吧，就算沒了管理權限，汝也還是神喔？唉，雖然只是準從屬神罷了。回收……實行。」

「不要啊啊啊啊啊啊啊啊啊啊啊啊！」

對阿奎娜塔而言，身為神是她存在價值的一部分。

重視自身的美貌，並瞧不起那些崇拜她的美、仰賴她過活的卑微存在，陶醉於以為會永遠持續下去的閃耀榮光中，一時興起地引發災難後，看著地上人們可悲的模樣，以此為樂。

世界不以自己為中心轉就不滿意，喜歡居高臨下地嘲笑他人，沉浸在扭曲的愉悅感當中。

個性跟光會揮霍高學歷高收入的老公財產度日的垃圾妻子沒兩樣。

要是從這樣的她身上奪走神的權限，那她就什麼都不剩了，然而就算她拚命的想要抵抗，也因為對手太強，根本無從抵抗起。

在意識逐漸墜入黑暗的途中，阿奎娜塔後悔地心想著，早知道別出來除掉那條龍就好了。

「確認已回收全矩陣。傳送程式碼——開始統整系統。進入下一階段程序，確認本體機能啟動。連接神域。解除防火牆……開始與神域系統進行同步。倒數……10……9……8……」

阿爾菲雅邊用不帶生氣的語調機械性地低語，一邊開始和自己位於宇宙空間的本體同步，接連解除自己原先被封印的權限。

既然成為了完全體，她就連思考領域的一角都沒留下任何雜念，專注於連接及掌控既定的系統。

從本體分離出來，在地上的阿爾菲雅分身可能也受到了影響，在連接狀態下為了處理流出的龐大情報，使得人格暫時凍結了。

她接著開始著手改寫這個次元世界的管理權限。

「開放通往神域之門，在侵入本體的同時開始分析存取碼……解除防火牆。開始與次元領域中樞管理機構『生命樹系統』，以及星域生態系中樞管理機構『逆生命樹系統』同步。解除從第十位深層領域到第八位深層領域的安全性防護，開始連接領域。開放通往神域及聖域之門。開始連接副終端……」

殘存下來的人類不懂現在發生了什麼事。

他們知道的只有至高無上的四神落敗的事實。

四神教從這一天開始崩解。

後世將此事作為「四邪神的處刑」記載於聖典中，不過那又是另一段故事了。

◇　◇　◇　◇　◇　◇　◇

地點轉換，來到了位於世界外側的領域——諸神口中的副控管室。

路西菲爾小姐忙得焦頭爛額。

正在構築世界，編寫得複雜且神祕的根源程式。

要踏入可說是世界中心的領域，必須要解除多到數不清的安全性防護，而且這些防火牆還寫得非常縝密，沒那麼容易破解。

雖然成功解除了幾道防火牆，但光是這樣就夠讓她內心受挫了。

不對，與其說受挫，不如說都快變成創傷了。

如果是在她上司負責管理的世界，那她也有能力管理神域系統，可是這個即將崩毀的異世界，基本系統和她那邊的系統有根本性的差異，讓解除防火牆的作業難有進展。

更進一步地來說，還有一個問題。

「啊～～～人手不夠啊！而且那些傢伙～～居然馬上就返回原本的世界去了，也太無情了吧！」

沒錯，那些和路西菲爾一樣從其他世界被送過來的諸神，普洛特．傑洛、威爾薩西斯、索拉斯三神都因為自己負責的世界發生緊急狀況而暫時回去了。

留下來的只有相當於中間管理階層的路西菲爾，三神雖然出於同情送了大量的天使來當她的助手，可是作業依然毫無進展。

『我知道……我都知道。天使們沒有錯，因為這些天使們都很優秀。可是……就算是這樣……』

儘管天使們再怎麼優秀，情報處理能力仍遠低於守護龍(普洛特‧傑洛)或觀測者(索拉斯)的分身，難以介入這個世界神祕又複雜的管理系統。

以現況來看，除了讓路西菲爾不會感到寂寞之外，天使們的存在已經不具其他價值了。

這裡正是再怎麼努力也得不到回報的工作現場。

就在這時事情起了變化。

「這、這是……路西菲爾大人，第十位深層領域到第八位深層領域的安全性防護被解除了。而且管理系統的資料正在和什麼同步……」

「來啦────！(≧∇≦)」

「路西菲爾大人的表情變成了表情符號？」

「等一下……啊，通往神域的門打開了？這是……」

「有強大的高次元能量體開始入侵神域，第十……第九區塊……好快，完全沒受到妨礙！第七區塊……還在持續下降中！」

「藍色波形，是『觀測者』！」

「怎麼會……所有防火牆竟然這麼輕易地……我們的辛苦究竟是……」

在觀測者尚未回來的期間，他們也拚命的在嘗試介入系統。

畢竟要是引發了次元崩壞，緊鄰於這個世界外側的他們的世界也會遭受波及，所以無論是誰都是拚了老命的在試圖介入。

因為牢不可破的系統而絕望，和哭著持續進行作業的天使們都壟罩在一片歡欣鼓舞的氣氛之下。沒錯，大家心裡都想著「可以不用再繼續進行這種作業了」……

正因為一直持續進行著毫無成果的無謂努力，讓大家更是高興。

「『生命樹系統』開始做資料連結了！」

「『逆生命樹系統』也是！啊……也開始清查系統出錯的地方了！」

「竟然同時進行嗎！」

「不會吧，這連我們家的創造主大人都辦不到耶！為什麼要封印起來啊，這位觀測者根本超優秀的啊！」

「嚕嚕，答啦答～啦答答答～～～～♡」

「路西菲爾大人高興過頭，開始跳起舞來了！誰快去叫醫護兵過來！醫護兵！」

「快叫出資料，確認進行狀況！要開始忙起來了喔！」

防火牆被解除後，他們終於可以開始著手修正系統。

更何況擁有正式權限的管理者加入了他們，作業會進行得更快吧。

接下來才是他們要大展身手的時刻。

「觀測者已抵達神域的深層領域。可切換為手動操作。」

「把抗體的魂魄資料做成一覽表。優先處理分往各世界的挑選作業。」

「人數太多了。需要對照鄰接世界的資料。除錯作業呢？」

「就同時進行吧。那是由我負責的……」

「從行星環境管理用的『尤克特拉希爾』系統確認……連上了——呃，唔哇！有超多bug的喔。真虧她們之前可以放在這種狀態下不管。」

「好漫長………真的是太漫長了……沒有任何進展，也沒有人手，明明是這樣，上司卻不知道是不是想整我，盡是送些派不上用場的人才來幫忙……初期的成員又都回去了……」

「路西菲爾大人這下又哭起來了。誰快去溫柔的安慰她一下！」

「最終鎖定已解除，讓副控管室的控制狀況和主控管室同步，動作快！」

副控管室的控制狀況開始改善，天使們也忙碌地動了起來。

他們從螢幕上凍結中的主控管室影像，確認到散發出金色光輝的高次元能量體出現在主控管室，作為這個次元世界主幹的系統原先鎖定起來無法開啟的部分，也連帶著全數開放。

高次元能量體正以超高速處理非比尋常的高密度情報。

「嗯~……果然這顆星球差點就要成為特異點了呢。勉強趕上了。」

「真是好險呢。不過這個除錯作業……感覺會很麻煩呢。」

「因為有多個異世界的情報侵蝕了尤克特拉希爾系統啊。至少得跟相連的世界資料完整對照過一次才行。」

「已經變質的該怎麼辦？我們很難解開這個耶。」

『那個吾會處理。在那之前……辛苦諸位了。吾乃『阿爾菲雅・梅加斯』。這個世界的繼任觀測者。這次由於吾之創造主的粗心造成諸位的不快，請容吾對各世界諸神致上最深的歉意。也非常感謝諸神的協助。』

阿爾菲雅突然的介入雖然讓他們有些吃驚，天使們還是沒停下手邊的動作地持續進行作業，接受了她的道歉與慰勞的話語。

『吾還有話要繼續說，在掌控全系統後，果然還是得先將這顆正逐漸化為特異點的星球恢復到原本的狀態。幸好其他星系尚未出現異常狀況。可是也因為如此，事情變得有些麻煩。要讓尤克特拉希爾系統恢復正常雖然有些困難，但只要連接阿卡夏紀錄，和抗體受召喚前的世界資料做對照，在某種程度上便能特定變質的情報模式。以此為基礎，優先調整比較好處理的部分，再逐步解開錯綜複雜、混雜難解的異世界資料。雖然這作業等於是要解開打了好幾層死結的牢固繩索，還請諸位協助吾處理。』

「我們已經開始處理了。哎呀哎呀，這是從在地面上回收的異世界人魂魄中取得的情報對吧？光是有這個，作業起來就輕鬆多了。」

「這個不知道是什麼的程式就是變質的地方吧。可以的話我還想要抗體系統的情報呢。這方面的程序現在進行得怎麼樣了？」

「正在和各個世界聯繫。情報也正在送到我這裡來，我這就分享給大家。」

「了解……收到啦♪這樣就能縮短作業時間了。」

「照這樣看來，故鄉也得費一番工夫來修正歷史呢。雖然要讓時間倒流，但會造成多少影響呢……要是得大幅修正歷史，可是會過勞死的喔。」

他們的工作不是回收完勇者的魂魄就能結束的。

那些魂魄在這個世界引發異常事態時，便會被添加能夠物理性排除異常事態的程式進去，要將魂魄送回原本的世界就得先去除那個程式才行。

而且因為是在未經調整的情況下直接把程式寫進去，所以勇者死後仍會持續滯留在這個世界，成為甚至會影響到管理系統的bug。

而且考慮到要整理出勇者們受召喚的世界，以及連帶對時間軸造成的影響，就表示不僅這個世界有問題必須解決，而是連其他世界都會遭到波及的大慘案。

只有一個人消失對世界的歷史走向是不會有多大的影響，可是有大量的人受召喚的世界要是一個沒處理好，歷史本身很有可能會有所轉變，在將勇者魂魄送回去的時候，未來的歷史或許會從根本處改變。

畢竟他們已經從受召喚的勇者名單中，確認到好幾個有能力改變整個世界的天才了。

在各個世界應該都會增加好幾個世界線分支吧。

『想必會出現好幾個世界線分支吧。』

「唉，這倒是無所謂啦。我只是想說對方要接收這些回收的魂魄，感覺也不是什麼輕鬆的差事呢～……」

「畢竟肉體已經在這裡完全消失了嘛。要以生物資料為基礎重建肉體，把魂魄固定在肉體上後讓時間倒流，再觀察世界在那之後的走向……雖然這也要看當事人的才華，不過根據這個人物造成的影響，歷史可能會大幅改變喔。可能會有問題的人類資料呢？」

「看一下回收者清單吧。啊，這個人感覺會變成獨裁者。他的思想很危險耶，真的可以讓他回到原本的世界去嗎？」

「我這邊這個是瘋狂科學家。呃，精神異常的天才殺人狂？」

「等等，這傢伙……他在化學領域上很不得了耶。而且他從學生時期就在策劃要把全人類都變成小女孩了。讓這種人復活真的好嗎？」

『看來不管在哪個異世界，人的業障都很深重啊……』

受召喚前來的勇者當中，夾雜了一定數量的危險人才。

至於讓這種人才回到原本的世界時，會對那個世界的歷史走向帶來多少影響，就跟阿爾菲雅無關了。

要不要讓危險人物重生，那是各世界的諸神該去決定的事。

『那麼，畢竟吾的本體無法離開這裡，還是重新啟動地上的分身吧。而且從地上執行尤克特拉希爾的調整作業會更有效率。就算處理速度多少會下滑，也還在容許範圍內。也得處理四神才行……不過這事什麼時候做都行吧。』

在開始除去會對整個尤克特拉希爾系統造成影響的惡質病毒的同時，阿爾菲雅送出甚至能夠超越次元的意志波動，試圖重新啟動在地上的分身。

於是場景又再度轉移到了地上。

由於四神（-2）VS.賈巴沃克&小邪神的激烈戰鬥，聖都「瑪哈・魯塔特」放眼望去，所見之處全化為了廢墟。

雖然逃過一劫的人們正著手救出被埋在瓦礫下的倖存者，神官們也在治療救出的傷患，可是受害的情形實在太嚴重了，人手完全不夠。

最慘的是行政區，暴露在賈巴沃克的全方位雷射及兩神的攻擊下，行政區幾乎被夷為平地，原本是政治中樞的舊大神殿也完全崩塌了。

梅提斯聖法神國已經失去了一個國家應有的機能。

阿爾菲雅（小邪神）的分身在這廢墟的中心重新啟動後，視線停在倒在她腳邊的弗雷勒絲和阿奎娜塔身上，接著不發一語，狠狠踹開了她們。

「嗯……好像做得太過火了點吶？雖然吾已經很手下留情了。」

恐怕有眾多生命受到阿爾菲雅和兩神的戰鬥波及，毫無天理可言的失去了性命，不過小邪神根本不在意。

因為在她的認知中，生命是會在圓環中反覆輪迴轉生，最終昇華為和自己同等存在的種子，所以在她看來一時的死亡，不過是等待下次轉生的睡眠。

就像晚上要睡覺，早上會醒來一樣，是理所當然的日常。

就算有成千上萬的人死去，也不會改變她的想法。

追根究柢，她所見的世界就和人類完全不同。

「怎麼了？」

許多倖存的傷患和神官們有如幽魂般，緩緩來到站在廢墟中心的她身旁。

他們的臉上都帶著畏懼和後悔，還能感受到一絲絲的期望。

「啊啊……神啊……請您息怒……」

「求您……赦免我們的罪過……」

「這、這一切……都是我等不德，隨『邪神』教義起舞……」

「邪神……吶。汝等過去不是認定吾為邪神，和那些傢伙們一同排斥吾的存在嗎？事到如今才說這種話。」

「那、那是……」

「唉，那倒是無所謂。吾本來就與汝等的信仰無關。在地上蠢動的小蟲們吵什麼，吾根本不在意。」

他們是抱著總之先懺悔的念頭，想乞求神賜予他們希望渺茫的慈悲吧。

然而對阿爾菲雅來說，這種事根本不重要。

所謂的生命雖然有其價值，不過生命誕生並生活在物質世界這點，她倒是不覺得有什麼價值。因為人類的生活不過就是在無限的時光中反覆發生的現象罷了。

重要的是魂魄的品質。

「跑來仰賴吾，向吾祈禱又能如何。汝等乞求吾的慈悲是想怎樣？人創造出的教義，在吾看來根本沒有任何價值。」

「怎麼會……那麼，所謂的神……神究竟是什麼！」

「至少汝等創造、信奉的神，不過是幻想。吾不打算施恩於汝等，也沒想拯救汝等。吾不僅對汝等別無所求，甚至不抱任何期望喔？吾只不過是持續管理、觀察、記錄世界的存在。就算仰賴這樣的存在，也沒有任何意義吧？」

神毫不留情的拒絕。

站在超凡存在的角度來看，這讓她更不打算回應人類的信仰了。對於人類跑來仰賴神，找到機會就想要求回報的行為，她只會覺得「這些傢伙，為什麼會這麼蠢啊？吾怎麼可能會幫汝等呢」，持續無視人類的存在罷了。

她甚至認為人類要是有空來仰賴她，還不如靠自己的意志行動，努力建構合理的社會體制。應該說那樣比較合乎她的理想。

若是眾多魂魄能在這過程中經歷磨練，昇華到更高的次元，那這些物質世界的瑣事也就有了意義。無論是自然現象造成的災害，或是社會體制、宗教上的對立，只要能夠導出結果，過程怎麼樣根本不重要。

「……幻、幻想……神是我們的幻想？那麼我們是為了什麼……」

「神不過是汝等將幻想置於現實中，憑借信仰之名來維持方便汝等行事的社會體制用的道具罷了。吾可沒說這樣做不對喔？為維持社會運作，利用信仰也是一種合理的行為。不過那是對汝等來說有其必要，與吾並無關係。追根究柢，被汝等稱之為神的存在，是不會只因為生物擁有智慧，就特別優待那種生物的。」

「那麼……您的意思是，您不願意引導我們嗎？」

「真不死心吶，那不是吾該扮演的角色。再說吾為何要引導汝等？人的一生從漫長的時光洪流來看，不過是一道在剎那間燃燒殆盡，轉瞬即逝的火光。吾不懂引導有何意義。」

那些一路信仰、崇拜神至今的人們，想必無法理解超凡存在的想法吧。

超凡的存在對生命一視同仁，絕不會優待特定的生命。

比起把阿爾菲雅當成神來崇拜，對於這些人來說，繼續崇拜四神可能還比較合乎這些人的需求。

因為跑去仰賴貨真價實的神，也得不到任何回報。

「對吾來說，生命並無優劣之分，也不可能是需要特別禮遇的存在喔？正因為萬物皆平等，故無高下之分，僅基於自由意志，默許萬物的存在。若是汝等仍想尋求救贖，那就表示汝等過去構築的社會是有問題的。一切都是因為汝等過去只接受對己身有利的事物，否定或貶低會妨礙汝等的事物，直至今日。若這結果帶來的是毀滅，那也是汝等自作自受吶。」

「您的意思是我們是因為信奉四神，才會落得今天的下場嗎……」

「不，單就這次的狀況而言，最根本的原因出在創造神身上。不過是汝等的行徑導致事態更為惡化的。只為了利用就隨意召來不具任何知識、與這世界無關的異世界人前來，最後差點親手毀滅了這個世界。別說汝等從未對此行為起疑了，汝等甚至還不知恥的將此視為特權，反覆進行了無數次吶？就算不是汝等直接下手的，汝等也容許了這樣的行為。吾可不准汝等找藉口開脫。這才是汝等的罪。汝等真以為不用任何代價，就能完成從異世界的召喚嗎？而且還暗中殺害，沒將那些人送回去。吾倒是想反問汝等，這等愚蠢之徒還有救嗎？」

至今以神的教誨為由所做出的行徑曝光，將四神教奉為國教的梅提斯聖法神國的榮華一落千丈，如今已不過是一群罪犯。

透過新神發出的諸多話語，所有人都明白了。

這個國家已經完蛋了。

「繼續待在這裡也沒意義了。還有很多該做的事等著吾去處理。差不多該走了吧……」

「請您等一下！神啊，請您憐憫我們……賜予我們救贖吧！」

「吾不管。吾已經說了吧？吾沒打算特別優待人類。至少自己惹出的禍，自己想辦法收拾吧。汝等既然不是不懂事的幼童，總能自己想想該做些什麼吧。為什麼吾非得要幫汝等擦屁股啊，太給吾添麻煩了吧。」

直到最後仍無視想仰賴她的人們，阿爾菲雅舞動金色的羽翼，高飛而去。

每個人都朝著天空伸出手，那身影卻無情地從他們的眼前離去。

身為罪人的他們沒能得到救贖。

第二話　大叔踏上歸途，世界開始重生

攻下安佛拉關隘的獸人族開起了酒宴。

喝得爛醉的醉漢不管在哪個世界都很難應付。伊薩拉斯王國的諜報人員薩沙不幸被醉漢纏上，又被逼著喝酒，結果沒兩下就喝掛了。

這也表示獸人族正如同字面上所述的陶醉於勝利的美酒當中，不過一些因為常駐於關隘的士兵不夠強而沒能滿足的獸人，正在用可說是他們文化的肢體語言進行交流。

沒錯，就是所謂的打架慶典。

「……喂，布羅斯小弟啊，那個，不用去阻止他們一下嗎？」

「阻止他們？你是說打架慶典嗎？為什麼要阻止？」

「事到如今也不用說這種話了吧，傑羅斯先生……你明明已經很清楚那對他們來說不過是家常便飯……不如說要是去阻止，就會換我們被盯上了。就算這樣你還是想阻止他們的話，你就自己去吧。」

「用像是在運動的感覺喜孜孜地互毆，甚至有可能會演變成流血事件……他們這已經超過野蠻或暴力主義這些詞彙的範疇了吧？」

「因為他們最崇尚肢體語言文化嘛～♪」

「「已經習慣這個文化的你也很有問題喔？」」

不分男女老幼都會參加，他們反覆使出彷彿想打穿對方，你來我往的拳頭和關節技，再加上動作有如行雲流水般的寢技，同時化解對手的招式。

光是沒拿出武器這點就算他們有良心了，然而每次打勝仗就來這套，他們最後很有可能會變成傷兵集團，要是該上戰場時卻因為受傷而無法戰鬥，那實在讓人看不下去。

就因為只要長時間和他們一起行動，就連這種暴力的日常生活都會被當成是理所當然的事，才令人感到不可思議。所謂的習慣真是恐怖。

「……我是覺得應該不至於啦，可是獸人族會被抓去當奴隸，該不會是因為這個文化已經滲透到他們的日常生活裡了吧？像是趁他們因為打架慶典而疲憊不堪時，襲擊並綁走他們之類的……」

「不、不，傑羅斯先生，無論如何，我認為情況不至於如此，對吧？」

「這個嘛，有一部分的部族是因為這樣被抓走的沒錯。我問成功逃脫的人當時是什麼狀況，結果他說『昨晚不該開什麼打架慶典的……要是沒受傷，像那種傢伙……』，非常懊悔喔。」

「「真的假的……」」

「他還說了『要是我拿出真本事，沒手下留情的話，就不會讓那傢伙贏了……』這種話，失去朋友讓他很難受呢。」

『『他那單純只是不甘心自己打輸了而已吧？』』

看來都怪他們沒事就愛找理由以拳交心，才會因此招致無可挽回的後果。

儘管如此還是無法阻止他們舉辦打架慶典。

好鬥也該有個限度。

「哎呀……不管怎樣，既然攻下了安佛拉關隘，我們的任務也結束了吧。」

「你們要回去嗎？」

「畢竟亞特也很在意太太和小孩的狀況，我也不能一直放著家裡沒人啊。因為我放了些危險的玩意兒在家嘛。」

「……要是被人偷走了，那的確很危險啊。」

「傑羅斯先生還是老樣子呢。我就刻意不問你做了什麼東西，不過你要懂得適可而止喔？」

「我可不想被布羅斯小弟你這麼說吶。」

他們也就快不能再像這樣三人齊聚一堂聊天了。

布羅斯接下來要為了解放獸人族而行動，傑羅斯和亞特為了回到原有的日常生活中，也要踏上歸途，返回索利斯提亞魔法王國。

儘管搞出了很多事，但一想到即將和認識的人道別，就算是大叔，也多少覺得有些寂寞。

「啊哈哈哈，哎呀，反正今晚不用顧慮那麼多，你們好好享受一下吧。所以你們打算什麼時候啟程？」

「啊～……以我個人來說，我是希望明天就出發啦。因為我很擔心女兒。」

「咦？唯小姐你就不擔心嗎？」

「傑羅斯先生……你覺得唯啊，那傢伙啊……會因為我幾天不在家，就出什麼事嗎？不如說她會很在意我在外頭有沒有花心，每天晚上都在磨菜刀吧。」

「啊～……以別種意義上來說，倒是會出事啊。該說她還是老樣子嗎，老婆是個重度病嬌還真辛苦吶。」

「亞特先生的老婆很恐怖耶……」

「你能理解早上醒來就發現自己被綁在床上，遭到監禁的恐懼感嗎？」

亞特的日常生活比想像中的更驚悚。

老婆的愛沉重到足以扭曲空間。

「嗯～……不過這樣啊，既然你們要回去了，那我送點伴手禮給你們吧。」

「『伴手禮？』」

「嗯，這個。」

布羅斯邊說，邊把他隨手從道具欄裡拿出的幾個藝術品排排放好。

看不懂上頭到底畫了些什麼的壺、收在金色畫框裡的危險畫作、擺出需要打上馬賽克的下流姿勢，金光閃閃的裸女像。

看到這些就算收到也不會高興，品味差到極點的玩意兒，亞特和傑羅斯都頭痛了起來。

「……喂，你啊……只是打算用伴手禮的名義，把不要的東西塞給我們吧。」

「收到這些玩意兒，也一點都高興不起來啊……你是從哪裡拿來的啊？」

「沒啦～是剛剛在清理剩下的敵人時發現了一條密道。進去探索之後發現了一具不曉得是誰的大叔屍體，還有隨意棄置在那裡的下流藝術品……」

「是不是那個啊？覺得事情不妙而開溜的高官遭到部下背叛之類的……？」

「這可能性很高吧？我想那些部下後來八成是帶走了體積小的值錢財物，把礙事的東西丟在那裡。

看來那傢伙原本是個相當無能的上司呢～……」

「所以我們找回的戰利品就是這些，可是我不知道該怎麼處理才好……」

「『那是當然吧……這種東西根本沒人要啊。』」

有著誇張金箔裝飾的壺或花瓶放在某些地方或許會很好看。可是有好幾幅畫作不是只有塗鴉的水準，就是無謂的煽情，實在感覺不出有什麼藝術價值。

會喜歡蒐集這種東西的人，可以想見他一定有著卑鄙又沒品，只想著要用下流的手段賺大錢往上爬的個性。在這種上司底下工作，就算不是士兵，也會想背叛他吧。

「……畢竟畫作這些藝術品就算拿去轉賣，也會留下把柄吶，他們應該只拿了好加工的寶石逃走吧。」

「我想也是。這種下流的玩意兒，就算想賣也很難吧……」

「我也不需要這些東西。該怎麼處理掉呢……」

「嗯～……如果是金箔，我想應該可以用魔導鍊成提煉出來，不過說到底，用在畫框這些東西上的真的是黃金嗎？也有可能是黃銅吧。」

「這些畫拿去燒了也無所謂吧？怎麼看都是小孩子的塗鴉。」

「就算能提煉出貴金屬，我在這裡也用不上。這些東西就全送給傑羅斯先生你們吧。」

『『這、這傢伙……打算把這些玩意兒全丟給我們處理啊。』』

獸人族沒有與藝術相關的文化，布羅斯自己也對這方面沒有興趣，就算能獲得黃金等礦物，他也不需要。對他來說這些東西只是礙事的垃圾。

只有金屬製的部分也好，他認為可以想到熔解提煉出有用金屬這個點子的傑羅斯他們更能有效利用這些藝術品，所以才會把東西全送給他們。

當然其中也包含了不費工夫就能處理掉這些雜物的目的在內。

「總之先用魔導鍊成看看吧？」

「說得也是。要是能用魔導鍊成的『分離』分解出素材，也就證明了這些東西還可以回收再利用。不試白不試，我們就挑戰一下吧。」

兩人立刻開始使用魔導鍊成。

該說幸好嗎，畫框和石膏像表面上的金箔都是真正的黃金，他們也成功地從黃金水壺和鑷子等日用品上提煉出了黃金。

此外，他們不僅從畫作上的顏料成功分離出了油，還取得了藍銅礦、孔雀石、青金石的粉末。

「雖然這些礦物粉末在地球上也會拿來當作繪畫顏料使用，不過在這個世界也是可以用來製作魔法藥吧……不會影響到健康嗎？」

「魔物的魔石中含有的結晶化體液成分，似乎能中和礦物的毒性呢。畢竟這世界有地球上不存在的元素，物質間產生的化學反應究竟會有什麼變化，這之中有太多難解的謎團了。如果卡儂小姐在這裡，這一定是會讓她很高興的研究主題。」

「因為那個人可是拚了命在精製魔法藥啊～她甚至還以要實驗新的藥物為由，要我去抓ＰＫ職業的玩家來。那實驗過分到連我都不敢恭維啊……」

「布羅斯你也經歷過啊……我也因為她開出會無償提供最高級的回復藥水這個條件，接下了去抓人的委託，但那實在太過分了。根本不是人做得出來的事。」

「哈哈哈，ＰＫ職業的玩家是沒有人權的喔。我在創造出對人戰鬥用的魔法時，也經常受到ＰＫ職業玩家的照顧呢。大家都爽快的答應了。」

『『說什麼爽快……他們從一開始就沒有選擇權吧。』』

只要是能利用的事物，就算是人他們也會利用。

這就是殲滅者。

尤其是有什麼問題的獸耳化商品，或是效用不明的危險魔法藥，絕對會自爆的武器或防具，諸如此類不找個人確認，就無法得知有什麼功效的東西，他們經常會硬逼ＰＫ職業的玩家來幫忙驗證。

當然傑羅斯也會拿ＰＫ職業玩家當作檢體來做實驗或是驗證效力，不過頂多只是要那些人當標靶，讓他試試開發出的魔法而已，那些檢體所受的精神創傷等級，跟其他殲滅者相比不過是小意思。

然而那也只是在殲滅者當中，他算是比較像樣一點的程度。

真要說起來，殲滅者就是一群強得不合理的怪人，終究是物以類聚。

「黑之殲滅者（傑羅斯）」雖然又被稱作「殲滅者的良心」，不過其他玩家要是被他逮到，生殺大權就會全都落到他手裡這點還是一樣的。

「不過……那人還真是花了不少錢在這上頭耶。這個水壺也是純金製的真品，有錢人為什麼總是會被金光閃閃的東西給吸引啊……」

「你倒是把黃金像變成粉末了呢。」

「拿著那種玩意兒，一般來說會犯上公然猥褻罪吧。我是不知道是誰做的，但那玩意兒還是徹底粉碎比較好。而且對小孩子的教育也不好。」

「那些沉溺於權力的人啊，都不會對金錢、名聲和性慾之外的東西有興趣嗎？能夠滿足心靈的東西只有欲望，我只覺得他們都在浪費人生啊……」

「明明可以培養一些健康的嗜好啊。像是獸耳跟獸耳，還有獸耳啊……」

「先不提獸耳，那些會緊咬著從父母那邊繼承來的地位不放的傢伙，從一開始心靈就扭曲了吧。至少我覺得這玩意兒原本的主人，給人的印象跟健全根本沾不上邊。」

三人對於當權者有著各種偏見。

當然當權者也不全是這種人，只是有正常價值觀的貴族很難在梅提斯聖法神國生存下去。

就算舉發當權者的貪汙行徑，事情也只會被搓掉。不僅如此，有時候還會因此有生命危險，或是被冠上莫須有的罪名，遭異端審問官處刑。無論是政治和宗教都腐敗到了極點。

既然這種腐敗的風氣已經蔓延到了邊境地區，傑羅斯不禁覺得梅提斯聖法神國應該會比他預期的更早步向滅亡。

「…………喂，布羅斯小弟。」

「什麼事？」

「你說在你們攻進去的時候，卡馬爾要塞的指揮官早就已經撤退了對吧？而且還先釋放了俘虜，看來是個能冷靜做出決斷的人呢。」

「雖然留在卡馬爾要塞的奴隸商人說他是夾著尾巴逃走了，但我也像傑羅斯先生你說的一樣，覺得對方是個相當能幹的將領呢。因為我很想了解他是個怎樣的人，就去調查了他的辦公室，發現那裡跟安佛拉關隘的高官用辦公室相比非常簡樸，所以我想他應該是個工作時不會夾雜個人感情，樸實剛毅的人。」

「這表示卡馬爾要塞原本的指揮官是個能夠看清戰況的人才吶。相較之下，安佛拉關隘的指揮官卻是個會把這種玩意兒帶過來的庸俗之人。」

「就是說啊。要是卡馬爾要塞的指揮官在安佛拉關隘，我們應該沒辦法這麼快就分出勝負吧。」

「我想這場仗應該還是打得贏，不過獸人族這邊八成也會有大量人員傷亡吧。對方只是為了避免部下犧牲才撤退，要是追上他們，恐怕是免不了一場苦戰。」

獸人族這邊雖然在兵力上占有優勢，可是並非有組織的軍隊，由於他們麻煩的民族性，布羅斯也沒辦法自己上前線作戰。

他們只會憑著一股衝勁突擊。

相較之下，梅提斯聖法神國這邊至少可以確定有一位能夠冷靜看清戰況的指揮官，這種人用兵調度的指揮能力怎麼可能會差。

對方很有可能會看穿傑羅斯他們的先發砲擊無法在雙方陷入混戰的情況下使用，要是那樣的指揮官參加了安佛拉關隘一戰，那他們絕對免不了一場苦戰吧。

畢竟傑羅斯他們沒辦法光明正大的參戰，布羅斯也得顧慮獸人族，避免運用以自己為中心作戰的戰術。

有組織的軍隊和只憑氣勢猛衝的集團正面衝突的話，傷亡率便會往上翻好幾倍，他們想必無法這麼輕易拿下勝仗。

「……卡馬爾要塞的指揮官為什麼沒參戰呢？」

「那還用說～這裡的指揮官可是會把這種沒品味的私人物品，帶來前線重要據點的人喔？你不覺得不管怎麼想，他們都處於對立關係下吧？」

「啊～原來如此。只把部下當成棄子的暴發戶指揮官，跟了解戰場又富有人望的優秀指揮官，雙方的意見當然合不來嘛。真要說起來，他都立刻決定棄守卡馬爾要塞了，根本不可能會留在安佛拉關隘打防衛戰。不僅如此，他應該馬上就被趕出安佛拉關隘了吧？」

「他搞不好是害怕獸人族追上去，所以才立刻動身離開安佛拉關隘的。畢竟對方似乎對布羅斯小弟有所防備吶。」

「…………他是不是間接幫了我們一把啊？畢竟他們始終不知道有那位優秀指揮官的存在，才會有今天的成果。」

「「…………啊，的確是這樣。」」

要是知道優秀的指揮官沒有參戰，獸人族肯定會覺得敵軍放水，打贏了也高興不起來吧。最慘的情況下，他們還有可能會覺得敵軍只派小嘍囉當他們的對手，氣得直接突擊梅提斯聖法神國本土。

不過幸好，他們現在正盛大地開起了打架慶典，慶祝這場勝利。

『『『好，這件事就瞞著他們吧。』』』

三人心中立刻做出了決定。

既然他們接下來還得繼續作戰，去拯救那些被擄走的伙伴，就不能冒著可能會因為額外的行動而減少戰力的風險讓他們知道這件事。

有些事情還是不知道會比較幸福。

「他們的民族性真的很麻煩耶。」

「我很高興你們能理解我的辛勞……」

「看起來還有別的辛勞在等著布羅斯就是了。」

「「咦？」」

大叔和布羅斯因為亞特的這句低語而回過頭去。

在他的視線前方，成群的老婆已經做好萬全的夜戰準備，在那裡等著布羅斯。

「老公大人，那個……今天第一個是我喔。」

「今晚也來努力造小孩吧！」

「畢竟老公你沒什麼戰鬥到，應該還很有精神吧♡」

「妳們幾個，去把老公帶走吧。」

「「「好～～～♡」」」

處在戰場上的獸人族男女會受到總是有生命危機的戰場氣氛影響，變得無法壓抑生存本能當中對種族延續的渴望。

面對這樣的老婆們，布羅斯將踏上另一個戰場。

「我、我不要……我不想再被榨乾了啦～～～～～～！」

看到布羅斯被架走的身影，大叔和亞特心中泛起了一股哀愁與同情。

「有三十個以上的老婆還真辛苦吶。」

「你也沒打算去救他吧。」

「可不能隨便干涉人家的家務事啊。別說會被馬踢死了，說不定真的會挨上一頓媲美機關槍的踢擊。」

「感覺她們真的有可能會這麼做。」

傑羅斯一邊在心裡祝他好運，一邊和亞特一起行禮，目送布羅斯被帶走。

要是她們能至少排個班輪流來，那布羅斯也會輕鬆點吧，然而遺憾的是，獸人族的女性在這方面都很積極，控制不了她們的性慾。

可憐的布羅斯小弟今晚又將面臨被吃乾抹淨的命運。

「……走掉了呢。」

「我們也去休息吧。畢竟光是站在這裡，獸人族的各位就有可能會來找我們打架了。」

「你這話好像說得太晚了喔。」

「………咦？」

血氣方剛的獸人們正用熱情的視線看著兩人。

獸人們是認真的，他們兩人甚至能清楚感覺到獸人們身上散發出帶著殺氣的鬥志，看來他們已經逃不掉了。因為就算拒絕，獸人們也會不死心的要跟他們打，傑羅斯他們只能認命接受。

雖然體力方面是沒問題，但是他們很受不了這些喜歡主動找架打的獸人，兩人抱著死心的念頭以及精神上的疲憊，深深地嘆了一口氣。

沒過多久，二對多的互鬥便開始了。

◇　◇　◇　◇　◇　◇　◇

得以完全復活的小邪神，也就是阿爾菲雅的分身，總算有能力執行她原有的職責，在肅清二神後，來到了南方大陸。

相當於行星環境管理系統終端的世界樹，「尤克特拉希爾」。

從與高次元連結的阿爾菲雅本體那裡流出的能量現在正送往這棵世界樹，世界樹為了讓由於魔力枯竭而絕滅的半顆行星重生，正在產出大量的魔力。

由於世界樹的周遭有屏障，累積在裡頭的魔力現在進入了飽和狀態，彷彿下一秒就會衝破屏障，擴散到整個世界。

『嗯……看來沒產生出魔力生命體。是尤克特拉希爾做了調整嗎？畢竟也有輸送魔力到地脈的根部，照這樣看來，原本已經滅絕的海洋也會開始進行生命的活化吧。這屏障也差不多要破了吶。』

尤克特拉希爾產出的魔力量非常龐大，其所帶來的影響，也用肉眼可見的形式，反映在周遭的土地上。

原本應該要耗費幾千年的時間才能長成的巨大樹木，由於異常的繁殖力而創造出了一片森林地帶，急速成長的代謝作用產生的落葉在徹底乾枯的大地上堆積成層，屏障內側充滿了濃度極高的霧氣，菌類處於這片含有濕氣的大氣中而爆炸性的大量繁殖，將落葉分解為肥沃的土壤，從上頭長出的無數巨大菇類又成了身體受到龐大魔力影響，異常生長的生物們的糧食。

這裡不久之前明明還是一片荒蕪大地，如今太古的森林卻在此急速重生並不斷擴大。

可是這樣下去不行。

「植物和菌類雖然成長得很快，但整體的重生循環週期遠不夠完善吶。草食性和昆蟲類的生物不僅過多，還有巨大化的傾向。這可不成。」

過去棲息在荒涼大地上的生物，只有靠少許食物便能生存的小型昆蟲，還有靠捕食這些昆蟲維生的小動物。雖然也有肉食性動物棲息於此，但全都是小型動物。

這些生物由於異常成長而形成了許多不同的物種，但是不斷反覆爆炸性繁殖的生物主要是昆蟲類，老鼠或蛇演化出的進化物種在繁殖速度方面根本跟不上。

要是這些生物繼續進化成龍王級的異常生物也很傷腦筋。

『雖然早了點，不過該消除這屏障了嗎？』

現在世界樹「尤克特拉希爾」的周遭長了一排排高得非比尋常的巨樹，底下的大地不見天日。而且巨樹群現在仍在繼續成長，很有可能會妨礙能夠精製魔力的精靈樹的成長。

不過精靈樹也多虧這波爆炸性成長而結出了果實，讓異常進化後的魔物將樹木的種子帶到了其他土地上，所以目前還不用擔心精靈樹會滅絕。

『生態系很危險吶。照這樣下去世界樹的周遭會全是巨樹，導致大氣無法循環，難保這裡不會變成一塊沉滯淤積的土地。要是瘴氣中產生的有害生物因此變多也很頭痛，得做點什麼來突破現況吶？』

大氣魔力的濃度提昇不是問題，可是動植物出現異常進化就是問題了。更進一步來說，她也得去思考該怎麼運用這些遲早會生產過剩的魔力。

但是負責管理行星的尤克特拉希爾系統沒能發揮原本應有的機能，沒辦法調整行星上的氣候及大氣狀態。

『就這樣放著不管，魔力也會自己累積起來吧。畢竟尤克特拉希爾也有在釋放出魔力。但這一帶若是化為魔境，吾也很困擾。然而目前幾乎不可能去做相關的調整，系統資源全用在讓環境恢復原狀上了。要讓尤克特拉希爾系統的機能完全恢復，就得把裡頭那些會侵蝕系統的異界法則給除掉，但這也難有進展啊……嗯～…………』

目前成功的只有讓張設在世界樹周遭的結界內累積了趨近飽和的龐大魔力。雖然乍看之下自然環境也正在重生，實際上卻遠遠偏離了應有的狀態。

生物進化成了與原種生物截然不同的凶猛生物，只有繁殖力強的樹種長成了巨樹，樹下完全照不到陽光，連草都長不出來。

不僅如此，遭到淘汰的植物甚至還迅速的腐敗。

儘管有土地會變得肥沃的優點在，這裡仍然是只有繁殖力強的動植物能夠存活下來，以其他植物為食的生物根本無法生存的環境。

而且因為濕氣很重，所以有巨大的菌類繁殖，成了一座詭異的森林。

雖然自然界當中的確也有這種環境的森林存在，可是不僅規模不同，世界樹底下宛如腐海的狀態會無止境的擴張下去，生態系也會變得僅侷限於部分物種生存吧。

這實在太不自然了。

『尤克特拉希爾系統不能干涉大自然。解除屏障後應該多少會有些改善，然而同時也有可能會引發異常氣候吶……畢竟暫時沒辦法改善已存在的這座森林和土地，但就算如此，也不能放著不管……傷腦筋吶，吾先摧毀這座森林也不是不行，就是難保餘波不會造成地殼變動……嗯？地殼……變動？不好，吾忽略了流入地底的魔力會帶來的影響！突然有龐大的魔力流入，或許會刺激到地函。一不小心還有可能會影響到行星的地核……這可不妙啊。』

小邪神這個分體雖然擁有強大的資訊處理能力，但是有容易感情用事的缺點。也因此她有時候會犯下一些人類才會犯的小失誤。

經過長時間的思考，她才終於意識到「哎呀？就這樣解除屏障是不是會出事啊？」這個問題。

畢竟就算她只是從本體分離出來的一個終端，身上宿有的力量仍遠遠凌駕於四神。

所以她很難精密的控制力道，以她現在的狀態，一出手便很有可能會對地殼造成極大的打擊。

「這下可糟了……該先和本體融合，準備一個重新調整過的新分體嗎？可是現在本體也很忙，要送終端到地面上得花上多少年啊……畢竟待在與時間隔絕的神域裡，既然是吾的本體，恐怕不會注意到時間吧。還是放棄融合比較好嗎……可是該拿眼下這狀況怎麼辦吶。吾不想點辦法來處理這環境的狀態不行啊……」

遭到破壞的生態系很難復原。

要是解除結界並使用神力來將環境還原到原始狀態，所帶來的影響可能會引發行星本體的異常，假設成功實行了，也難保不會誘發由於異常氣候或地殼變動等現象造成的影響。

由於地殼變動而發生的大規模隆起與下沉，也會影響到隔著大海的其他地區。

尤其是海嘯之類的災害，將會對小島上的國家造成非同小可的損害。

這時候要是再加上異常氣候和生物狂暴化等問題，人類居住的區域說不定會輕易地毀滅。迷宮裡也會產生出大量的魔物吧。

這時阿爾菲雅發現了一件事。

『等等，只要讓魔力流往休眠中的迷宮核就好了吧？不過吾也不知道現存的數量有多少。要是留存下來的大規模迷宮核有至少二十個，就能大幅減輕這些魔力所造成的影響了……但這得賭一把啊。』

要讓迷宮的機能維持運作需要耗費大量的魔力。

阿爾菲雅已確認的大規模迷宮有兩個，一是到了最近突然開始急速成長的坑道型迷宮，另一個是位在法芙蘭大深綠地帶中央，從未有人接觸過的未開發迷宮。

雖然她也有確認到幾個勉強還在運作的小規模迷宮存在，但那些迷宮全都在北半球，南半球上確認不到任何迷宮核的存在。由於南半球的迷宮核可能是因為魔力枯竭而進入了休眠狀態，所以無法判明究竟有多少留存下來。

藉由注入高濃度魔力方式，強制喚醒處於休眠狀態下的迷宮核，迷宮核就會開始急速吸收大量魔力來重新建構迷宮，這樣一來就能讓大半的魔力聚集到迷宮核上。

雖然以整顆行星的規模來看是不多，但這樣或許可以彌補因為召喚勇者而大規模消失的魔力空缺，又能將可能引發的災害控制在最小範圍內。

不過說到底，要放出目前控制住的高濃度魔力依然是一場賭注，要是行星上處於休眠狀態的大規模迷宮核不到二十個，缺少的數量愈多，災害的規模也就愈大。

「吾就賭這事會成！解除屏障，開始進入尤克特拉希爾系統。掌控星球上的魔力循環，強制連結所有迷宮核。使用氣象管理程式，控制擴散至大氣的魔力流，同時連龍脈也用上，強制並優先將魔力注入枯竭的南半球。這樣如何！」

在世界樹復活後，魔力枯竭的南半球便開始以緩慢的速度重生。

這時透過龍脈急速注入大量的魔力，超過容許量的魔力從龍脈溢出後，便會喚醒存在於附近的迷宮核。

迷宮核會對魔力產生反應並開始吸收魔力，根據既有程序開始活動。

位於南半球的迷宮核接二連三的甦醒，開始連接上世界樹。

「……來了！來了來了來了，來了～～～！」

雖然大多是中小規模的迷宮，不過陸地跟海底似乎分別都有幾個大規模的迷宮存在，她已經確認到有龐大魔力聚集的現象。

她暫時中斷迷宮的重新建構處理程序，下達專注於吸收魔力的指令，試圖以此減輕行星上大氣或地殼可能會產生的變動。

「4……5……6、7……嗯，還算滿大的迷宮嘛……數量雖然不少，但魔力吸收量還不夠。嗯？這怎麼回事……為什麼同一個地點會有兩個大規模迷宮？不，等等……從這個魔力吸收量來看，這是行星上最大的迷宮吧？這還真是出乎預料啊。對吾來說是個值得高興的失算就是了。」

在近距離內有兩個迷宮存在是很少見的情況，但是從吸收的魔力總量遠超過一般的大規模迷宮，以及同時開始重新啟動這點來看，可以想見這兩個迷宮核應該是共享情報與地脈的關係。

但是她不曉得這樣的迷宮是怎麼誕生出來的。

『來叫出資料看看……嗯。是在頻繁召喚來自異世界的抗體後，才發展成這個規模的。這兩個迷宮核是想做什麼？最後紀錄的情報……喔喔，是創造不須依存魔力生存的生物啊。也就是說，這兩個迷宮核原本是預想到行星上失去魔力的狀況，以此為前提在活動的嗎！比四神們還要優秀吶。雖然最後還是因為周遭的魔力枯竭而進入休眠狀態，不過看來還是做出了不錯的成果。』

在每隔三十年就會喪失大量魔力的情況下，這兩個迷宮核為了延續行星的生命，開始試著創造出體內不含魔力的動植物，並將過程中誕生的未完成實驗體直接放到了迷宮外。

目前棲息在較接近南半球地區的海洋生物和植物，全是這兩個迷宮核創造出的動植物繁殖後的成果，所以就算是在魔力濃度變得稀薄的地區，智慧生命體也沒有因此滅絕。

人類藉由以內含魔力較少的動植物為糧食，獲得了就算體內魔力量減少也能生存下去的能力，適應了環境。儘管是四面環海的小國，數量仍多少有所增加，維持並延續了文明的發展。

「就算充滿了魔力，到完全重生為止還得花上不少時間吶。真是個令人頭痛的問題。」

就連魔力濃度較高的北半球都持續有物種步向滅絕。相較之下，從這兩個有如雙胞胎的迷宮中釋放出的生物反而確實的在拓展牠們的棲息範圍。

生活在北大陸的人類雖然沒發現世界就快要滅亡了，可是從居住在遠離大陸地區的人類有發現魔力枯竭的模樣看來，說他們是靠著這迷宮創造出的動植物才得以生存也不為過吧。

這兩個迷宮核在面對緊急事態時展現了極為出色的應變能力。

『就連沒有人格的迷宮核都做到這種地步了，四神那幾個傢伙，到底是在做什麼啊……唉，算了。南半球的魔力循環就維持現況，問題是北半球。活化了活動中的迷宮，影響會遍及到多大的範圍呢。』

就算多少有些犧牲，總比這顆星球毀滅好。而且要除掉那些侵蝕世界法則的異界法則，目前也還得花上不少時間才能完成。

不過這下至少能脫離可能會引發次元崩壞的狀態了，也算是不幸中的大幸吧。

再來只能腳踏實地的進行無止境的修理作業。

『將流往北半球的龍脈流量抑制在30％好了。只要一邊慢慢進行調整，一邊讓魔力流過去，便能多少減輕諸如地殼變動或大氣失衡之類的影響吧。就算真的發生了，嗯……也不能怎麼辦吶。到時候也只能要人類死心了。畢竟一直放任那個愚蠢國家失控不管，其他人也有責任吶。那麼就開始執行吧。』

以這天為分界，原本步向滅亡的行星正式開始重生了。

雖然沒有發生大規模的自然災害，可是至今從未發生過地震的地區也發生了地殼變動，使得不了解地質學的人們陷入了一片驚慌。

◇◇◇◇◇◇

傑羅斯等人結束在魯達．伊魯路平原上的任務，要踏上歸途的那天。

在獸人族的目送之下，傑羅斯他們和布羅斯道別。

「傑羅斯先生，亞特先生，你們願意過來真的幫了我大忙啊。」

「我們也完成了一場不錯的實驗。彼此彼此啦。」

「不，我想高興的只有傑羅斯先生吧。八十八公釐高射砲先不論，那個『魔封彈』很危險耶。讓傑羅斯先生來用那更不是開玩笑的。」

「亞特用也是一樣啦。」

在傑羅斯要和亞特一同回去時，只有薩沙要經過安佛拉關隘，從別的方向返回伊薩拉斯王國。他也在和獸人族中的朋友道別。

「……薩沙先生，你真的要自己一個人繞去梅提斯聖法神國再回去嗎？那樣不會很危險嗎？」

「唉，畢竟我是諜報部的一員，既然上頭下了命令，我不去探查敵國的狀況也不行啊。不管怎樣，我都得去確認梅提斯聖法神國附近發生的異常現象，而且那邊也有我的同伴在，不會有事的。」

「任職於國家機構也很辛苦呢……」

「只能說幸好薪水還不錯。雖然是希望上頭可以再多增加一點人手啦……那麼我要走安佛拉關隘的南門那邊出去，就先告辭了。」

傑羅斯不知為何從薩沙身上感受到一股就算努力也得不到回報的男人的哀愁。

看著他遠去的背影，眼眶不禁熱了起來。

「傑羅斯先生……你為什麼要對著薩沙先生的背影行禮，目送他離去啊？不過比起那個，我有件事情一直沒機會問，我在清理剩餘的敵軍時感覺到的那股氣息，傑羅斯先生你知道些什麼嗎？亞特先生知道的話，也可以回答我。」

「喔，布羅斯小弟啊……你為什麼會覺得我們能回答你的問題？」

「對啊……你可別以為我們什麼都知道。我們來到這個世界還不到一年耶。光是打好生活基礎就用盡全力了，很難弄到什麼厲害的情報啊。」

「因為我覺得你們就算讓邪神復活了也不奇怪啊。畢竟你們做起事來總是不按牌理出牌。」

「「你這也太冤枉人了。」」

其實那股強大氣息的由來，傑羅斯心裡是再清楚不過了，不過他和亞特事前就決定要刻意瞞著布羅斯。儘管他信任布羅斯，但不等於信任整個獸人族。

要是今後可能發生的不確定因素全都被歸咎在小邪神的復活上，一旦消息傳開，他就得背負著大家累積負面情緒後可能會來找他出氣的風險。

畢竟實際上，他協助了邪神——神的復活是不爭的事實。

所以他一方面也是想事先避免惹禍上身，這時候才刻意裝傻。

「在手上沒有任何線索的情況下，就算是我們也不可能在短時間內就讓邪神復活啊。」

「往後的生活都還沒個著落，我們怎麼可能會去做風險這麼高的事。再說你也老是不按牌理出牌吧。都不照照鏡子，你還真好意思說耶？」

「嗯~……真的是這樣嗎~？算了，反正只要不會對我們造成損害，我是都無所謂啦。」

「那麼我們差不多該出發了。畢竟可以的話我們今天想盡量多走點，盡早抵達歐拉斯大河，而且亞特也很擔心家人吧。」

「嗯，那下次見。要是出了什麼狀況，我會再去找你們商量的，到時候再拜託你們啦。」

「你啊，也稍微客氣點吧……」

雖然在這片魯達．伊魯路平原上搞出了很多事，不過上一次像這樣和認識的朋友們一起做些蠢事，已經是他還在玩「Sword and Sorcery」的時候了。儘管有些感慨，大叔還是滿樂在其中的。

不過也有一些人尚未滿足。那就是獸人族的眾人。

「可惡，你們打算贏了就跑嗎！」

「人家都還沒打到你們過耶！再待一個月也沒關係吧。」

「一天，再多待一天就好，和老夫打一場吧！」

獸人們拚命地挽留傑羅斯他們。

其中也有混著依然有著健美身材的獸人。

「他們……會變回原本的模樣嗎……」

「這答案只有神才知道了！」

「那個……不是身為元凶的傑羅斯先生該說的話吧？」

「呵……我們走吧，亞特。」

「……嗯。」

兩人以這句話作結後離去。

在看不見他們背影的同時，從他們身影消失的位置揚起了沙塵。

恐怕是亞特的輕型高頂旅行車造成的吧。

「這麼說來，傑羅斯先生給了我一份餞別禮呢。是什麼啊？」

布羅斯從道具欄中取出紙袋，確認內容物。

裡頭放了大量傑羅斯特製的強效精力飲料「戰鬥吧·徹夜狂歡」。

「…………………」

大叔還不忘回收伏筆。

然而這在別種意義上，指出了布羅斯悲慘的未來。

和現在仍在持續增加中的老婆們的夜戰正等待著他。

這天晚上，精力飲料立刻就派上了用場，不過這都是些無關緊要的小事。

至於傑羅斯他們——

「我現在就回去了，唯～～～～！」

「……你要開快車是無所謂，但還是要注意安全駕駛喔？因為大叔我可不想跟你一起死於交通事故啊～」

——正開著輕型高頂旅行車在平原上急速奔馳。

不過傑羅斯很在意亞特那個莫名拚命的表情。

「傑羅斯先生你根本就不懂！唯啊，只要我稍微晚歸，就會懷疑我是不是有外遇啊！就算我只是在擠滿人的電車或公車上沾上了別人的香水味，她都會拿菜刀追殺我……」

「你……這麼不受信任嗎？」

「你也知道吧，不是我的問題，只是唯她太奇怪了而已！」

真是賭上了性命的夫妻生活。

要是亞特因為工作而需要長期出差，唯很有可能會不擇手段的去打探亞特身邊的狀況。疑心病重到會去僱用徵信社的程度。

這樣的夫妻生活，雙方是否有建立起信賴關係，實在不好說。

「還真難應對啊……嗯？」

「怎麼……喔？是不是搖了一下？」

「似乎是地震吶。震度應該有個4或5級吧。這地方應該不太會發生地震才對，但偶爾也是會發生這種事呢。」

「咦？這附近不太有地震嗎？」

「至少不太有連車開在不平整的路上都能感受到的強震啊。歷史書籍上關於戰爭的紀錄要多少就有多少，但我可沒看到關於地震的受災紀錄……吶。」

「幹嘛？話突然講得這麼不乾脆，你是有什麼在意的事嗎？」

「不是……總覺得有些掛心。」

包含索利斯提亞魔法王國在內，有好幾個國家集中於北大陸的西側。

這地區就如同他為了蒐集情報而看過的那些歷史書籍上所記載的一樣，可以說幾乎沒有遭遇過震災。會頻繁發生地震的，只有後方有高聳山脈的山區小國。

也就是說這裡的居民大多都沒有經歷過地震。

「……這個世界的建築物啊，在建造的時候有考慮過耐震的問題嗎？」

「這我不知道，不過這裡的建築物看起來都相當堅固啊？」

「那也只有城砦或是堡壘，那種有可能會遭到魔物襲擊，或是戰爭時會遭到攻擊的地方吧。一般建築物都是用紅磚砌成外牆，內部用木材搭建，再鋪上地板的簡樸建築。上面的樓層也是這樣一層一層反覆搭建上去的。等於沒有做任何耐震設計吧。」

「……那是不是不太妙啊？」

就算是在地球上，比較少發生地震的地區，建築物也幾乎沒有任何耐震能力，有很多建築物光是碰上震度4級的地震就會倒塌了。實際上也曾有過相隔一百多年才再度發生的地震，對村落或城鎮造成了毀滅性災害的案例。

這如果是發生在文明只有中世紀程度的異世界，又會如何呢。

「亞特……油門催下去。」

「啊？」

「不知道桑特魯城受到了多嚴重的損害。把油門踩到底，我們要全速趕回去！我有股不好的預感。」

「喔、喔……」

由於突然發生的地震，輕型高頂旅行車在平原上全速前進。

他們一日狂飆，抵達歐拉斯大河後，便急急忙忙的搭上傑羅斯製作的橡皮艇，順著河流而下，朝著桑特魯城前進。

兩人最後花了四天抵達桑特魯城。

順帶一提，至於在安佛拉關隘和他們分開的薩沙——

「哎呀～雖然是工作，但我果然不適合監視人啊。還是一個人旅行最讚啦！」

——他終於擺脫了不知道會幹出什麼事情的傑羅斯和亞特，還有沒事就找理由要跟他一較高下的獸人族。在梅提斯聖法神國境內的平原上頂著滿天星空，享受美好的單人露營。

看他這樣盡情地享受一個人的自由時光，讓人實在很懷疑他是不是真的有想要結婚。

第三話　世界重生的餘波喚來了災害

世界樹產生出的魔力洪流因沉眠於南半球的迷宮核吸收了大量魔力而一時衰減，然而在流至北半球後仍舊引發了地殼變動。

說得白話點就是所謂的地震。儘管只是震度約4～5級的輕微地震，對於比較不常發生地震的北大陸西側地區來說，這場地震依然使得缺乏耐震能力的低矮建築物倒塌，對各國造成了許多損害。

沒有出現災情的只有位於山岳地帶的小國伊薩拉斯王國，還有同樣靠近山區的阿爾特姆皇國吧。

當然在索利斯提亞魔法王國境內也有大量的建築物倒塌，國內的政務也因此暫時停擺，各行政單位也慌張得不知如何是好。

身為領主的貴族們也必須盡快處理各自領地的災情，不過該說不愧是索利斯提亞公爵家嗎，已經迅速做出對應，派出了所有騎士團進行救援活動。

「之後再去清運那些倒塌建築物留下的瓦礫，現在要以救出倖存者為優先！把受傷的民眾送去醫療魔導士那裡。」

「這裡發現了需要救助的民眾！瓦礫會妨礙救援，請派人過來協助撤除瓦礫！」

「請第七衛兵隊協助救援！」

「老舊民宅的受災狀況最嚴重啊……」

「畢竟有很多人連整修費用都籌不出來，就這樣直接住在老房子裡啊。而且公寓的倒塌狀況也很慘……」

桑特魯城裡有許多老舊的建築物，更是有不少不夠堅固的民宅倒塌。城內的公寓也是同樣的狀況。這裡的建築物大多是在磚瓦建成的牆面上塗抹灰泥建成，屋內雖然有梁柱固定，也只能撐過一時，不夠堅固。尤其承受不了橫向的搖晃。

只有牆壁倒塌算是輕微的了，但依然是災情，完全崩塌的建築物也很多，清運散亂瓦礫的作業也讓救援活動變得十分困難。

「拿擔架過來！」

「看來是骨折了……先拿副木來固定後再搬運傷患。」

「這位老先生已經……看來是撞到的位置不好……」

「這孩子傷勢嚴重但還有呼吸。不管怎樣都得想辦法保住他的性命！」

儘管如此，在眾人協力之下，救援活動還是漸漸有些進展。

就算是受災民眾，沒受傷的人也和騎士團一起幫忙清運瓦礫，醫療魔導士也忙著治療接連不斷被送來的傷患。簡直就像是在戰場上。

尤其醫療魔導士由於才編組成立沒多久，經驗豐富的人員不足，有不少人甚至是到了這個受災現場才第一次上陣。所以動作不夠俐落，缺乏效率。

隨著實踐轉變為實戰，戶外醫護站就像地獄一樣。

從未上過大規模戰場的莉莎和夏克緹儘管心中抱著「所謂的野戰醫院就像這樣嗎？」的感想，仍因為眼前過於悽慘的景象而說不出話來。

「好痛！好痛喔！喂，快幫我治療啊，喂！」

「求求你們……求求你們了！快點救救這孩子啊！」

「我爸爸……我爸爸沒再睜開眼睛了！救救他……」

傷患不斷被送來。

醫療魔導士當中也有人因為魔力枯竭而失去意識。雖然應該要避免發生這種負責治療的人先倒下的事態發生，然而眼前的狀況卻由不得他們。

莉莎和夏克緹被帶到了這個充滿危機的現場。

順帶一提，德魯薩西斯公爵和克雷斯頓前公爵也在現場負責指揮第一線人員。她們就是被這兩個人給帶出來的。

「狀況很糟呢。這樣下去負責治療的魔導士會撐不住的。」

「要同時應對重傷和輕傷的患者，這樣治療起來太沒效率了。」

「畢竟他們也是第一次面對這樣的狀況吧。現在還沒建立起更有效率的醫療流程，有沒有什麼好方法呢？」

「應該要把輕傷和重傷的患者區分開來。輕傷的患者可以用回復藥水治療，可是重傷患者根據受傷的部位和狀況，治療方法應該也會有很大的差異。在某些情況下還會需要動手術，所以必須去安排治療的優先順序。特別是像遇上這種災害的時候，有些人就算沒有外傷，也有可能傷到了內臟，所以也需要派人做更仔細的診察。」

「啊，我曾經在醫療相關的外國影集裡看過，首先，會用顏色來區分傷勢，然後優先治療重傷患者吧。我記得骨折程度的傷勢是綠色，脊髓受傷程度的是黃色，性命垂危的重傷患者是紅色？我的印象有點模糊就是了。」

「原來如此……還真是簡單明瞭，也能運用在戰場上。我這就採用。」

德魯薩西斯公爵迅速做出了決定並採取行動。

他聽完兩人的話之後馬上命令部下，準備好不同顏色的綁帶跟三位負責診察的醫療魔導士，立刻開始實踐剛才聽到的方案。

他同時還派遣護衛跟在負責診察的醫療魔導士身邊，盡量避免場面發生混亂，做出了不像是初次體驗的迅速應對。

「我們來做回復藥水吧。畢竟照這狀況看來，很快就會用光了。」

「要做是可以，可是材料夠嗎？」

「這問題就交給我吧。我會請人準備好材料，希望妳們能盡量做出優質的回復藥水。鍊金術師也差不多要到這裡來了。」

「結果要動員所有人在現場製作啊～要是傑羅斯先生和亞特先生在，狀況就不會這麼糟了……」

「由於外交問題，我請他們去別的地方了。這次只能算是我們運氣不好。」

「去想那些不在場的人也沒有用啊。我們就在這裡做我們能做的事吧。」

預計要給鍊金術師使用的帳篷早已準備完畢，莉莎和夏克緹立刻開始做起了回復藥水。

在支援的鍊金術師抵達前，就靠她們和醫療魔導士撐住這個醫療現場了。

◇　◇　◇　◇　◇　◇　◇

因地震而受害的不只有住宅區。

位於舊街區的教會牆壁也崩塌了，但幸好路賽莉絲和住在教會裡的孩子們都毫髮無傷，正全員出動在收拾善後。

目前是安潔、拉維、凱、楓、強尼這五個人在整理禮拜堂。

「真的很恐怖耶。」

「搖得有夠誇張的，我當時真的以為自己會死……」

「安潔跟拉維你們太膽小了。我們身上有肉神大人的庇佑，不會因為那點小事就死掉的啦。肉肉肉肉，肉多多。」

「……肉神？比起那個，這個倒下的十字架……要由在下等人來修裡嗎？」

「不修也不行吧……是說凱先不論，楓妳也一點都不慌張耶。」

「因為在下的故鄉經常發生這種程度的地震。至於凱……在下也不明白。」

原先在天花板和牆壁上的裝飾也都因地震而剝落，原本氣氛莊嚴的禮拜堂如今殘破不堪，成排的長椅全都覆上了一層灰。

完全想像不出得花多少時間才能整理完。

「咿～……受損的地方太多了，感覺整理不完啊～～！」

「抱怨也無濟於事吧……嗯？這是寶石？不，怎麼可能……應該是玻璃吧。地上到處都是。裝飾上原本有用到這種東西嗎？」

拉維看到滾落在地的透明石頭，雖然一度以為是寶石，但想想這種小教會裡怎麼可能會有那種東西，便訂正了自己的發言，想著這東西或許可以拿來補貼修繕費用，開始蒐集了起來。

就在這時候，一個儘管因為灰塵而變得有點髒，但表面上有著美麗木頭紋路的小盒子突然掉到了強尼的眼前。

「安潔跟拉維，你們不要顧著講話，快動手……是說從天花板上掉了奇怪的東西下來耶，這什麼啊？」

「這樣的盒子，之前到底收在哪裡啊？在下從沒看過……」

「要不要打開來看看？裡頭說不定收著什麼寶物喔。把那個賣了去吃肉吧～肉～～～♪」

「「「在那之前應該要先修理教會吧？」」」

孩子們雖然異口同聲的吐槽明明處在這種狀況下還是跟平常沒兩樣的凱，依然試著打開了掉下來的盒子。

「喂……這個看起來雖然很像寶石……」

「嗯……有股超級危險的氣息。」

「這個……已經不是要不要拿去賣那種等級的問題了。是絕對要封印起來才行的那種物品吧。在下在離開故鄉時似乎看過類似的東西。那時候上面貼著符咒……」

盒子裡頭裝著的是黑色的寶石，而且散發出一股莫名詭異的氣息。

發自本能的危機意識在警告他們，這寶石是絕對不能公諸於世的東西。

光是看著身上便竄過一股寒意。

「拉維、安潔……你們仔細看看盒子的表面。這是魔法陣吧？我看不懂上面寫什麼，所以不確定，但我想這應該是用來封印的術式……」

「嘖……沒用的東西。這樣豈不是不能吃肉了嗎……這種垃圾玩意兒，趕快丟了吧。」

『『『為什麼一扯上肉，他講話的口氣就變得這麼惡劣啊……』』』

凱是個堅定不移的以肉為尊主義者。

強尼輕輕把寶石收回盒裡後，用繩子將盒子誇張的五花大綁起來，還仔細的讓黏著劑滲進繩子裡，牢牢的固定住。

就算這樣好像還是可以感覺到裡頭洩漏出詭異的氣息，不過既然已經牢牢封好，沒辦法輕易打開了，孩子們又再度把心思放到整理環境上。

「強尼，那顆寶石的事不用告訴修女嗎？」

「我之後會告訴她。不過可以的話，我覺得應該要先找大叔商量一下。」

「可是大叔不在吧。在那之前得收好，別讓人打開才行。」

「不過……這盒子是從哪裡掉下來的啊？」

「嗯～……我猜啦，這盒子原本應該藏在禮拜堂的裝飾後面，不然就是屋梁上吧。因為有一部分的天花板被剛才的地震給震壞了才會掉下來。比起那種事，沒有什麼能拿去賣的東西嗎？最近很久沒吃了，所以我很想吃肉啊……」

「「「說什麼比起那種事……這很重要吧。」」」

刻意藏在教會的裝飾裡，表示這或許是價值不菲的東西，然而是贓物的可能性也很高。

仔細看看地板上，就會發現除了那個盒子以外，也散落著許多袖釦、戒指等顯然不該出現在這間教會裡，感覺相當昂貴的配件或飾品。

「把除了這盒子以外的東西全部蒐集起來，送去給衛兵比較好吧？而且這樣我剛剛撿到的石頭也有可能是寶石。」

「你說寶石，原來拉維你也撿到了喔。這個感覺真的很不妙耶……是說這到底是什麼時候藏在那裡的啊。」

「從天花板毀損才掉下來這點來看，推測是在建設這間教會時，或是在進行修繕工程時藏進去的比較合理吧？」

「不過在下這邊發現了一個布袋喔？看起來相當老舊。其他東西原本恐怕都裝在這布袋裡吧。如果是在進行修繕工程時藏進去的，那當事人應該有打算要在事後取回這些東西吧。之所以只有這個盒子固定在梁上，是因為沒有縫隙可以藏。不對，是沒有時間藏嗎？」

「既然要藏，裡頭怎麼不放肉呢……放什麼上頭有詛咒的寶石，做事也未免太不機靈了吧。」

「「「不，按常理而言，肉會臭掉吧。」」」

凱似乎是認真的覺得肉連時間都能超越。

這件事先放一邊，但包含封印在裡頭的寶石在內，這個盒子是贓物的可能性愈來愈高了。

可是問題出在年代上。

這間位於舊街區的教會，是在索利斯提亞魔法王國建國之前就建造的，所以如果是有人趁建造當初藏在這裡，就表示這是羅安席納王國時代的東西。

問題是發現過去的贓物時，在法律上，東西的所有權應當歸屬於誰。是發現者、教會的現任管理者，還是管理者的上司梅爾拉薩祭司長？說不定也有可能屬於擁有教會所有權的索利斯提亞公爵家。

「…………把這件事告訴祭司長沒問題嗎？」

「嗯……感覺她會把這些東西全都拿去換成酒。」

「不…………就算是祭司長，這種事……」

「也無法斷定她絕對不會這麼做。」

「祭司長完全不受信任呢……她明明是個會給我們吃肉的好人……」

孩子們若無其事的說著過分的話。

總之他們還是把能撿起來的東西都先撿了起來。

「你們大家都在這裡嗎？」

「喔，修女。」

「嗯，所有人都在這兒喔？」

「我接下來要去附近鄰居那邊繞一圈，看看有沒有人受傷，所以會有一段時間不在。至於收拾的工作……」

「唉，畢竟有些人家可能整棟房子都垮了吧。修女妳就專心去治療那些傷患吧。剩下的事情我們會處理的。」

「回復藥水夠嗎？」

「有帶急救箱嗎？手帕呢？包包裡面有帶出入境許可證嗎？」

「修女又不是要去旅行。不過拜託妳帶肉串回來當伴手禮，感恩～」

「…………」

正因為現況如此，這是孩子們想讓她放心出門而展現出的體貼。

可是表達的方向完全錯了。

「那我不在的這段期間就拜託你們了。你們要小心點喔。」

「我們不會有問題啦，修女妳不用擔心。趕快去吧。」

孩子們目送在接連發生餘震的情況下仍有些不安，還是拿著急救箱，急急忙忙走出教會的路賽莉絲離去。

「天花板……感覺快掉下來了呢。」

「畢竟是棟老舊的建築物，這也無可奈何。」

「被白蟻咬爛了呢～」

「其實我們一直住在很危險的地方？」

「繼續這樣放著很危險，連天花板的木片一起拆下來吧。反正那些木頭都爛了，小事一樁啦。」

凱不知何時沿著柱子爬了上去，站到了天花板的梁上。

他明明很胖，動作卻意外的輕快俐落。

然後他就這樣基於自己的判斷，開始拆起了天花板。

「……這樣好嗎？」

「別說了，拉維……在下等人什麼都沒看見，對吧？」

「哎呀，畢竟好像都被白蟻咬爛了，只要說天花板掉下來了，就能蒙混過關了吧？」

「妳這意思是要我們先套好招，對外口徑一致嗎？安潔妳心機意外的很重耶……啊，糟糕。忘記跟修女說這顆寶石的事了。」

「「「啊………」」」

畢竟是在緊急狀況下，這也沒辦法。五人死心之後默默地清理起地上的瓦礫。

在那之後，他們雖然很煩惱該怎麼處理掉這些由於腐朽而拆下來的裝飾，還有天花板的木片等廢棄物，但在討論過後決定放火燒掉這些東西。

外觀破舊，唯有歷史悠久的這座教會，就此失去了過去被隱藏起來，引以為傲的天花板壁畫，但因為是出於不可抗力，所以他們沒有因此受到責罰。

然而在幾十年後，造訪這座教會的藝術家得知自己原本想看的歷史性作品遭到燒毀的事實，當場暈了過去，那又是另一個故事了。

◇◇◇◇◇◇

跟新街區相比，舊街區的災情沒那麼嚴重。

儘管如此仍能看見好幾棟倒塌的建築物，路賽莉絲目睹眼前災情，一時說不出話來。

「這……真是太慘了。」

舊街區的建築物大多仍保持著古老的建築樣式，就算乍看之下像是全新的建築物，也是經過幾番修修補補後的結果，耐震能力不佳。

不過該說幸好嗎？由於建築物大多是平房，受災的狀況都是牆壁上開了洞，或是天花板掉了下來，放眼望去並沒有太多人受傷。

不過往上增建二樓的建築物還是免不了災情，可以看到有許多民宅的一樓部分被壓垮，居民們正在合作救出受困的民眾。

「各位，你們還好嗎？」

「喔～是路賽莉絲小姑娘啊。老夫等人是沒事，不過伊帖茲家的次男被壓在屋子底下了吶。」

「我們是想救他出來，可是……」

「是碰到什麼問題了嗎？像是被梁柱和瓦礫埋住，很難救他出來之類的……」

「不是……」

「總覺得……不救他也無所謂吧，包含老夫在內的所有人都開始這樣想了吶。」

「咦？」

那些在幫忙救出其他受困民眾的人，臉上都掛著一副受夠了的表情。

其中甚至還有人憤慨到頭上都爆出青筋了。

再加上從一樓垮掉的住宅那邊傳來的年輕男性聲音。

「動作快啊！你們這些沒事活了那麼久，動作慢吞吞的傢伙！還不賭上你們的性命，來救還有未來的年輕人！到底在混什麼吃啊，我的腿可是骨折了耶！很痛、很痛啊！要是我死了該怎麼辦啊！我到時候絕對會詛咒你們所有人的！」

「閉嘴，你這隻米蟲！我們現在光是救小孩子就忙不過來了！」

「小孩那種玩意兒，放著別管就好了啦！就算死了，哥哥們晚上努力來個幾發，馬上又會生一串出來啦！先救我啦！那些不肯親近我的小孩們死了也無所謂吧！年輕力壯又能工作的我，比那些臭小鬼更重要吧！你說是不是啊！老爸！」

「啥？比起一直找不到穩定工作的廢物兒子，當然是我孫子比較重要啊。反正你今天也是回家來偷錢，才會活該被埋在屋子底下的吧！這是上天在懲罰你，你死死算了！」

「開什麼玩笑，老……老爸你就算看到我就這樣死了，也不在乎嗎！」

「是啊！反正你至今為止都活得那麼自我中心，死後的表情想必也很安祥吧。」

「那是該對自己兒子說的話嗎！」

雖說一旦碰上生命危險，就能看清一個人的本性，但受害的民眾當中顯然混了一個人渣。

那傢伙似乎差勁透頂，不僅周遭的人，甚至連親生父親都懶得理他。同時也是路賽莉絲記得自己以前還是不良少女時，曾經在鎮上狠狠痛揍過一頓的對象。

是在負面意義上的兒時玩伴。

「…………」

「怎麼樣？會不想救他對吧？」

「……救出他之後，再把他埋起來怎麼樣呢？我覺得讓那種自我中心，連句感謝的話都說不出口的人活著，好像也沒什麼意義。」

「小姑娘……妳的想法還真激進啊。唉，雖然老夫很能理解妳的心情。」

「不如說最後再救他比較好。我認為這是個讓他反省自己過去作為的好機會。」

「老夫也有同感。」

儘管外表看來是聖女，路賽莉絲仍有明確的好惡。

尤其是這家的次男似乎已經忘記自己曾被路賽莉絲給教訓過的事情，現在也經常會跑來搭訕路賽莉絲，妨礙她出門看診，讓她困擾到了極點。

也因為這樣，路賽莉絲對這家次男的態度冷漠到不行。

已經厭惡到在路上看到他會刻意避開的程度。

而附近的鄰居也和路賽莉絲一樣，非常討厭這個本來就沒有優點會讓人喜歡上他的次男。因為大家不管怎麼規勸他，他都還是死性不改，這也是當然。

「成功救出孩子了！雖然身上有些擦傷，但孩子平安無事。」

「請把孩子帶過來，我馬上幫他做治療。」

那個次男或許是聽到這段對話了吧，他馬上想到可以向路賽莉絲求助。

因為路賽莉絲是個每天都會為了貧困的人，以低廉的費用治療他們，宛如聖女的女人，一定會來救他的。次男心裡打著這樣的如意算盤，粗聲粗氣地大喊。

「路、路賽莉絲！妳重要的老公可是快死在妳眼前了喔，快想辦法說服我老爸他們，來救我啊！」

「請問你口中的老公是指誰？事實上我和你並未發展成那樣的關係，可以請你不要隨便亂說嗎？」

「啥？妳是我的女人吧，說什麼傻話啊！」

「我是有未婚夫沒錯，但對象可不是你喔？由於對方是比我年長，又非常可靠的人，可以請你謹言慎行，別做出會讓旁人誤會的發言嗎？這樣我很困擾。」

「我才不承認那種事！妳會是我的東西，乖乖聽話就對了！」

「……現在被壓在瓦礫底下的你，是可以做什麼呢？你要是繼續這樣亂說話…………我會懲罰你的喔？」

雖然這次男不過是擅自宣稱路賽莉絲是他的女人，但對路賽莉絲而言，這是她無法忽視的發言。她不希望讓傑羅斯看到這種場面，對她產生誤會。

幸好傑羅斯有事外出，到遠方去了。

「哈哈哈，妳說要懲罰我～？還真勇敢呢～喂，妳一個女人是能做什麼啊？」

「這個嘛，我想應該是在小巷裡把你打倒在地，騎到你身上之後用拳頭痛揍你一頓，打暈你之後再剝光你，把你全裸的倒吊起來吧？」

「…………………啥？」

「你還記得吧？以前……你找我的孤兒伙伴麻煩，被我狠狠揍了一頓之後，倒吊在中央廣場的路燈上，對吧？我記得很清楚。你跟那個時候一樣，什麼都沒變呢。」

「………啊？」

「都成年了，仍舊沒有穩定的工作，現在還是整天遊手好閒，沒錢了就從老家偷，都長到這年紀了，你到底在做什麼啊？身為一個成年人，你都不覺得可恥嗎？不僅如此，自己明明沒什麼實力，卻只會在女人或小孩這些比你弱小的對象面前虛張聲勢，碰到比你強的對象就只敢逢迎諂媚對吧？啊～……我記得你以前的綽號好像就是弱雞嘛。現在變成尼特族弱雞了。」

「啊……啊啊啊啊啊啊啊啊啊！」

這番話在次男的腦海中，喚醒了過去造成他心靈創傷的畫面。

他們五個男孩子在小巷裡圍著一個孤兒女孩，正在欺負她的時候，那位少女一手拿著木棍現身了。少女不由分說地打飛了那五個男孩，接著還騎到自以為是五人中領袖的次男身上繼續痛揍他，等他暈過去之後剝光他，將他全裸的倒吊在路燈上。

肚子上還用顏料寫著「卑鄙的弱雞」……

「啊～……原來那是小姑娘妳做的啊。那真是傑作，讓老夫笑了好久呢。畢竟這傢伙從以前就不聽人說話啊～」

「我到現在還是只要看到這笨蛋的臉，就會想起他被吊起來的悽慘模樣。在開口教訓他之前還得忍住笑意，很辛苦呢。」

「雖然他嘴上講得自己很了不起，但我一想到那個小鳥全露，被倒吊起來的模樣……噗哈！」

「他那時候哭得可慘了呢～……我記得嘴裡還喊著『不要看～不要看我啦～……媽媽，快來救我啊～』是吧？不管以前還是現在，都只會給媽媽添麻煩啊？真受不了。」

「啊啊啊啊啊啊啊啊啊啊啊！」

人是基於過去累積的點點滴滴，才得以活在當下。

大大小小的好事或壞事，這些經驗——尤其是在心裡留下強烈印象的事件，人是無法忘記的，只要出現某些契機，就會突然回想起來。

會造成心靈創傷的記憶也是其中之一，不管再怎麼隱藏內心的感受，仍會永遠殘留在記憶的深處。絕對不會消失。

這家的次男雖然每次看到路賽莉絲就會糾纏不清地跑去搭訕她，然而在得知她其實是過去制裁自己的少女時，一直隱藏在心底深處的討厭回憶便鮮明地復甦。

而且周遭那些上了年紀的叔叔們也全都想起了這件事，讓現在的自己身上塗滿了過去的恥辱。

『不要……對不起。我不會再做了……』

『……』

『好痛……好痛喔～為什麼我得遭受這種待遇……』

『……』

『對不起、對不起、對不起……』

跨坐在他肚子上，面無表情，不斷揮拳的少女。

在陰暗的小巷裡，而且還是受害者仰望著施暴對象的構圖，那景象帶著有些恐怖的氣息被記憶下來，恐懼感深深地刻劃在過去那少年的心中。

等少年恢復意識時，已經被全裸地倒吊起來，至今那些他瞧不起、欺負的對象也在嘲笑他，父母在知道他做了壞事後也臭罵了他一頓，就連那些他原本以為是朋友的人，也全都離他而去了。

在那之後他有好一段時間都過著孤單的生活。

他在路賽莉絲出國進行神官修業前都關在家裡，等到事情已經平息下來後才踏出家門，後來又故態復萌，反覆做出同樣的惡行。

結果他只會和一些同為人渣的傢伙混在一起做壞事，連父母都受不了他，跟他斷絕了親子關係，然而這愚蠢之徒遺忘的過去，又再度曝光在世人的眼前。

「沒想到這傢伙就是傳說中的初代『全裸倒吊者』啊……我完全沒發現呢。」

「這件事變成傳說了嗎？」

「因為那時候小巷裡有很多無可救藥的壞小鬼啊。在那件事情之後，我就會用同樣的方式制裁那些傷害我同伴的傢伙。我們會專挑自以為是群體中老大的臭小鬼下手，讓他在眾人面前丟臉。我記得我也至少做過五次吧。」

「這麼說來，那些老愛做壞事的小鬼們的確有一陣子突然乖起來了呢。原來是因為有些傢伙跟我那蠢兒子有同樣的遭遇啊。」

「那種事情我只做過一次而已喔？」

當時就連路賽莉絲也覺得把人剝光後倒吊起來實在做得太過火了，深刻反省後便沒有再使用過同樣的手段。但她沒想到居然接連有人模仿她的行為。

而且眼前就有一個模仿她的人在，令她難掩驚訝。

「原來這傢伙是傳說人物呢。可要把這件事告訴大家才行。」

「別、別說出去～～～！我求求你，唯有這件事……」

「我拒絕。我記得你之前動手揍我，擅自拿走店裡的商品時，還大放厥詞，說『明明是個男人卻沒辦法還手，像你這種弱雞，乖乖聽老子的就對啦』對吧？那我當然要如你所願的好好回敬你一番啊，你說是吧？傳說中的全裸哥。」

「拜託你不要！路賽莉絲，妳快阻止那傢伙！」

「啊，這麼說來我得去治療獲救的孩子。不好意思，沒辦法幫你們收拾善後。」

「不會，別在意。小姑娘妳去做妳能做的事吧。」

「好的。那麼救助民眾的工作就麻煩各位了，加油喔。」

「好，交給我們吧。」

「等等啊！」

路賽莉絲為了在這場災害中盡一份力，離開這裡去治療獲救的孩子之後，其他男人們也陸續離去，繼續收拾善後。

然而這裡還有一個被壓在瓦礫底下的人。

「喂，大叔。要救這傢伙出來嗎？我是覺得就這樣放他個三天也不錯啦。」

「畢竟是個不懂得反省的全裸笨兒子。放著不管也行吧。」

「也是。不像樣的廢人就算掛了也無所謂。」

「喂，不是吧？救救我啊，喂！老爸！」

在遇到危難時，素行不良將會嚴重的害到自己。

包含他的父母在內，周遭所有人都決定拋下這個平常總是蠻橫無理，光會旁人添麻煩的男人，放他獨自在瓦礫中哭號了好一段時間。

而在他終於獲救時，他就是傳說中的全裸哥這件事也已經傳開了。

◇◇◇◇◇◇

地震的影響遍及整座桑特魯城。

雖然面向中央大街那些堅固的建築物頂多只有屋裡的櫃子或家具傾倒，城裡還是有幾棟建築物倒塌了。

其中也包含了貝拉朵娜的魔導具商店。

「……唉，這也沒辦法。畢竟是棟老房子了。」

看著自己的店一樓部分完全被壓垮的樣子，貝拉朵娜喃喃說著放棄的話。

她以前為了重振因為沒用店員導致客人都不上門的這間店面，請人來做了裝修工程，好招攬客人。

改建需要取得屋主的同意，屋主一開始也有意願要重新裝修這棟房子，可是在看到那古里的估價後，就因為財務問題而拒絕了。最後只有貝拉朵娜出資，稍微整修了外觀。

也因為這樣，工程不是由飯場土木工程公司進行，而是他們從中斡旋，介紹了其他業者來。只有庫緹一心認為工程是飯場土木工程公司做的就是了……

然而到最後店面仍因為這次的地震而倒塌，只留下貝拉朵娜白花了一筆錢的結果。

如果是請飯場土木工程公司來進行裝修工程，或許會有不同的結果吧。

所謂的現實就是如此的無情。

「我也沒錢重建，既然這樣，店也只能收掉了。好了，往後該怎麼辦呢。」

貝拉朵娜是個有氣度，能夠接受現實的成熟女性。

一方面也是店鋪原本就處在經營不善的狀況下，她本來就覺得店在近期內就會垮了，只是沒想到會這樣物理性的垮掉。

即便如此，也因為她早有覺悟這家店遲早會倒閉，現在只不過是提前了而已。

而且她之前就有調整過素材等商品的進貨量了，所以除了建築物本身之外，並未有太大的損失。

『雖然母親總是跟我說，重要的東西應該要帶在身邊，但我沒想到這句話真的會有派上用場的一天呢。母親，謝謝妳……』

貝拉朵娜輕輕拍掉老舊包包上的灰塵，安心地嘆了口氣。

這個包包其實是從迷宮裡發現的「魔術背包」，可以裝下從外觀看來難以想像的大量物品，非常方便。

她在當鋪看到這包包被拿出來低價拋售時，還懷疑店家是不是瘋了。

從這包包的收納量來看，這可是國寶級的道具，可是因為外觀太破爛了，所以沒人發現這個事實，現在被貝拉朵娜拿來當成收藏重要物品的倉庫。

也拜這破爛的外觀所賜，就連庫緹都被騙過去了。

至於庫緹——

「啊哈哈哈！店～長～～店整個垮了耶～妳從今天開始就身無分文了喔～活該～～♪」

——正用惹人生氣的態度，以別人的不幸為樂。

面對幸災樂禍的庫緹，貝拉朵娜無言的看了她一眼後，突然賞了她一記華麗的迴旋踢。

庫緹發出「咖噗啦！」的奇怪叫聲，生動地飛了出去，直接撞上了路燈。

「既然租來的房子變成這樣，店面也沒辦法繼續經營下去，只能收掉了。也得跟房東說一聲才行……」

「痛痛痛……店～長～妳太過分了啦～」

「妳才過分。唉，算了。反正魔導具店就到今天為止。雖然我基於惰性一直經營著這家店，這下總算能下定決心了。」

聽到這句話，庫緹臉上立刻浮現出得意的笑容，彷彿自己立了什麼大功。

然後開始說起一些不說也罷的廢話。

「唉～這樣店長也失業了呢～一把年紀了，不但嫁不出去，還沒有工作，真是丟臉丟到家了唷～廢上加廢呢～」

「……喂。」

「哎呀，這也沒辦法呢。畢竟店面是這個店長唯一的可取之處，卻垮了，這下完全沒有優點了唷。就只是個嫁不出去的老女人。從今以後要流落街頭了呢～窮途潦倒啊～」

「…………我說妳啊。」

「所以我之前不就說了嗎～只要把這間店交給我就萬事大吉啦。然而沒用的店長卻賭氣不肯——嘎呼！」

貝拉朵娜的黃金左拳狠狠地擊中了庫緹的心窩。

而且她的拳頭上還挾帶著魔力，經過強化使拳頭的衝擊能夠滲透到內側，對庫緹的內臟造成強烈的打擊。

一般來說這會讓人當場死亡，不過貝拉朵娜也抱持著「這傢伙不會因為這種程度的攻擊就死掉吧」的奇怪認知，所以毫不留情的使出了危險的攻擊。

哎呀，這也是稀鬆平常的事了。

「妳倒是很敢說啊，不過妳……真的有搞清楚狀況嗎？」

「唔唔……妳是指什麼啊～…………」

「魔導具店倒閉，這表示妳也失業了喔。妳今後的生活打算怎麼辦？話先說在前頭，我可沒打算要照顧妳喔。」

「……資、資遣費呢？」

「妳覺得會有嗎？客人因為妳的關係都不上門，妳還是個光會吃飯的廢物。妳覺得我有可能會付資遣費給妳這種只會扯人後腿的沒用店員嗎？」

「……」

「而且妳還擅自跑去餐廳大吃特吃，用我們店裡的名義賒帳吧？先說我是不會幫妳付那些飯錢的喔。而且聽說現在不管是哪家餐廳都禁止妳入店了喔。妳有辦法在這座城市裡生活下去嗎？」

現實被搬到眼前，庫緹的臉色逐漸變得蒼白起來。

沒錯，她忽略了這些不用細想也能知道的事情。

「所以店長妳打算怎麼辦啊～」

「我？我會回鄉下老家啊。不過妳連回去的地方都沒有呢。」

「…………咦？」

「聽說叔叔他們搬家了，而且沒告訴任何人他們搬去了哪裡。他們好像是怕妳回來，所以像是半夜跑路那樣，連夜逃出了村裡喔。」

「那我也跟店長回老家……」

「不行吧。妳覺得我父親會放過妳嗎？不僅如此，加上過去的恩恩怨怨，全村的人會一起把妳抓起來，處以私刑吧。」

這世上根本沒有庫緹的歸處。

「請店長負責照顧我啦～」

「對不起喔～我……已經不是店長了唷～也．就．是．說，我不需要再照顧妳了呢～♪」

「好過分！太不負責任了吧！」

「我才不想被妳這個存在本身就夠不負責任的人批評！怪妳自己平常做了太多壞事吧。不過沒辦法呢，因為……妳根本就不會好好反省，今天的事妳也轉眼就會忘記了吧？」

「才沒有那種事！我會好好反省，活用失敗的經驗啦～因為我是天才啊。」

「那妳為什麼每次都會犯一樣的錯？妳根本沒把別人的話聽進去，都當成耳邊風了吧？」

「…………」

庫緹二話不說地別開了頭。

正如同貝拉朵娜所指摘的，庫緹對自己是天才一事深信不疑，根本沒打算要聽別人說話。

只要能夠撐過眼前的困境，之後的事情她完全沒放在心上。無論是多麼愚蠢的人都懂得要反省，她卻辦不到。

她這也算是某種心理病態，超級大白目。

「那我去找完房東之後就要回鄉下去了，妳就隨心所欲的過自己的生活吧。再會～應該說永遠別再會了。」

「請、請妳等一下……咕呼！」

或許是方才揍在她心窩上的那一擊奏效了吧，庫緹當場倒下。

貝拉朵娜就這樣放著她不管，消失在人群當中。

庫緹就這樣成了無業遊民。

這是題外話，但貝拉朵娜其實沒有回鄉下，而是去借住在男朋友家裡。

後來他們結婚，正式展開了夫妻生活，不過那又是另一個故事了。

由於相當於監護人的人物消失了，結果等於是將惡劣的猛獸放到了社會上，在這之後，因為庫緹惹事生非，給旁人添麻煩的事件又增加了。

第四話　世界重生的開端留下餘波的爪痕

震災後的復興沒這麼容易。

追根究柢，在沒有重型機械的這個世界，取而代之在此時受到重用的人才，是能夠運用「蓋亞操控」等土木工程魔法的魔導士，但就算這個國家的魔導士人數比其他國家更多，對於不了解該如何進行救災活動的他們來說，這依然是相當困難的工作。

在討論持有魔力量和是否能活用自然魔力之前，他們原本就缺乏經驗，又不擅長精細作業，根本不可能運用在救災活動上。而且還很容易魔力枯竭，馬上就會暈倒。

在這個多一個人手也好的狀況下，讓魔導士投入救災活動乍看之下是有用，實際上卻派不上什麼用場。

儘管處在這種情況下，仍有一群人充滿活力的在進行救災活動。

「臭小子們！這雖然是賺不了錢的慈善事業，但你們可不准偷懶啊！」

「「「「呀～～～哈————！」」」」

——飯場土木工程公司。

只要是能夠發揮他們技藝的地方，不管是工地還是災區都無關緊要。

他們在公司老大那古里的指揮下有紀律地行動著，轉眼間便將倒塌的建築物拆解完畢，還連可以回收再利用的建材都分類好了。

「不過啊……不夠堅固的建築物還真多啊。除了我們經手的建築物以外，幾乎所有建築物都多少有些損傷嘛。」

「那是因為跟我們相比，其他業者經手的建築物都像是偷工減料的產物吧。」

「啊？你這傢伙……在說什麼啊？既然裡頭要住人，那種三兩下就會壞掉的建築物有什麼意義啊。堅固、耐用、舒適，這三項是對建築物的基本要求吧。」

「要是能再加上便宜，那就無可挑剔了。」

「你啊～……這又不是去餐廳吃飯。不肯花錢在自己要住的地方上，是想怎樣？不過別再閒聊了。所以有能證明這個人身分的東西嗎？」

「沒有，只有一個裡頭放有他和家人合照的項鍊墜子。」

「這樣啊，那就把那個項鍊墜子收好，把遺體送去火葬場！畢竟放著不管，屍體很快就會腐化，難保不會因此爆發傳染病啊。」

在邪神戰爭後，這個世界的建築技術就落到了中世紀水準。

在這之中唯有矮人的建築技術水準異常的高，儘管是在不常發生地震的地區，仍在漫長的經驗中習得了耐震以及計算負重等建築技術，並在無意識下靈活運用著這些技術。

他們就像江戶時代那些光靠一把角尺就能當場進行複雜的計算，靠著單純的設計圖就能完成宏偉建築物的建築工匠。

而且他們非常勤勉向學，總是不惜餘力的在精進自己的技術。

包含耐火、耐震、通風性、計算負重技術、基礎工程技術、灰泥、油漆、水管配管、排水技術等，以及需要精密計算的建築設備相關技能，他們都基於總之去做就對了的單純思考方式，經過嚴格的鍛鍊，達到了可以當場憑著直覺完成的境界，所以就連多少懂一點現代建築技術的傑羅斯都驚訝得說不出話來。

他們所做的事情跟武術修行差不多，然而這些當事人卻完全不放在心上。對他們而言，只要能做出最棒的工作成果，其他瑣碎的事情都無須在意。

「老大，有人被埋在底下了！人還活著。」

「喔！用擔架把人送到醫護站那裡去。我們要徹底翻遍這一帶。」

飯場土木工程公司的眾人不僅撤除瓦礫及倒塌建築物的速度快，在援救災民的工作上也表現得極為出色。

速度快得簡直相當，或者說更勝於特殊機動消防隊。

他們在撤除瓦礫的同時接連救出災民。

「這裡也有。不過很遺憾，這人頭被壓爛，已經沒命了。」

「遺物該怎麼處理？」

「交給葬儀社的人吧。弄清他的身分後，葬儀社的人應該會連同骨灰一起送還給他的親屬。」

比起騎士和衛兵們的救災作業，鎮上的土木工程公司表現得更為出色。

他們乍看之下是在進行慈善活動，然而他們腦中完全沒有無償付出的人道精神，只覺得這樣正好可以訓練新人進行拆解作業。

沒錯，預先演練該如何迅速拆掉他們看不順眼的委託人新家，就只是這樣……

而且他們也可以趁機習慣會看到屍體這件事……或許是這樣吧？

不管理由為何，對於受到他們幫助的人來說，的確是令人感激不盡。

結束護衛商隊的委託，伊莉絲、嘉內、雷娜三人返回桑特魯城後，發現那裡成了災區。

有些傷患正在接受治療。有些災民已經不幸喪生，正被送往臨時遺體安置所。

那景象宛如戰場。

「……太慘了。這還是我有生以來，第一次碰到這種災害。」

「是因為至今從未經歷過這種劇烈的地震嗎？沒想到那時的地震竟會造成這等慘況……」

「這麼說來，這裡到目前為止都沒發生過地震耶。好像只有在完成伊薩．蘭特的委託時有過一次？」

「好像是有那麼回事呢。不過那時候馬上就停了啊？」

「畢竟這次搖了很久呢。」

三人在完成委託，返回城鎮的途中遇上了地震。

雖然原為日本人的伊莉絲面對地震時表現得很冷靜，不過在少有地震的這個地區出生長大的嘉內和雷娜是第一次碰到這種長時間的地震，把兩人嚇得魂飛魄散。

在地震平息後，身體仍有種地面還在搖晃的感覺，讓她們連路都走不穩，像是暈船了一樣。

「伊莉絲妳為什麼都不怕啊？」

「我？因為我以前生活在經常發生地震的地區，所以多少習慣了。畢竟我有經歷過比那還大的地震啊，不會因為那種程度的地震就嚇得驚慌失措啦。」

「據說在火山較多的地帶，會比較頻繁地發生地震對吧？看來伊莉絲以前也是生活在相當危險的地方呢。唉，雖然拜此所賜，碰上地震也能保持冷靜就是了……」

「除了我之外，亞特先生和叔叔也跟我來自同一個國家喔？不僅經常會有那種程度的地震，微弱的地震更是三天兩頭就會發生，事到如今當然不會因為這樣就亂了陣腳。」

「我覺得我應該沒辦法習慣。我之前還覺得世界末日要到了。」

對於在地球——尤其是在日本這個國家長大的「入江澄香」，也就是伊莉絲而言，地震不過是家常便飯。然而對嘉內或雷娜而言，地震根本是重大災害，甚至無法從容的面對震度4程度的地震。

這個異世界其他的居民也一樣，每當餘震發生時便會傳出慘叫聲。

就連這種時候必須冷靜行動的騎士和衛兵們，也只有表面上看起來鎮定，臉色卻非常差。

「大家的反應太誇張了啦～……」

「這地震大到建築物都垮了耶？我覺得一點都不誇張。」

「不如說像伊莉絲妳表現得這麼鎮定才奇怪。而且城裡明明就有很多受災戶，妳這樣說未免太冷血了吧。」

「建築物會垮，不就是因為耐震設計做的不夠好嗎？那又不是我的錯，而且在我的故鄉，房子碰上這種程度的地震才不會垮。」

「「…………」」

伊莉絲沒發現到自己的認知出了問題。

在日本，地震的確不是那麼稀奇的事，不如說反而是從以前就經常會發生的自然現象，所以在建築方面會特別重視耐震性已經成了理所當然的事。

就連法隆寺的五重塔這種有著悠久歷史的建築物，都設計成了遇上地震也不會崩塌的構造，可見耐震設計對日本人來說就是如此貼近生活的概念。

『不過就這種程度的地震，房子為什麼會垮啊？』從她的角度來看就是這種感覺。

相較之下，雷娜和嘉內原本就生活在少有地震的地區，震度4的地震在她們的認知中已經屬於大災害了。

而且她們從未經歷過足以震垮建築物的天災，伊莉絲這若無其事的反應才讓她們感到難以置信。遑論是三天兩頭就會有地震的狀況，簡直是天方夜譚。

「……在伊莉絲生長的國家，建築物到底是有多堅固啊。」

「一定是大手筆的用石材建成的堅固住宅吧。」

「是木造建築喔？發生大地震的時候雖然房子會很晃，不過只有牆壁上會出現一些裂痕，房子本身不會有事。屋裡會亂成一團就是了啦。」

「妳那是在說發生了比這次地震還大的地震時的狀況對吧？」

「嗯。地震大到連人都站不穩。像這樣……從靜靜的搖晃，突然轟地一聲，整個天搖地動起來。櫥櫃明明有門，餐具卻還是飛了出來。東西也不是垮掉就是摔下來，真的很嚴重耶。」

「『真不敢相信。』」

伊莉絲所說的大地震，在兩人聽來根本是世界末日時才會發生的傳說級災害。

「不過最恐怖的應該是二度災害吧？」

「『二度災害？』」

「以內陸地區來說，應該是火災吧？比方說地震發生時正好在煮飯，就會從那邊開始起火，擴散到周遭。」

「那可不是開玩笑的耶？」

「像這種城塞都市，要是發生由於火災引起的火災暴風現象就危險了。其他地方發生的火災導致火勢變得更強，產生上升氣流，演變成火風暴，把旁邊原本免於受災的建築物也捲入其中，一路擴大下去。因為能逃的地方也會受限，所以受害者只會不斷增加……」

「等一下！現在……城裡就正在發生火災耶……」

鎮上有許多餐廳，住宅區也有不少在公寓住宅裡自炊的家庭，要是那些地方起火，八成會瞬間擴散開來。

雖說逃到外頭或許就能逃過一劫，然而對於被夾在瓦礫堆裡的災民們來說，等著迎接他們的將會是悲慘的命運吧。

也就是說必須在火災擴大之前，想辦法滅火才行。

「只能避免火災發生了。」

「我想應該已經有人在滅火了，問題是人手夠不夠……」

「我是覺得可以用魔法來滅火，可是這樣說不定會波及到被壓在瓦礫底下的人……沒辦法用水壓太強的魔法。」

「畢竟處在這種狀況下，就算會有一些犧牲，也只能接受了。因為要是真的演變成大火災，那時候就無計可施了吧。」

「也只能看狀況來應對了。我們不可能拯救所有人的。」

三人一邊討論著這些事，一邊趕往火災現場。

穿過人群，朝著冒出黑煙的位置前進後，眼前是一棟有幸未在地震中倒塌，二樓處卻發生了火災的四層樓高公寓。

由於火勢已經延燒到三樓，這樣下去整棟公寓一定都會陷入火海。

「不要啊啊啊啊啊！拜託……拜託誰去救救我兒子！」

「我老伴還在裡頭啊！」

「救救我！這裡好燙！」

「你們幾個，我把這孩子拋下去，你們接住他！」

「那我老伴怎麼辦啊！」

「反正她也是來日無多了，當然是先救小孩子啊。哈哈哈。」

狀況相當急迫。

就算小孩子能獲救，老婦人也一定會被大火給吞沒吧。

火勢擴散的速度就是這麼快。

「這個道具應該派得上用場吧。」

「嗯？那是戒指嗎……是魔導具嗎？」

「現在情況緊急，我晚點再解釋！要開始嘍～～！」

伊莉絲立刻戴上從道具欄中取出的戒指，連續擊出水彈。

彷彿不在意魔力消耗的多發水彈，滅去了原本燃燒著的梁柱和天花板上的火，想辦法開出了一條人可以通過的路。

伊莉絲帶頭衝了進去，雷娜和嘉內也跟在她身後。

「嘿！嘿！嘿！嘿！」

「那幾個小姑娘好厲害啊！」

「她們居然一邊用魔法滅火一邊前進！」

「這樣我們就有救了！」

順帶一提，伊莉絲使用的戒指是叫做「水精之戒」，在「Sword and Sorcery」裡是很容易就能從迷宮中取得的裝備道具。

由於效果是可以吸收周遭的魔力，連續擊出水彈，是希望能抑制魔力消耗量的魔導士在牽制敵人時愛用的道具。

也因為威力不強，就算會搭配其他類似的裝備做戰術性運用，在玩家升到一定等級以後，還是會面臨立刻被拿去賣掉的可憐待遇。

而這個道具現在正在火災現場發揮它的價值。

「伊莉絲，那邊的地板快垮了，妳小心點。」

「好～」

「火滅得很快呢……這樣應該可以救出那些受困的人。」

「要上三樓了喔。救人要快。」

伊莉絲等人用魔法消滅蔓延開來的火舌，抵達了四樓。

「雷娜小姐，拜託妳去救人。我要專心滅火。」

「了解，老婆婆，妳沒事吧？」

「沒事兒～是有點燒傷，但不是什麼大事兒啦～」

「嘉內，麻煩妳來帶婆婆下去。我負責這孩子……唔呼呼♡青澀的果實……不對，五年後很令人期待呢。」

「別在這種時候發情啦！」

「真失禮。就算是我，也不至於會對這麼年幼的孩子出手好嗎？」

「……妳哪張嘴好意思說這種話？」

嘉內根本立刻就想說出「妳騙人！」這句話，不過還是把這些多餘的閒話給吞回了心底。

她們現在正處於緊急狀況下。

就算火已經滅了，地板還是有可能會崩塌，所以迅速行動是她們的第一要務。

伊莉絲非常確實地在滅火。

「伊莉絲，要走了喔。」

「咦？沒有好好滅火的話，等下可能會再燒起來喔？留下火種是很危險的。雖然很對不起這裡的住戶，不過得請他們做好家當都得泡水的覺悟了。」

「哎呀，伊莉絲還真是小心謹慎呢。說得也是……要是不滅掉火種，之後就麻煩了，所以應該要確實的滅掉呢。」

「總覺得妳這話裡面好像帶了一點其他的意思……算了，還是小心一點比較好。上啊～！」

伊莉絲就這樣持續擊出水彈，直到三人踏出這棟建築物。

火是滅了，但是善後工作似乎會很辛苦。

她們走出公寓後，周遭滿是眾多民眾為她們鼓掌喝采的聲音。

眾人的感謝讓她們有些不好意思，伊莉絲和嘉內在把救出的老婆婆和小孩子交給其他民眾後，便說著「我們還要趕去下一個地方」，速速開溜。儘管雷娜仍用渴望的眼神盯著與母親相擁的男孩，兩人仍拖著雷娜，順著人潮離開了現場。

「這麼說來，失火的房子意外的少耶？」

「啊～因為消防隊跟衛兵也會用魔法啊。他們應該是猛灌魔力藥水，拚命的在滅火吧。」

「感覺會喝到滿肚子都是水耶。還好我不會用魔法。」

「咦？難道我……其實還滿作弊的？」

雖然不像某個大叔那麼誇張，不過伊莉絲直到這瞬間才意識到自己在這個異世界，其實也是有著作弊等級的能力。

在她們三人的活躍之下，後來又有許多受災民眾獲救了。

◇◇◇◇◇◇

大量魔力經由地脈流入所導致的地殼變動，範圍遍及整個星球，伊斯特魯魔法學院當然也不例外。只是這座學院都市裡的建築物本來就大多出自矮人之手，放眼望去並未遭受太大的損害。

可是建築物內就不一定沒事了。

大圖書館的藏書全都從架上掉了下來。研究大樓則是藥品架傾倒，流出的液體之間發生化學反應，產生出奇怪的氣體。練習場則是有受驚的學生失足滑倒、失去意識。從極為危險的事情到有如漫畫般搞笑的場景，出現了各式各樣的災後影響。

「庫洛伊薩斯，大事不好了！」

「有什麼事啊？馬卡洛夫……我現在正忙著收拾耶？」

「你的房間根本一年到頭都亂糟糟的吧。事到如今你還在說什麼啊。」

「你這話很失禮耶，雖然是事實……所以說是什麼大事不好了？」

「對喔，我是要說這個……研究大樓的藥品架倒了……」

「你是想說產生了奇怪的氣體嗎？事到如今這還有什麼好大驚小怪的。」

「……仔細想想，我們老是處在危險狀態下耶。真討厭已經習慣這種日常生活的我們。不過這次的狀況不太一樣。」

「哪裡不一樣？」

「藥品架上的溶劑全潑到了薩馬爾他們身上，結果他們全都變成男大姊了。」

「…………啥？」

就算跟庫洛伊薩斯說「男大姊」，他也不懂那是什麼意思。

他追問馬卡洛夫詳細的狀況後，聽到的內容是這樣的：

名為薩馬爾的青年在研究大樓裡確認保管的藥品時遇上了地震，由於藥品架傾倒，裡面的「性別轉換藥」潑了他一身，讓他不知道為什麼變成了行為舉止像是女性的男性。

而且二度災害產生的奇怪氣體，還讓好幾位在附近的男女學生都搖身一變，化為了「男大姊」。意想不到的事態使現場陷入了一片混亂。

「現場也有女學生嗎？」

「是啊……那些女生好像……長出了那玩意兒。而且還非常大……」

「因為身體沒有變成男性嗎？」

「該說是不幸中的大幸嗎？光從外表來看她們是沒事。雖然只有某個部位特別突出……」

「原本用了性別轉換藥，應該會讓男人變成女人、女人變成男人才對……有趣……這還真有趣啊。究竟是怎樣的化學反應才會產生出這樣的氣體，光是去思考這過程，就讓人充滿了興趣啊。」

「你為什麼一副很高興的樣子啊，伊．琳跟瑟琳娜也受害了喔。」

「那還真是希望她們能寫篇事後報告給我呢。關於那些氣體到底有什麼功效，我很想深入了解一下。」

庫洛伊薩斯只要扯上研究，就沒有人性可言。

不管是親近的朋友成了犧牲者，還是這只是偶發性事件，得知研究的結果依然是他最看重的事，並且完全陷入了「這是得到所需資料，以便進一步針對效果做各種實驗的好機會」這個想法當中。

讓人不禁好奇，友情對他來說究竟是什麼。

「你啊……那個堅強的瑟琳娜可是哭了喔。你也多少擔心她一下啊，太無情了吧。」

「我想馬卡洛夫你也記得才對，性別轉換藥的藥效沒過多久就會退了，所以根本不需要擔心吧。就算放著不管也會自然恢復的。」

「別讓我想起那時候的事啦。是說照這樣下去，男生們的心靈會受傷的！」

「為什麼？」

「那是因為……」

偶然撞見現場的馬卡洛夫，被那悽慘的景象嚇得連話都說不出來。

尤其是變成雙性人的女孩們下面那根實在是太雄壯威武了，就算隔著裙子也非常突出，讓原本生為男性的他們羨慕到不行，全都哭了。

甚至讓自己下面那根完全沒變化的男大姊化男生們感到絕望。

然而這不是馬卡洛夫可以隨隨便便就說出口的事情。

「這是男性化和女性化的魔法藥相互中和後產生的結果嗎？」

「你不要問我。」

「產生出的氣體呢？該不會打開抽風扇，讓那些氣體流到外頭去了吧？」

「這我不知道。」

「嗯……這樣我沒辦法掌握狀況，還是實際過去看看好了。」

「你別去啦！瑟琳娜跟伊．琳看到你搞不好會自殺喔？」

「……那你為什麼要來找我？我剛才也說過，藥效沒過多久就會退了，所以放著不管也沒問題吧？你應該也不是希望我去診察那些實驗對象啊。」

「……啊。」

馬卡洛夫的確知道架上的性別轉換藥在短時間內就會失效的事，所以他原本就不需要來找庫洛伊薩斯。

要是庫洛伊薩斯能從醫學的角度來診察這些受害者那還另當別論，然而把庫洛伊薩斯投入混亂的狀況中絕對是下下策。不用說也知道只會讓事情變得更糟。

儘管如此，馬卡洛夫卻還是跑來向他求助。

「看來地震導致你心神不寧，二度災害的慘況又奪走了你的注意力，讓你失去了原有的冷靜，疏於掌握現況了吧。太過在意眼前的情報，反而會忽略真相喔？」

「唔……的確是這樣沒錯，不過被總是引發慘況的庫洛伊薩斯這麼說，讓我不太能接受……對啊，我為什麼會跑來找庫洛伊薩斯求助？這樣做只會使狀況更加惡化啊。」

「你在本人面前說這種話，也是很失禮呢。」

只要冷靜想想，就知道跑來拜託庫洛伊薩斯這件事本身就做錯了。

而且馬卡洛夫到現在才意識到，就算告訴庫洛伊薩斯這件事，他也幫不上忙，不禁垂頭喪氣。

「哎呀，只能說當初把性別轉換藥原液視為危險物品存放在別處是個正確的決定呢。」

「啊啊……是啊。因為原液也放在同一個地方的話，感覺你哪天會拿去用在奇怪的調劑實驗上，真的是幸好當初有建議你存放到別的地方去。」

「……咦？等一下。之所以會把原液存放到其他地方，不是因為這種藥品本身使用上需要非常謹慎嗎？」

「這也是原因之一，不過主要還是擔心你會擅自拿去用在實驗上。這是大家討論後的結果。畢竟是眾人一致通過的提案，你還是死心吧。」

「這我可不能接受！」

許多學生都認為庫洛伊薩斯名為實驗的失控行為非常危險。

明明早就知道了，庫洛伊薩斯還是一點都沒有理解與自覺，反覆做出同樣的行為，為周遭帶來混亂。

既然跟他說了也沒用，大家會以實際行動來避免災情發生也是理所當然的事。

「我不想再因為你惹的禍去跟人低頭賠罪了，除了這樣做，我也別無他法。要恨就恨你過去幹出的那些好事吧。」

「……我好歹還是有道歉啊。」

「你根本沒在反省吧。就算去道歉，也是搬出一堆歪理，把講師們唬得一愣一愣的而已啊。那樣根本不叫有反省好嗎！」

「我只是誠懇且仔細地將失敗的原因，以及我深切反省後，決定活用這次的經驗所訂出的未來方針告訴講師們啊。我不懂你為什麼會這樣想。」

「我的意思就是你那樣根本不算有反省。你只有強調研究方面的事，卻徹底忽視了不要引發騷動這個最根本的問題啊。」

「明明沒有失敗就不會有成功，我不可能說出那麼不負責任的話啊。會失敗的時候，不管做什麼都會失敗的。」

「我就是要你好好分清楚真心話跟場面話啊？都是因為你這樣，才會連我們的形象都變差啊。你稍微克制點好不好！」

「為什麼？」

庫洛伊薩斯對於自己是個問題兒童的事毫無自覺。

儘管他在引發問題後會反省，但那些經驗全都會反映在研究上，關於顧慮他人的部分，他的認知和其他人有很大的落差。

「唉，這事就算了。不過發生了好幾次地震呢。」

「雖然不能讓你就這樣算了，但這波地震真的陸陸續續持續了很久……」

「照這樣看來，說不定還會有大地震發生呢。還是別整理好了，感覺之後又會變得一團亂。」

「你還是把那邊整理好啦。放著亂成一團的慘狀不管，你之後也不會整理吧。」

這一天雖然有少數人嚴重受害，所有學生仍一起進行了災後的善後工作。

唯有庫洛伊薩斯認真看起了偶然間發現的文獻，在途中就放棄了。

也因為他人只要在場就會礙事，結果也沒人去叫他。

◇　◇　◇　◇　◇　◇

瑟雷絲緹娜在大圖書館裡查資料時，碰上了地震。

書架像骨牌一樣接連倒下，藏書散落一地，也有少數學生被大量的書籍給壓在底下。

儘管大地震已經過去了，但依然餘震不斷。在這種情況下，碰巧來查找他國歷史資料的茨維特扛下了在現場負責發號施令的任務，正在指揮眾人救出那些受困於書架間的學生。

「大家配合口號，一起往上抬！可別鬆手啊！」

「「「「一、二～三！」」」」

「呼……就這樣順勢把書架給立起來吧。」

「「「嘿咻！」」」

「瑟雷絲緹娜，那邊的書都移開了嗎？」

「還沒。雖然大家一起在搬，可是數量太多了，人手不夠。」

「我想也是。這下只能徹夜進行救援活動了嗎……」

正因為存放著大量的書籍，圖書館的書架不僅非常寬，重量也不可小覷。要重新把書架立好需要大量的人力，可是學院裡每個地方都是一片混亂，不能期望會有新的援手過來。

然而書架要是稍微歪了，現在卡在書架之間的學生就會被大量的書本和書架本身的重量給壓垮，所以學生們也逐漸焦急了起來。

「把散落的書移開，要是他能伸出手，就把他給拉出來。」

「書架卡在那裡礙事，就算我想抽走那些書，也抽不出來啊。因為其他東西的重量以相當巧妙的角度壓在那上頭。這下只能老老實實的慢慢移了。」

「可是照這狀況，不知道得花上幾天才能移完喔？」

「只要把書架立起來就有希望了。急躁反而誤事。」

「比起動嘴，你們先動手啊！還有得忙呢。」

正在進行救援作業的學生們本來就沒有受過相關訓練，就算是說客套話，他們的動作也實在稱不上有效率。

儘管如此，他們還是努力地想成功救出受困的同學。

「哥哥，照這樣下去……」

「我明白。雖然有那根柱子撐著書架，可是我不認為那根柱子能永遠撐下去。要是書架的重量稍微往旁邊傾斜，就會整個垮下去了。」

「如果垮下去，現在卡在書架間的那些人……」

「是啊……他們就會被書和書架的重量給壓死。這下得跟時間賽跑了。」

「茨維特，我把戰略研究室的人都帶來了喔。」

「做得好啊！迪歐！馬上安排大家去幫忙移開書本。把人力平均分配到一樓至三樓，要迅速且有效率的進行！」

「畢竟是緊急狀況，就聽你指揮吧。」

「既然我們都過來了，你可以安心嘍♡」

「要在短時間內完成喔！」

跑去找幫手的迪歐，把同一個研究室的伙伴給帶來了。

這會讓作業效率一口氣提昇不少吧。

「瑟雷絲緹娜大小姐，雖然是學弟妹，不過我帶幫手過來了喔。」

「我也把看起來閒著沒事的人給帶來了唷。」

「卡洛卡洛妳那不是把人拐來嗎？」

「烏爾娜同學，妳這話太失禮了喔！他們是好心的幫手。」

好心的幫手。

那是在大圖書館前突然遭遇地震，茫然不知所措的一般學生。

卡洛絲緹叫住腦中一片空白的他們，拋下一句「你們若是不知道該做些什麼才好，就來幫忙吧！」之後，硬是把他們帶了過來。

至於烏爾娜則是找來了同為獸人族混血兒的學生。

烏爾娜雖然是混血兒，但是獸人族的血統比較強，所以不擅長使用魔法。不過學院裡也有不少像伊．琳那樣會用魔法的獸人族混血兒，她便把這些與她有橫向交流的學生們給帶來了。

不管怎樣，幫手是愈多愈好。

「無論如何，女生現在就去幫忙挪開書本。男生來做把書架抬起來這些需要力氣的工作。我希望大家能分成幾個小隊，分別去一樓至三樓進行作業。」

「受傷的人該怎麼辦？」

「我們沒辦法幫他們包紮唷。」

「我們會負責做好緊急處理。之後就交給學院內的診療所去治療吧。因為可能會出現骨折的傷患，所以有幾個人要負責扛擔架，運送傷患。沒時間了，立刻開始動手吧。」

「「「「喔喔喔喔喔喔喔喔喔！」」」」

在那之後，他們花了約兩天的時間完成救援活動，儘管成功避免了最糟糕的狀況，依然有人骨折或受了其他輕重傷。

就在他們因為無人喪命而鬆了一口氣，打算去其他地方繼續進行救援活動時，這次又受託接下了把書歸回架上的工作，耗費了一週時間才做完。

到了那個時候狀況雖然已經大致穩定，然而包含講師及學生在內，所有人都累垮了。於是學院又花了好一段時間才終於得已恢復原有的機能。

◇◇◇◇◇◇

在地震發生後過了一天，在設置於索利斯提亞公爵家宅邸內的辦公室，面對接連呈上的報告，德魯薩西斯公爵和克雷斯頓前公爵正面色凝重地看著地圖。

他們雖然動用了所有部下來對應突然發生的災害，但受害的嚴重程度遠超出他們的預期。

地震對一百五十年前遺留下來的建築物影響甚鉅，舊街區和住宅區的民宅傾倒問題也很令人煩惱。

「……受害程度超乎預期吶。只能說幸好沒引發嚴重的火災。」

「看來有好一陣子都得把預算花在復興作業上了。商會也有商品因此受損，哎呀哎呀……真是頭痛。」

「國家感覺也不會撥復興預算下來吶……」

「地震的影響想必遍及全國吧。雖說得靠領內自己想點辦法籌措預算，不過該從哪裡擠出這筆預算呢……」

仔細檢視報告中的情報，可以看出光是桑特魯城就受到了嚴重的損害，再加上各個鄉鎮村落，災後的復興作業很有可能會用盡所有資金。

「……雖然現在不該提這個，但老夫很在意梅提斯聖法神國的狀況吶。」

「那國家已經是每況愈下了吧。」

「嗯，不知他們是否有受到地震影響，不過在那之前，那國家就已經完了。」

雖然在這個時候，聖都瑪哈．魯塔特崩毀的消息還沒傳來，不過感受到神威的德魯薩西斯和克雷斯頓自然而然地導出了答案。

梅提斯聖法神國的政治中樞毀滅，又因為這場地震帶來的災害，陷入了無可挽救的狀態。

而且作為國家基礎的信仰，也被「神」給徹底否定了。

梅提斯聖法神國已經失去一個國家應有的機能了。

「不管怎樣，都得以復興國內為優先吶。」

「幸好我國有變態的——應該說，非常出色的工匠。我想他們會擅自著手進行災後復建工程吧。應該趁現在規劃好相關的支援體制。」

「德魯……你剛才是不是若無其事地想說『變態的』啊？唉，畢竟是那群矮人，應該慶幸他們會擅自完成重建工作吧……」

「他們的字典裡雖然沒有慈善事業，不過有新人訓練這個詞。我想那些崩塌的建築物都會被他們拿去用來提昇技術吧。但是……」

「這樣會讓我們領主無地自容啊。所以才要規劃好相關制度，保住我們的面子？」

「若是讓他們自掏腰包，那我們就真的無地自容了。」

「那些傢伙雖然可靠，但不太好應對吶。自主性太強也是個問題。」

對矮人來說，這次的震災發生得正是時候。

因為他們可以藉機把還派不上用場的新人丟進震災現場，強制提昇他們的技術，相當於所謂的新兵訓練營。只要能藉此培育出好的工匠，他們不需要任何回報。

可是這樣領主實在太沒面子了，不能這樣單方面的仰賴他們的工作成果。

重點是不能讓工匠比當權者更受到民眾的敬重。

就算矮人們的行為並非發自善意，只是在逼迫新人學習技術，看到他們的工作成果，民眾還是會轉而支持他們吧。

「那些初出茅廬的工匠會不會死於過勞吶？」

「不用操這個心吧。雖然我很同情他們。」

「你啊……還真無情吶。」

「因為我不認為他們會讓還不成熟的工匠過勞死啊。要死也會讓他們死在充滿成就感的工地現場吧。」

「老夫是覺得那也很過分就是了……」

一想到新手工匠們接下來宛如地獄的每一天，克雷斯頓不禁老淚縱橫。

事實上，就連現在都能聽到遠方傳來新手工匠的哀號聲。

可是克雷斯頓他們就算同情，也不會出手拯救那些工匠。

正確來說是想救也救不了。

因為一旦試圖去拯救他們，便會引來矮人們的反彈，導致領地的復興工作時程延宕。基於領主的立場，他們決定默許這些小小的犧牲。

更何況他們光是調查領地的受災狀況就忙不過來了。

這絕對不是因為他們不想被矮人揍。是認為應當以復興領地為首要目標，才會做出這種決定的。應該是這樣啦……

第五話　好色村暴露在社會性死亡的危機下

「……一切都完了。真正的神…………放棄了我們……」

「原來四神……………根本就不是神。」

「我們的所作所為，只害得這個世界差點毀滅……而且還連累了毫無關聯的異世界人……」

「難怪死去的勇者們會前來復仇，我們究竟多麼愚蠢、多麼欠缺思慮！那也難怪神會捨棄我們吧？哈哈哈哈哈哈哈！」

在神降臨後經過了兩天的聖都「瑪哈・魯塔特」。

勉強保住一命的人們，因為眼前這過於悽慘的景象而無力地癱坐在地，絕望地看著神處刑後的結果。

四神教的罪行透過賈巴沃克（正確來說是前勇者們）的技能，傳遍了全國上下。這個國家如今已不再是神聖的神之國度，成了將世界導向滅亡的邪教國家。

襲擊神殿及教會之怪龍的真面目、受四神之命進行勇者召喚的危險性，以及經由復活的真神之手處刑後造就的現況。這時世界又像是嫌他們還不夠慘，要繼續對他們落井下石一樣，發生了地震，將他們推入了絕望的深淵。

梅提斯聖法神國這個國名已經等於是罪惡的象徵，住在那裡的居民就算被外界指稱是共犯，也難辭其咎。

畢竟這是由四神教的信眾所構成的國家。

「要怎麼做，神才會饒恕我們……」

「我們至今為止所接受的教誨，全都是假的嗎……」

「既然這樣，我們過去的所作所為究竟是……」

無論是虔誠的信眾還是藉機中飽私囊的不法之徒，看到真正的神降臨後，都無法承受自己過去所犯下的罪行，只能深深地為自己的所作所為懺悔。可是不管他們如何悔過，請求神的寬恕，那悲痛的祈求聲都傳不到神的耳中。

一切都已經太遲了。

不過也有幾個與他們無關的人在現場……

「唔哇……這也太慘了吧。」

「我們在地底下徘徊的期間，到底發生了什麼事？」

「那條龍來襲居然造成了這麼嚴重的損害嗎？而且這狀況……」

是身為勇者的「八坂學」、「川本龍臣」、「笹木大地」這三個人。

他們為了躲過賈巴沃克的攻擊，逃進了下水道，而後發生的爆炸卻堵住了出入口，他們只好在下水道裡徘徊，尋找其他出口。

所以他們沒看到邪神降臨以及四神落敗的經過，一直到地震導致下水道頂部的磚瓦塌陷，才總算回到地面上。

而他們此時所看到的聖都光景，根本就是地獄。

「這慘況簡直像是遭到了空襲啊。」

「那條龍做到了這種地步嗎？」

「比起這些事，我更想去洗澡。」

在地下水道裡走了許久的三人身上散發出惡臭。

儘管不情願，他們三個人還是相當醒目，可是在化為瓦礫堆的聖都裡，那些倖存者看也不看他們一眼，就只是茫然的望著天空，流下淚水。

其中也有人跪著拚命祈禱、彷彿瘋了一樣狂笑不止，或是趴在地上哭個沒停。每個人各有不同的反應。

他們三人只能抱著「唉，畢竟他們至今為止的惡行曝光了，這也沒辦法～……」的心情，用同情的眼神看著他們。

但是——

「啊啊……邪神啊。不，我們的神啊！請您寬恕我們……請您再給我們一次機會，賜予我們慈悲吧！」

「請您別拋棄我們……若是被您捨棄了，我們究竟該如何是好…………」

「呵呵……已經太遲了…………因為我們過去在四神的慫恿下，仗著那些邪神的權勢，染指了無數的壞事啊……」

「神不可能會饒恕我們的…………」

「我們能做的，唯有靜靜迎向滅亡……」

——感覺不太對勁。

聖都的景象實在太悽慘了。

前勇者的魂魄聚集而成的那條龍確實在這裡肆虐了一番，可是就龍臣他們當時所看到的狀況，都市並沒有像現在這樣近乎全毀。而且感覺那條龍藉由主動現身，讓未參與四神教惡行的一般民眾有時間可以逃出去避難。

就算是為了復仇，他們也不認為那條龍會徹底破壞聖都的一切。

「那條龍……還真不留情啊。這裡幾乎被夷為平地了嘛……」

「笹木……你真的認為這些全是那條龍做的嗎？那好歹也是我們的同胞喔。因為他們復仇的對象是四神教，我不認為他們會這樣大肆破壞，連一般民眾都拖下水。」

「川本你也是這樣想的嗎？我……也跟你持同樣的意見。不然那條龍就不會從外圍城牆就能看到的位置現身，慢慢靠過來了。我是覺得他們能接受這樣做會造成一點犧牲，但他們的目的說穿了只有四神教的大本營。」

大地先不論，但龍臣和學的意見相同。

可是根據他們在地下時的感覺，地面上毫無疑問發生過一場大戰。

「喂喂喂，你們仔細看看現實如何？現在中心都市已經完全毀滅，第二道城牆也遭到破壞，連住宅區都遭殃了喔～？」

「八坂你怎麼看？」

「雖然這只是我的推測，但我想應該是那條龍和四神交戰了吧？不過就算我的猜測為真，也不知道最後獲勝的究竟是那一方。讓人在意的是……」

「為什麼『他們會渴求邪神的慈悲？』對吧？」

他們不認為四神會容許那隻背離常理的異形巨龍存在，假如他們三人在地下徘徊時四神與那條龍交戰了，他們還是不懂為何會多了邪神這個新的要素。

「可以想到的可能性是……」

「啊啊啊、阿八同學，川本大大……還有渣男大地！你、你們都、都還活著啊！」

「『阿佐（臭阿宅）！』」

他們因為突然被人搭話而回過頭去，只見一位有些胖胖的御宅族少年正感動地站在那兒。

「阿佐，幸好你沒事！」

「外面這副慘況，老實說我都不抱希望了。」

「哎呀，阿宅命很硬啦。我本來就覺得他沒那麼容易掛掉。」

「大地是……真、真的沒有在擔心我吧。就算你故意說、說這種話，我也一點都不不不、不會高興的。」

「嘖！」

大地至今為止一直表現的很囂張，就算他說了什麼，也因為他平日的態度而無法打動人心，完全不受到同學的信任。

內心所想的事情被對方看穿，還不悅地嘖了一聲的大地，真的是個差勁透頂的人。

「阿佐……本來這時候我們應該要更沉浸在重逢的喜悅中的，可是我有很多事情想問你。因為我們掉到地底下去，所以不太清楚後來發生的狀況，地面上到底發生了什麼事？法皇大人他們也都平安無事嗎？」

「關、關於這個……其實…………」

從阿佐口中吐出的真相，比他們想像中的更為混亂。

前勇者構成的龍把包含法皇在內的神官們連同神殿一併轟飛了，四神中的二神卻在此時現身，開始與那條龍交戰。看來是神無法對這條違背常理的龍視而不見，這場戰鬥中二神占有優勢，龍轉眼間便落敗了。然而這次又換邪神現身了。

二神與邪神又展開了一場戰鬥，然而因為邪神張設了結界，二神連逃都逃不掉，單方面地遭到邪神蹂躪後落敗。

面對恬不知恥的哀求邪神救贖的四神教信眾及神官們，邪神直接用「世上沒有會讓人類順心如意的神」這樣的說法，徹底否定了信仰，給了他們最後的一擊。

「——然、然後就是你們看到的樣子了。」

「……結果跟我猜想的一樣啊。不過這狀況也未免太混亂了吧。」

「爛透了！」

「比起這些事，其他人怎麼樣了？照這狀況來看，該不會……」

「啊～……你、你是要問其、其他勇者的話，大大……大家都沒事。因因因、因為工作室在地底下，所、所以還好，只有入口被瓦礫埋起來了而已。大、大、大家都靠自己逃出來了喔。」

「「「太好了～……」」」

聽到生產職業的勇者們全都平安無事，龍臣他們也鬆了一口氣。

關於梅提斯聖法神國的慘況，以龍臣他們的立場來看，畢竟至今為止他們都是遭受利用的一方，不管怎樣都只覺得這國家的人是自作自受，雖然很同情這些人的遭遇，但也沒有更多想法了。

雖然學很擔心被他拖下水後成了共犯的莉娜莉。龍臣也很擔心女朋友前聖女莉莉絲的安危。不過這兩位勇者的部隊原本就分別在其他城砦裡待命，現在要擔心的反而是她們是否有受到震災波及。

「比起那種事，接下來該怎麼辦？這個國家已經跟滅亡了沒兩樣，也沒必要再顧什麼道義了……」

「大大、大地說的沒錯。既然知道他們召喚我們過來，只、只是為了利用我們，那那那、那我們也沒必要繼續留在這個國家了。」

「我是很想協助他們復興家園…………但沒辦法吧。畢竟他們除了戰鬥之外，什麼都沒教我們，而且…………」

「照這樣下去，中原應該會變成戰場吧。」

「為什麼？」

「「「唉～……」」」

大地完全不了解狀況。

他原本就是個只會強奪他人功績或報酬的人，就算擅長想些可以應付當下狀況的點子，卻沒辦法去細想像政治這種需要瞻仰未來的事。

畢竟他過去徹底沉浸在勇者所獲得的特權當中。他絕對無法預測這個國家現在究竟處在怎樣的狀況之下。

「笹木……你仔～細地想一想。梅提斯聖法神國原本信奉四神，可是四神其實是差點害世界毀滅的元凶，而且無能到了極點。要是這件事曝光了，所代表的意義是？」

「咦？呃……」

「這個國家過去都靠實際存在的神在後頭撐腰，對其他各國施壓。現在既然已經沒了這個後盾，其他國家當然不會默不作聲吧。這國家接下來得償還以前欠下的那些債了。」

「也就是說？」

「沒、沒想到大地你居然笨成這樣。意意意、意思是會演變為戰爭啊。也有可能會爆發內亂。」

這也表示過去作為勇者們後盾的國家將要消失了。

以後他們拿不到薪水，未來的展望及前途都還不明朗，落入了必須想想自己今後該何去何從的窘境。

要是沒處理好，難保他們不會反遭這個世界的人怨恨。也因為有這層危險性存在，勇者們需要盡早做出決定，開始行動才行。

不然也有可能會有人以他們的人身自由為條件，逼迫他們參加內亂。三人把這些預測告訴大地後，大地的臉色變得蒼白了起來。

「這……意思是我們也會被捲入戰爭中嗎？」

「如果只是被捲入那還好說。畢竟只要逃走就好了……」

「雖然我不想說死去的伙伴壞話，不過因為勇者裡頭也有濫用特權、恣意妄為的人存在，我們一個不小心甚至有可能會被抓去當奴隸。真落得那種下場的話，就連逃都逃不掉了。」

「渣、渣男大地很危險呢。我我我、我看你之前都想幹嘛就幹嘛……」

「你、你少在那邊恐嚇我喔！臭阿宅！」

大地以前總是順著自己的欲望，過度地利用勇者的特權。

他甚至曾在國內四處遊走、仗勢欺人，民眾對他懷恨在心的可能性非常高。

若是梅提斯聖法神國實質上已經滅亡，就表示沒有人會再保護他了。

當然，其他勇者們也沒打算要保護大地。

「喂、喂……我們是伙伴，所以你們……應該會救我吧？對吧？」

「「…………」」

「為什麼不說話啊！川本！臭阿宅！」

「你死心吧。岩田跟你都沒想隱藏性慾，只顧著滿足自己的欲望，根本沒好好把我們的忠告給聽進去吧。我啊，就算看到你淪為奴隸，都不會想救你的。」

「八坂你這傢伙！」

「更重要的是，我們還留在這個國家是個大問題。既然四神教的大本營已經被摧毀了，我想領主們也會紛紛獨立吧。要是被領主逮到，他們很有可能又會藉機利用我們。」

「說得也是。既然這樣……我們能採取的手段就很有限了。」

學和龍臣的腦中浮現了亡命這個詞。

問題是要逃去哪個國家。

「葛拉納多斯帝國怎麼樣？」

「不行。我和川本都曾經在國境處和那個國家的士兵互相廝殺。更何況梅提斯聖法神國從以前就對那國家發動過好幾次侵略戰爭。對他們來說，我們是理應要除掉的敵人吧。」

「那就要挑小國家了吧。我是覺得索利斯提亞魔法王國最理想。」

「那裡雖然不到兩大國的程度，但和其他小國相比，也算是規模比較大的國家了。我覺得滿適合的喔？」

「那就立刻去召集想要移居到那裡去的人吧。說是這樣說，因為暫時得住在旅館裡，也不能帶上太多人。」

「只要帶上親近的人就好了吧。畢竟這就跟半夜跑路沒兩樣啊。」

勇者們就這樣下定決心要亡命他國，開始做起了準備。

贊同這個提案的人，包含了所有生產職業的勇者，少數的聖騎士和神官，以及……身為腐之傳教士的轉生者所率領的創作者們。

◇　◇　◇　◇　◇　◇

好色村非常的困擾。

他因為沉重地壓在背上的大量書籍而無法動彈，什麼都辦不到，只能趴在地上，等待救援。

『為什麼……事情會變成這樣呢？』

好色村反覆地自問自答。

要說起他為什麼會被埋在書堆底下，得將時間回溯到地震發生的數小時前。

好色村身為茨維特的護衛，白天基本上除了茨維特通學以及從宿舍返家時之外，有很多閒暇時間。

他偶爾也會去幫忙其他學生做事或是跑去搭訕女生，不過平常只要在學院裡面晃來晃去就好了，是份非常輕鬆的工作。另外他還會把接近瑟雷絲緹娜的男學生呈報給蜜絲卡。

由於成績優秀的茨維特等人也不需要上學院的課，幾乎整天都窩在研究室裡做自己的研究，只有要擔任臨時講師的時候才會進出教室。

為了打發這漫長的空檔，他來到了大圖書館。

『這果然是我抱著邪念來使用圖書館的懲罰嗎～……可是這也沒辦法啊……我就碰巧看到了嘛。』

沒錯，好色村原本就不是會在圖書館裡沉浸於書中世界的男人。

要說起會引起他興趣的書，不外乎是供設計師參考，內容全是裸女圖的畫冊、跟性有關的醫學書籍、不知道為什麼會出現在這裡，記載了六十九招性愛技巧的指南手冊。

最後的那本書是在這間學院考慮到有許多在學期間便結婚的學生，為了鼓勵他們培養關於性行為的正確知識及計畫性才特別準備的，然而卻被好色村拿來當成黃色刊物，埋首於其中。

而當他像平常一樣拿起那本指南手冊，打算站著翻閱時，時機不巧的發生了地震，導致他被壓在大量的書籍和書架底下並失去了意識，在那之後過了大約一天的時間。

他現在只能靜靜地等待救援。

「喂～還有人被困在這裡嗎？有就出個聲回應我！」

「這聲音，是同志嗎？喂～我在這裡！」

「好色村！你怎麼會……你不是會跑來大圖書館看書的人吧。」

「同志你很失禮耶！我也是會看書的！更重要的是快把我從這裡救出去啦～」

「現在大家正在隔壁那排書架進行救援活動。幸好受傷的人不多，平安脫困的人也加入了救援的行列。進展速度已經比我預期得還快了，你再等一下吧。」

「靠你了喔～這些書超重的。而且這裡又暗又窄，很恐怖耶～」

「你原本有幽閉恐懼症嗎？」

好色村也不是有幽閉恐懼症。

他只是知道救援的人已經來到附近，心理壓力沒那麼大了，才忍不住玩起某個有錢高中生的哏。

雖然這裡根本沒人能吐槽他，所以玩哏也完全沒意義就是了。

「你再等個一小時吧。因為書架很重，我們正陷入了苦戰啊。」

「喔～……我會等的。」

在救援活動經過了一天之後，參與救援的學生人數也增加了。

伊斯特魯魔法學院的一般學生原本就比貴族更多，由於他們放在宿舍房間的私人物品比較少，只要有一天時間就能整理好了。茨維特等人便跑去拜託這些學生加入，想辦法增加人手來分擔救援活動，希望可以更有效率地救出受困者。

可是他們的努力受到大量書籍的阻礙，拖慢了他們救出受困者的腳步，這仍是不爭的事實。

只是好色村自然無從得知這些救援活動的進行狀況。

『哎呀～我本來還不知道自己究竟會怎樣呢，看來總算能得救了。』

不知何時才能得救的擔憂消失，讓好色村鬆了一口氣。

然而他忽略了一件極為重要的事。

在發生大地震，遭到建築物或家具掩埋時，為求生存，有幾件事是不可或缺的。

・一、水分

在將會有很長一段時間無法動彈的情況下，想辦法補充身體的水分是非常重要的事。不過好色村已經被人發現了，所以不需要擔心這件事。

・二、食物

人沒有進食就無法生存。要是手邊有食物，心情上也會比較寬裕。只是在這種極限狀態下，需要有計畫性的進食，撐過飢餓。

不過這也因為他知道自己很快就能得救了，所以不用擔心。

・三、排泄（也就是上廁所）

遇上震災時，各種維生管線幾乎都會停止運作，遑論是在傾倒的建築物裡，根本不可能使用廁所。被埋在瓦礫堆下時更是如此。既然活著，排泄就是一種無可避免的生理現象。而在無法移動的情況下會怎樣，大家想想就能明白了吧。

現在好色村就是碰上了這方面的危機。

或許是因為知道自己一小時後就能獲救，因此鬆懈了吧。在過了約三十分鐘後，那股感覺終於湧了上來。

『不、不妙……好想大●！』

他的肚子突然痛了起來。可是好色村仍處在無法動彈的狀況下。

雖說還好不是小號，但腹部傳來的疼痛感愈發強烈，令他痛苦地流出了一身黏膩的汗水。

要是能換個姿勢，或許能多少改善一下現況，然而他現在就連按著自己的肚子都辦不到，嘗到了地獄般的痛苦滋味。

「同同同同、同志啊～～！同志！拜託你快想想辦法，我的肚子……我的肚子好痛啊！」

「怎麼了？你是有哪裡受傷了嗎？」

「我、我想上大……號啊！」

「…………啥？」

「我想去廁所啊，這樣下去……大的會……衝出來…………」

「就算你這樣說，我也沒辦法啊……」

目前在場的所有學生，都正在忙著把壓著好色村的那個書架的前前一個書架歸位。因為還要同時搬走大量的書籍，實在沒有人力可以分到好色村被壓著的位置。畢竟光是一個書架，上頭就有數量非常可觀的書籍。

「好色村……你再忍個兩小時吧。」

「不不不、不是一小時嗎！」

「因為進展得比想像中更不順利。啊，書架剛剛歸位了。這下總算可以處理你前面一個的書架了。」

「不～～～～～～～～～～～～！」

沒錯，對於受肚子痛折磨的人來說，不能去廁所根本是苦行。

一旦意識到便意，便會漸漸感到時間變得漫長無比，陷入彷彿每分每秒都在接受拷問的錯覺當中。好色村能做的，就只有等待獲救的瞬間。

斷斷續續傳來的腹痛、身體動彈不得的煎熬感、焦躁感以及逐漸逼近的臨界點正在折磨著好色村，儘管如此他還是用力縮緊了屁股，不想在人前丟臉。

這行為讓他更明顯的感覺到肚子傳來的疼痛感，成了惡性循環。

「同同同同同、同志～～！救……救我啊～～～～～！」

「我們現在正在把書搬出去。不先把殘留在書架上的書都先撤走的話，書架太重了，會抬不起來。」

「惡、惡魔～～～～！棕色的惡魔正在逼近啊～～～！」

「畢竟是緊急狀況，你就算大出來，我想大家也不會取笑你的喔？」

「我不要～～～～～！」

好色村快到極限了。

可是正在進行救援活動的茨維特等人也已經拚命在做事了，很難再加快速度。

畢竟書籍的量也很可觀，歸位的書架和倒下的書架之間的間隔也很窄，沒辦法動員太多人一起進行作業。要是隨便派大量的人手過來，破壞了傾倒書架的平衡，書架和書籍的重量很有可能會壓死底下的學生。

對於要救出受害學生的茨維特等人而言，這也是一場與時間的賽跑。

「茨維特，第五組的魔力已經恢復完畢了。現在就能繼續進行救援工作。」

「這樣啊……幫我通知他們，請他們立刻回來加入救援的行列。」

「同志——！我的肚子……我的肚子裡有氣……要是我放屁，感覺裡面的東西也會跟著出來……拜託你快救救我～～～～！」

「……茨維特，剛剛那是？那聲音聽起來好像是你的護衛耶……」

「…………你別聽啊，迪歐。」

茨維特也發現好色村的肚子已經到達極限了，然而就算如此，他也不能為了優先救出好色村，就胡亂進行救援作業。

要是沒有看清楚狀況就隨便下指示，會有危險的可是在等待救援的學生們。

「「「無形之手，順從我意。『念動手』。」」」

學生們使出無系統魔法「念動手」，一口氣把大量的書給搬了出去。

這個魔法要說起來就是所謂的念力。

儘管只有創造出隱形力場，用來移動物體的效果，不過用來處理這種雜務正好。

由於這魔法甚至可以輕鬆地搬運相當沉重的物體，乍看之下非常方便好用，不過由於重量與所需的魔力成正比，有著東西愈重魔力消耗量就愈大的缺點。

不過多人一起使用時，魔法的效果也會隨著人數提昇。所以學生們才會基於其方便性，合作運用這個魔法。而且透過輪班制的團隊合作，搬運工作會進行得更有效率，也關係到是否能縮短救援工作所需的時間，但還是得花時間等待耗費的魔力恢復。

這部分只能靠人海戰術來彌補了。

「好，收拾完了。」

「用繩索拉起鉤子。手上空著沒事的人幫忙確保書架落地的位置。」

「已經放好體能強化魔法了，隨時都可以開始嘍！」

「「「一～二～～三！」」」

由於這座大圖書館原本是作為大聖堂興建而成的建築物，同時具有禮拜堂的功用，所以不僅寬闊，天花板也非常高。決定要將這裡改為圖書館時，才在禮拜堂左右增建了二層、深處建立了三層的藏書區。

然而要將每年會發行數次的大量書籍運到圖書館裡，光靠人力實在有些不便，所以後來有在天花板附近裝設倒U字型的滑軌以及能在滑軌上移動的吊臂，還在各樓層的柱子之間增設了有固定滑輪的橫梁。不過增設滑輪的目的，是要用繩子來固定住書架上方的鉤子，避免書架傾倒就是了。

無論是滑輪還是固定用的鉤子，都因為改用了不容易倒下的書架，而變成了無用之物，然而這次的地震後，這些東西在將書架歸位時發揮了很大的功用。

拜此所賜，儘管善後工作讓他們經歷了一番苦戰，仍持續有在進行。只是不清楚現況的好色村已經快撐不住這段等待救援的時間，屁股也逐漸逼近了忍耐的極限。

『喔喔喔喔喔喔……不妙。這樣下去我會面臨社會性的死亡啊……』

在眾目睽睽之下大出來。

他作為一個人的地位原本就已經落到谷底了，要是在這裡出這種醜，就再也無法振作起來了。

可是茨維特他們的救援顯然來不及，他必須要自己想辦法突破這個困境。

『冷靜點啊，我……就是因為在下腹部用力，才會讓便意變得更強烈。得先放鬆……不是吧，反而往屁股的方向移動了？現在只能想辦法夾緊屁眼，等待這波便意平息……拜託了，快平息下來啊！』

在身體無法動彈下的苦戰。

不知是他的垂死掙扎奏效了，還是廁所的女神正在向他微笑，儘管只是一時的平靜，他仍感覺到方才襲來的便意消退了。

『棕……棕色的惡魔離去了……』

認為這瞬間正是好機會的好色村「喝啊！」地睜大雙眼，露出氣勢逼人的表情，發動了「勇猛騎士」這個職業的戰鬥技能。

「發動技能！『勇氣之心』，唔喔喔喔喔啊啊啊啊啊！」

發動將所有魔力用在強化攻擊力與身體能力上的技能後，好色村從傾倒的書架正下方，硬是把整個書架給扛了起來。

這突如其來的事態，讓正在進行救援工作的學生們嚇得不知所措。

「怎、怎麼了？」

「他該不會是從正下方把書架扛起來了吧？這書架很沉重耶！」

「比起那些事情……你們趕快，幫忙……處理一下這個書架……很重。」

「趕快用繩索拉起鉤子！要在倒下前把書架給立起來。」

好色村的魔力正在急速消耗時，學生們也連忙開始著手立起書架，總算是讓書架歸位了。

「「「拉、拉……」」」

「喂、喂……好色村？你這麼亂來，肚子不要緊嗎？」

「不要緊……沒問……………………唔！」

或許是因為使用了既有技能「勇氣之心」，身體在不該用力的地方用力了吧，好色村又再度——不對，是感受到了比方才更為強烈的腹痛。

而且已經來到了即將突破極限、千鈞一髮的狀態。

「Oh～～～～Noooooooooo！」

「喂、喂！」

茨維特目送好色村夾著肚子和屁股，用內八的姿勢小跑步，而且行進速度飛快的背影離去。

沒過多久附近的廁所便傳出了「Ohoooooooooow，啊♡」的聲音。

『……他沒有不小心大出來啊。也好，這樣就不用打掃了。』

就算是茨維特，也不想清理某人失禁後的殘局。

在他打算再度投入救援以及復原工作時，視線碰巧停留在落在腳邊的書本上。不知為何，有一本書名為《男子漢之路，薔薇色入門篇～早！學長，請再多指導我一點～》的書混在幾本裸女畫冊當中。

這書名讓他看了有些頭痛，卻意外發現那是方才好色村被夾著的地方。

『…………那傢伙，是什麼時候開始有這方面的癖好的？是說這種書為什麼會混在大圖書館的藏書裡啊！』

這瞬間，茨維特的心在對好色村感到疑惑的同時，也開始不信任這所學院了。

另一方面，說起衝進廁所裡的好色村，他正坐在馬桶上，嘴裡嘟嚷著「因為我是轉生者，所以才忍得住……但換成同志他們，應該就忍不住了吧」諸如此類的話。

這是題外話，不過好色村只是想拿性愛指南手冊時不小心搞錯，拿起了旁邊的書而已。可是自從那天以後，茨維特有好一陣子都會對他投以奇怪的目光。

儘管現在仍持續有餘震，但有兩道人影出現在能夠一覽學院的時鐘塔露台上。

一位是很適合戴眼鏡的冰霜美人女僕，另一位是穿著粉紅色忍者裝扮的少女。是蜜絲卡和杏。

「……這是報告書。」

「辛苦妳了，杏小姐。嗯……看來有受損的建築物不多呢。」

「可是相對的，屋內的受害狀況很嚴重……我想大概要花上一個月的時間才能做好善後工作。」

「畢竟這是天災，這也是無可奈何，不過一想到受害範圍遍及全國，光靠國家預算實在不夠應對。

偏偏發生在這種情勢不穩定的時候，時機還真不湊巧……」

「有什麼……狀況嗎？」

蜜絲卡瞬間猶豫了一下該怎麼回答她。

雖然不只護衛工作，她也有請杏幫忙蒐集情報，但也僅限於這所學院內。她刻意的讓杏遠離了政治相關的問題。

不管杏是多麼不合常理的高手，蜜絲卡還是不太想將她這樣年紀輕輕的少女捲入政治問題當中，不希望她更深入社會的黑暗面。

不然像杏這麼優秀的人才，怎麼可能只派她去當護衛。

「在討論我該就哪方面回答這問題之前，以我的立場而言，無可奉告。」

「伊薩拉斯王國……可能會發動戰爭？既然這個國家出現了災情，我想梅提斯聖法神國那邊應該也發生了一樣的事。那個國家最近衰事連連，現在正是進攻的大好機會～……如果是我，就會進攻……」

「唉～……我明明不想讓妳踏入政治世界，妳是什麼時候弄到這些消息的……沒錯。而且這下中原應該會頻繁地發生戰事吧。這個國家或許也會遭受波及。」

「就算多少有些勉強，也該把部隊集中到國境……」

「在這種狀態下？」

「難民……會很傷腦筋吧？」

在各國因為大規模的地震而陷入混亂的情況下，就他們的推測，會展開擴張領土行動的，應該是伊薩拉斯王國和阿爾特姆皇國這兩個國家。

索利斯提亞魔法王國雖然處在援助這兩國的立場上，但這兩國若是在這時候行動也很困擾。因為在締結同盟時，條件中不但寫明他們要提供對方食物和武器，也必須要提供資金。

「在各領地的復興工作都還沒個著落的情況下，老實說這實在不是我們樂見的狀況。可是既然能運用的人才有限，能派去國境的騎士人數就一定不夠啊。」

「……魔導槍呢？」

「雖然已經開始量產零件了，不過預定上是要等備齊一定數量後，才會進行組裝，所以沒有足夠的量分發給騎士團全員呢。倒是杏小姐，妳為什麼會知道這些軍事機密？」

「魔法宅的房間裡有設計圖。還有大砲的……」

「那個笨蛋，居然把設計圖這種機密文件帶出去了嗎…………呃，大砲？那是什麼？我沒聽過喔。」

「嗯……要簡單說明的話，就是放大版的魔導槍。理論上做得出來。我猜他想在學院裡製作兼實驗。」

庫洛伊薩斯從索利斯提亞領地帶出來的魔導槍設計圖。

能以此為基礎畫出更巨大的武器設計圖，庫洛伊薩斯毫無疑問的是個天才吧。然而常識和軍事機密這些重要元素卻從他的腦子裡消失的一乾二淨。

儘管大砲這個新兵器的設計圖讓人很感興趣，可是放著這個事實不管，讓庫洛伊薩斯在學院裡隨意行動，事情就麻煩了。畢竟這所學院裡也有來自其他國家的留學生。

若是兵器情報外洩，其他國家也開始進行開發量產，那可不是什麼好笑的事。

「請把大砲的設計圖和魔導槍的設計圖一併收回。」

「魔法宅的腦袋裡也有設計圖……要揍到他失去記憶嗎？」

「有沒有辦法不留下外傷，靠藥物消除他的記憶？」

「……沒辦法。我……做不出那種藥。把他捆成簑衣蟲，倒吊一週呢？」

「這也很有趣，不過很難判斷他的記憶是否消失了呢。沒有可以確實消除他記憶的方法嗎？」

「…………很難。」

蜜絲卡和杏兩人在激進的性格上可說是意氣相投。

但這點先不提，現在的首要之務是收回設計圖。

因為兩人對待庫洛伊薩斯的態度實在太隨便，讓人差點就忘了還有這回事，但那些設計圖可是國家重要的軍事機密。

「刑罰保留到之後再談，總之先拜託妳回收剛剛所說的設計圖了。雖然這樣得麻煩妳除了調查現況外又要再特地多跑這一趟。」

「……了解，我很快就會搞定。」

「啊，還請妳別不小心『搞定』庫洛伊薩斯少爺了。畢竟就算是那樣的人，也有他的用途所在。」

「……明白了。」

身影瞬間消失無蹤的杏令蜜絲卡感到安心信賴的同時，公爵家的次男小少爺那隨便的態度也讓她很是頭痛。在目前這個階段，魔導槍的存在就連對其他貴族而言都是極機密情報。

為了追求實用性，他們正在檢討是否該設立實驗部隊，以利軍方運用。儘管已經有讓索利斯提亞公爵家底下的騎士們進行過性能測試，但現在大多數的意見仍認為魔導槍也只有威力強大，不過是弓的替代品。由於子彈無法連發，跟使用封入了魔法的箭矢差別其實不大。

不如說單就射擊時不會發出聲音這點來看，弓還比較優秀。

『算了，應該說不管怎樣的武器，都要看使用方式吧……畢竟填裝下一發子彈的速度很快。好了，接下來事情會變得怎麼樣呢？』

鄰國的情勢、這次震災帶來的影響，還有同盟國的動靜及魔導槍的量產化，在這個發展下，究竟會發展成怎樣的事態，前途令人憂心忡忡。

然而包含蜜絲卡在內，這個世界的居民們沒有發現。

有許多情勢之外的因素已經開始行動了。

不過超常存在的動態，除了極少數的人以外，其他人根本無從得知。

第六話　大叔和亞特一同返家中

身為諜報人員的薩沙穿過安佛拉關隘，抵達了附近的城鎮。

他的同僚潛入敵國，從事各種職業並隱藏身分，同時在各地持有的據點負責進行蒐集情報的任務。

說是這樣說，但要找出作為據點的住宅或店面非常困難，只能用伙伴間才知道的小小標記來辨別。

老實說要找這個真的很麻煩。

尤其這次因為地震造成了極大的損害，要是運氣不好，據點本身被震垮的可能性也很高。這讓原本就很難找的據點困難度又瞬間往上翻了一倍，害薩沙傷透了腦筋。

『……這狀況是要我怎麼辦啊。』

他知道安佛拉關隘南邊的城鎮裡設有據點，可是據點在哪裡，是連諜報人員之間都未公開的情報，也因為他只能毫無頭緒的摸索，才更是麻煩。

『……這還真慘啊。』

位於山岳地帶的伊薩拉斯王國經常發生地震。

所以耐震設計在國內是既定的基礎技術，建築物不會因為在他來到這座城鎮途中發生的那種程度的地震就倒塌。

可是梅提斯聖法神國不一樣。

街道上所見之處全化為了瓦礫，人們因為住家或店面倒塌而露出絕望的表情，顯得失魂落魄。遇難民眾的遺體排放在路上，其家人在一旁哀嘆。實在令人感到痛心。

『這……是個好機會。可是…………』

以軍事觀點來看，現在進攻梅提斯聖法神國，就能奪下這個國家吧。

然而在此同時，也會間接產生一個極大的問題。

奪下大規模荒廢到這種程度的國土，在那之後要面臨的，就是必須拿出一筆用來整頓政權體制的資金，以及復興國土的費用。這實在不是伊薩拉斯王國的預算能夠應付的金額。

最重要的是國家根本沒辦法一一照料這些失去了生存動力的國民。

應該說要是沒能顧好他們的生活，國民發動叛亂的危險性非常高。

現在的伊薩拉斯王國不可能在復興荒廢的國土的同時派兵鎮壓叛亂。

『這下不能隨便進攻啊……要是各地的受災狀況都和這城鎮一樣嚴重，我們可應付不來。陛下打算怎麼做呢……』

薩沙的任務是回報狀況。

蒐集關於梅提斯聖法神國的情報，更是從薩沙出生之前，伊薩拉斯王國就行之有年的事。之所以沒發動戰爭，是因為梅提斯聖法神國握有勇者和聖騎士團。

了解到在壓倒性的兵力差距面前，小國的軍力根本不具任何意義，少數的主戰派官僚也曾經因此提出進攻索利斯提亞魔法王國這個強硬的策略。

想必是漫長的苦澀時光，讓他們變得急躁起來了吧。

到了現在來看，薩沙倒是覺得還好那個計畫泡湯了。

『以前雖然是基於兵力差距而沒有進攻，可是這次進攻也拿不到什麼好處。反而會耗盡我國的預算，導致國家滅亡啊……是說這應該可以向上呈報吧？』

在靠戰爭擴展國土時，必須要維持商人的交易管道。

交易帶來的物資流通可以說是國家的血液，也是維持國家的大動脈。要是奪下的土地沒辦法讓民眾好好在上頭生活，那統治階層的人也得不到稅收，沒辦法維持政治的運作。

戰爭並非要破壞一切，必須只攻下重要的據點，在某種程度上確保民眾能在該處生活，但他認為攻打現在的梅提斯聖法神國會很難做到這件事。

在薩沙看來，這國家不僅政治，連物流系統都遭到破壞了。

最重要的是在進行救援活動的全是一般民眾，別說衛兵了，連神官的影子都看不到。

他應該可以把這解釋成是發生了什麼狀況吧。

「好了，既然不在這附近，表示在更裡面的地方吧？」

伊薩拉斯王國的諜報人員在假想敵國設置據點時，為了融入潛伏的地區，會依循幾個模式來進行偽裝。

・模式１　以少有人來往的地點為據點的情況

主要發生在想從與黑社會有關連的人那裡套出情報的場合。在市區邊陲地區開間酒店，偽裝成店長，就能輕鬆的蒐集到情報。不過有可能會遭到行政單位強制搜查或犯罪組織襲擊，危險性也很高，沒

有一刻可以鬆懈。

・模式2　以商業繁盛的市街地為據點的情況

在這種地方假裝成商人實際去經營一家店鋪，做起事來會更有效率。不僅容易從商人和貴族那邊蒐集到情報，還能在進行諜報活動的同時，提供其他諜報人員休息以及保管物資的地方，兼任後勤工作。

就算有許多人進進出出或是經手許多物品也不會遭到懷疑是這種模式的一大優勢，可是開店初期得花上一筆不小的費用，所以很少會採用。

・模式3　以遠離市鎮的地點為據點的情況

偽裝成農家是最好的選擇。這樣必然會演變為長期的潛伏工作，不僅容易從早市得到各式各樣的情報，也很容易就能將情報分享給其他伙伴。和市鎮中心不同，可以用便宜的價格購得土地也是一大優點。此外，也可以扮演用馬車送伙伴到其他城鎮去的角色。

缺點應該是出入往來的人過多，會被鄰近的農家懷疑吧。所以能留在據點的諜報人員人數有限。

・模式4　以廢墟為據點的情況

在要去敵國進行破壞工作，需要在短期內蒐集情報的場合，就會挑這種地方作為據點。最大的優點就是即使行蹤被敵人掌握，也可以立刻捨棄這個據點吧。

可是這種地方有可能原本就是罪犯使用的據點，而且這罪犯還有可能是被行政單位給盯上的對象，所以必須事先做好詳細的調查。

老實說這是最容易遭人舉發，危險度最高的據點。

·模式5　潛伏其中、沒有據點的情況

由於貧民居住的地區有很多背景複雜的人，所以他們不會設立大規模的據點，會偽裝成無家可歸的人潛入其中。在這種地方可以遇見有各種不同背景的人物，所以很方便進行諜報活動。

優點是不用花多少錢就能搞定，然而容易染上危險的疾病，也陸續有人因此殉職。也因為這樣的緣故，在這種模式下，大家會特別留意健康狀況。

由於經常會碰上好幾天無法洗澡或擦拭身體的情況，身體容易發臭，所以大家都不想接下這類的工作，不過他們這些基層人員也只能聽命行事，總是會不情不願地赴任。

說實話，薩沙自己也絕對不想接到這類的工作。

薩沙一邊對照著這些條件，一邊尋找伙伴的據點。

『不是模式1或2嗎？這麼大的城鎮，以開設店鋪來說立地條件很不錯吧。再說這裡又是鄉下地方……要是有不認識的人出入，馬上就會被發現了。既然這樣，在郊外偽裝成農家的可能性就提高了。至少我不認為這附近會有廢墟……不對，追根究柢，國家真的有撥預算讓我們在這座城裡設置據點嗎？畢竟是上頭那些人決定的，搞不好……』

在他一邊想著這些事情，一邊尋找據點時，發現架在小河的橋底下，有兩個流浪漢的身影。

儘管腦中閃過一股討厭的預感，他仍祈禱著那最好不是他的同僚，可是在試著接近他們後，他發現隨意放在一旁的垃圾——木板上面寫有宛如塗鴉的暗號文字，代表他們是伊薩拉斯王國的人。

『真的假的……』

不希望實現的預感卻成真了。

儘管如此，薩沙還是抱持著最後的希望，從口中擠出他們的暗號。

「唉～…………『現充都去死一死就好了啊……』」

「『我也有同感。那些老是在曬恩愛的傢伙都去吃屎吧。』」

「『不過啊，自己要是有了對象，一定會開溜對吧？』」

「『那當然！別人怎樣都無所謂，但絕對要守住自己的幸福。』」

他確定眼前這些人是自己的同僚了。

不過這暗號還真是過分。

「喂，畢竟這是工作，所以我不太想說，但你們這身打扮也太慘了吧。」

「別說啦。我們也不是自願要做這種打扮的啊。」

「好好喔～真羨慕你……看起來跟商人沒兩樣嘛。」

諜報人員雖然基於職業需求，要配合任務的內容改變自己的穿著，但是流浪漢的打扮評價非常差。

或許是為了更貼近現實的流浪漢吧，他們的身上飄出了某種酸臭味，讓薩沙皺起了眉頭。

「是說……這座城鎮是怎麼回事？明明碰上了災難，卻沒看到衛兵和神官出來救助民眾耶。他們終於捨棄教義了嗎？」

「關於這點啊……」

「四神教已經完蛋了。梅提斯聖法神國實際上已經滅亡了喔。」

「…………這是什麼意思？」

從同僚口中得知的真相。

認為必須復仇，因此死而復生的勇者們揭穿了四神教的惡行，以及世界正在步向滅亡的事實，就連薩沙聽了都驚愕不已。

「還真是不得了啊……這消息已經傳回本國了嗎？」

「是啊，我們也打算在明天撤離這裡。為了保險起見，應該會去瑪哈・魯塔特確認一下狀況吧。」

「而且我也開始受不了這身乞丐打扮了。再這樣下去，我都快覺得世間虛無，想要自殺了。」

「那麼我們就偽裝成傭兵，一邊在沿路上的城市打聽消息，一邊返回本國吧。我很想知道那時候感受到的強大氣息究竟是什麼。我認為那是必須讓陛下知道的重要事項。」

諜報員們默默地點了點頭。

薩沙就這樣和同伴會合，在途經幾個都市，調查了梅提斯聖法神國目前的情勢後，回到了伊薩拉斯王國。

◇　◇　◇　◇　◇　◇

當薩沙成功與伊薩拉斯王國的諜報人員會合時，傑羅斯他們搭乘的橡皮艇順流而下，來到了歐拉斯大河的下游。

他們在兩天內不分晝夜開著輕型高頂休旅車橫越魯達·伊魯路平原，車子在未經鋪設、根本不像道路的路上狂飆猛衝，因地面不平而上下彈跳。在抵達歐拉斯大河時，他們的疲勞也已經抵達了巔峰。

在這種狀態下搭上橡皮艇，會睡死也是理所當然。等他們清醒過來，橡皮艇已經隨著河水流了很長的一段距離。

「……順流而下的速度真的很快呢。」

「沒想到我們會睡上整整一天半就是了吶。真虧我們在這種漂流的狀態下，還沒有睡到摔進河裡去。」

「醒過來的時候，居然是兩個大男人抱在一起的狀態……而且還是跟中年大叔耶？這會造成我的心靈創傷啊……我真的一點都不願回想起來……嘔…………」

「我也不想跟男人抱在一起啊。要抱我也是希望能被路賽莉絲小姐和嘉內小姐給抱著。光是想像自己夾在那豐滿的胸部中間，我啊～就可以吃下三碗飯呢。」

「我也想被唯抱著啊！」

「你回去之後想怎麼抱就怎麼抱啊，兩人赤裸裸的……你那根要是斷掉就好了。」

大叔儘管已經有兩位未婚妻了，對現充的嫉妒之心仍火力全開。

「你明明對我表現得嫉妒到不行，為什麼對布羅斯的後宮就默不作聲啊？那傢伙的後宮下至小蘿莉、上至大姊姊，不是應有盡有，任他挑選嗎？」

亞特搬出了布羅斯來做對比，訴說他的不滿。

要是不說些幹話來轉移注意力，他們會因為想吐而在精神上先撐不下去吧。

「唉～……所以說我們現在大概到哪裡了啊？」

「天曉得？我猜到桑特魯城大概還剩下一半的距離吧？」

「你不用水刀噴射推進機嗎？」

「那是為了在歐拉斯大河裡逆流而上才臨時採用的緊急手段，而且用了會讓小艇變得很難控制啊～再說這附近的河流走向又彎彎曲曲的。已經錯過了使用的時機。」

「正確來說應該是『睡過』就是了。」

「我們應該會暫時就這樣安全的順流而下吧。雖然很在意桑特魯城的狀況，但也只能祈禱她們都平安無事了。我可以理解你焦急的心情，但這種時候更需要冷靜。」

這是周遭被險峻斷崖所圍繞，九彎十八拐的溪谷。既然因為自己的失誤而錯過了使用水刀噴射推進機的時機，如今他們也只能任憑水流帶著他們前進。

「薩沙先生現在在做什麼呢……」

「我想一定是跟潛伏在梅提斯聖法神國裡的伙伴會合，正在喝一杯吧。」

「我覺得那個人的運氣超爛的。在和伙伴把酒言歡之前，八成會因為要報告的事情又增加了而頭痛吧？畢竟梅提斯聖法神國的建築物看起來就不耐震。」

「因為那個國家只有人類，我估計那裡的受災程度，應該比索利斯提亞魔法王國更嚴重吧。唉，雖然索利斯提亞魔法王國的狀況也只是我的臆測啦。」

「可是我看你都不慌張耶？」

「因為那個國家有很可靠的工匠在啊……不如說他們應該很高興可以趁這個機會來訓練新人吧～」

「工匠？啊啊……你說矮人啊……等等，前面是斷崖！而且岩壁就在不遠處！」

「船槳拿去！用這玩意兒在撞上岩壁前轉移方向。」

在差點撞上岩壁翻船前，他們用力拿槳戳了一下岩壁，讓橡皮艇脫離了危機。

可是歐拉斯大河上有多到數不清的岩石突出了水面。

也就是說接下來才是重頭戲。

「看來到緊要關頭了啊……穿過這裡之後，後面就是一條康莊大道了。」

「是河不是路就是了。」

「等越過這個危險地帶，就用水刀噴射推進機——舷外機引擎加速。為了保險起見，我先把魔石拿給你。畢竟要是我又睡著，忘記啟動船外機那就傷腦筋了。」

「這個……不要緊吧？你沒加什麼奇怪的效果上去吧？」

「比我們去程時使用的魔石更安全喔。因為是用還算大的魔石壓縮製成的，所以裡頭儲存的魔力也沒那麼多。簡單來說只要能多跑一點距離就好了啦。」

「在那之前，我們能平安度過這段溪流就好了……」

前往魯達·伊魯路平原時，因為橡皮艇駭人的速度，他倆光是不要被甩下去就用盡全力了，根本無暇觀察周遭的地形。可是實際一看便感到背脊發涼。

無數的岩石有如長槍一般從水底突出水面，他們完全想不起來當時是怎麼突破這個險境的。就算只是普通的順流而下，這地方都非常的危險。

「……我們應該可以平安抵達桑特魯城吧？我們到底是怎麼穿過這裡的啊……我完全想不起來。」

「哈哈哈……別說這種會讓人不安的話啦……算我求你了。」

就算沒有翻船，也有可能會觸礁。

兩人在進入索利斯提亞公爵領地之前都得繃緊神經，無法鬆懈。

「神域」——那裡是跳脫了時間概念，由高次元生命體負責管理的領域。

負責管理與調整系統而忙到不可開交的天使，還有從不同次元前來幫忙的下級神們，儘管為了理解、梳理這些奇怪、錯綜複雜又糾纏不清的異世界法則而陷入了苦戰，修復作業仍確實地在進行著。

然而長期遭到放置的現象管理系統，因為已經和異世界法則產生過於緊密的連結，而發現了一些無法修復的部分，讓負責修復的諸神煩惱不已。

「阿爾菲雅大人，這個部分完全固定在系統上，事到如今已經除不掉了。」

『那些召喚過來的靈魂都回收了嗎？』

「那些倒是勉強成功分離了，可是我真的拿完全嵌入現象管理系統基礎裡的異世界法則概念沒轍。雖然我有試著調整，看有沒有辦法將它們整合在一起……」

『比起之前那亂七八糟的系統，還是好得多了吧。問題在於會對大量生命體造成什麼樣的影響。篩選回收後的靈魂的工作進展如何了？』

「光是確認過的部分，就已經是從二十七個不同次元世界召喚過來的呢。」

「路西菲爾大人，剛剛又確認到新的次元座標……這麼一來，這些靈魂原本所屬的次元就增加到二十八個了。另外，這個次元世界的現象程式有點麻煩，雖然很適合搭配這個世界的系統運作，卻不會被修復程式排除在外，完全融合在『生命樹系統』裡面了。」

「又來了嗎……如果是跟這個世界基礎不同的世界，要回收靈魂就不是難事，但相似現象世界的程式會彼此融合這點真的很麻煩。即使能夠回收靈魂，殘留的程式也會留在系統裡面，這樣很難讓系統回歸正常啊。」

『若是法則跟這個世界相近的世界，是可以去除不需要的部分之後再納入系統中。只是這需要做精細的調整吶……也罷，這讓吾來處理吧。』

「拜託您了。這些我們實在處理不來……」

本來神會為了讓在世界陷入危機時受召喚前來的抗體（勇者）可以適應新世界的現象，對他們的靈魂進行調整。

因此召喚時會優先選擇相鄰世界，也是為了讓神能夠做這些調整。然而四神教執行的勇者召喚是隨機挑選的，所以很難依照原本受召喚的世界為何來篩選這些靈魂。

假設對象是從一個沒有魔法、基礎明顯不同的世界召喚而來，就比較容易回收這位勇者的靈魂。但對象若是來自一個可以透過類似魔法方式，進行簡單現象操控的世界，這樣的靈魂在負面意義上更為適合這個世界的現象管理系統，所以會被這個世界的法則吸收，化為系統的一部分，所以很難搞。

不管再怎麼相近，說穿了兩者仍是不同的世界，所以相異的部分在經過一段長時間後會引起程式錯誤，而且不會被防毒程式清除，而是會殘留下來，反映在這個世界的現象上。魔物之所以會出現異常進化現象，也是這個狀況造成的。

『……只能說幸好這些不至於影響神域吶。不過對於行星管理領域「聖域」倒是造成了影響……』

「那些蠢材明明就待在聖域裡，為什麼沒有察覺啊？都出現這麼現而易見的影響了……」

『畢竟她們的管理權限被切分成了四等分吶。不過是臨時趕製出的冒牌管理者，說不定連她們身上都出現了奇怪的影響吧？事到如今也無從得知就是了。』

「無論如何，能找出因召喚受害的世界就是一大進步了。緊急打造出來的篩選程式目前也運作得很順利，將他們送回原有世界的工作持續在進行中。」

「報告！又確認到來自不同次元世界的靈魂了。目前已確認的多次元世界座標數已經來到了三十二個。」

「『怎麼突然又多了？』」

阿爾菲雅從目前得到的情報，深深覺得升級這個世界的現象系統乃當務之急。

對所有生物造成影響的「等級」、「技能」、「職業」、「稱號」、「進化」，這些過去不存在於世界上、宛如遊戲的現象已變得十分顯著，事到如今已經幾乎不可能排除了。

這些不是從異世界取得的片段法則，而是這個世界的現象系統吸收了配合抗體（勇者）的狀況賦予他們的能力，並進一步反映到其他生物上，產生顯著變化的異常現象。

由於幾乎所有的生命都已經受到這現象的影響，如果真的要排除所有從世界突變出來的現象概念，就必須要做到把眾多的生命體先徹底清除一次，並將時間回溯到過去，重新改寫歷史的程度。

這種事情太麻煩了，她一點都不想做。

不如說這現象已經深植於這世界，開始運作的發展走向是無法一筆勾銷的。

不過現況也是有優點的。

阿爾菲雅本來的工作是促進眾多生命的靈魂進化，讓這些生命未來有機會發展為高次元生命體。

現在這個現象即將崩壞的狀況確實很危險，然而這樣的危險同時促成了許多生命體的靈魂進化，也是不爭的事實，除了前述的麻煩狀況之外，現況對阿爾菲雅來說，算是正合她意吧。

所以在這個前提之下，阿爾菲雅並不打算讓一切回歸原貌，而是採用不僅接納這些現象，並進一步創造出新世界的建設性做法，讓更多的靈魂獲得發展為高次元生命體的資格。

完全是不幸中的大幸。

『這個類似遊戲系統的法則派得上用場吶。問題在於，突然的劇烈成長會對靈魂造成負擔，肉體將會無法承受而自取滅亡。如果能從過去的案例找出自取滅亡的例子來調查，並將資料數值化，就能寫進系統裡，創造出進化後的物種了。』

「可是這會對靈魂造成很大的負擔吧？就是因為這個問題，我們的主人也沒有把這個系統放進他管理的世界裡。」

『他應該是想按部就班地來吧。誕生於此處的靈魂都對魔力有很高的適應性。雖然容易誕生進化後的物種，卻也因為適應性過高，無法昇華為高位存在。』

「反覆進化的結果，反而導致物種停滯不前——也就是說，因為固定在物質性的肉體上而停下了進化的腳步，反而無法追求靈魂層面的進化嗎……任何事情都有好有壞呢。」

魔力這種力量，其實是存在於高次元的特殊能量變質後的產物，三次元世界並沒有能夠產出魔力的物質。

但是生物層級愈接近高位，靈魂吸收高次元能量的效率就會愈高，變得能在將這些能量轉化為生命能量的過程中，同時產生出魔力。完成如此進化的生物繁衍得愈多，行星上便會逐漸充滿魔力，可是很難從零開始打造一個充滿魔力的世界。

若是年輕的創世神，或許有機會在偶然的情況下打造出充滿魔力的行星，但能夠刻意創造出這種行星的，只有層級相當高的古老創世神。

或者是高級神創造出來的繼承者。

「我們的世界已經失去魔力很長一段時間，現在已經衰退到要組成虛擬的肉體都很吃力的狀態了，我認為這和主人的意圖有關。您怎麼看呢？」

『嗯……在吾看來，那是汝等的主人為了讓生存於世界上的生物昇華，而刻意下的限制吧？畢竟限制愈大，鍛鍊靈魂的成效愈好，汝等的世界也已經沒有世界樹系統了，所以才會由神族負責管理次元世界吧？再說只要提高靈魂的層級，就會自然產生出魔力了吶。』

「聽您這麼一說，我們侍奉的主人確實有點像這個世界的前任管理者呢。雖然方向性完全相反就是了……啊，所以他們感情才會這麼好嗎？」

『感情好？是指在性方面上嗎？』

「噯♡」

『咦？』

阿爾菲雅隨口說說的玩笑話，似乎揭穿了路西菲爾不為人知的性癖。

明明外表是個美女，在工作或能力上都是極為優秀的人才，卻沒想到她竟然有著腐女子這個意外且令人感到遺憾的一面。

這也是人類的罪孽吧。

『……汝該不會是某個同人誌販售會的常客吧？』

「您為什麼會知道這件事？偶爾會撞見主人的攤位就是了……啊。」

『………』

追求萌失敗而封印了阿爾菲雅的創造主，以及用「前輩」來稱呼這位創造主的觀測者（凱摩先生），以及出自這位觀測者（凱摩先生）創造出的世界之生物，都各自背負著深沉的罪孽。

綿延不絕地被承襲下來，追求萌的無底深淵。一想到這罪孽竟是造成世界差點毀滅的原因之一，真是悽慘到令人想哭。

『……也別太沉迷於嗜好當中吶。』

阿爾菲雅只能這麼說。

無視她複雜的心境，修復現象管理系統的工作仍持續在進行中……

傑羅斯和亞特搭乘的橡皮艇順著歐拉斯大河前進。

穿過兩側被斷崖包夾、蜿蜒曲折的溪谷，在河道相對筆直且平緩的地方使用魔石，利用舷外機加速，儘管差點撞上突出的岩石，仍比他們預估的時間更早地來到了桑特魯城附近。

途中由於他們沒注意到水下的岩石，撞到了舷外機，導致水刀噴射推進機的功率變得非常不穩定，無法加速，只能被迫用安全的速度前進。

換句話來說，就是他們正在進行一趟悠哉的橡皮艇之旅。

不管再怎麼著急，東西壞了就是壞了，傑羅斯他們也只能認命。

「…………盔甲魚啊。這種魚肉有腥味，不要。」

「我記得那玩意兒的鱗可以賣到不錯的價錢耶……」

「就算要拿來當成製作防具的素材，只有一、兩條也不夠吧？而且這還是一種體型很大卻不能吃的魚。只能放生了。」

「既然不能吃，拿來當田裡的肥料不就好了？」

「我田裡的作物光靠雞屎就長得很好了，不需要特地拿別的東西來做肥料。牠們還會幫忙吃雜草呢。」

「咕咕們真的很有用哪。」

兩人巴不得立刻回到桑特魯城。

可是舷外機故障導致橡皮艇的直線加速力大打折扣，要是強行提高功率，舷外機搞不好會爆炸。畢竟這是傑羅斯打造的機器，實在無法信任。

「啊啊……唯、華音……有話聊的時候心情還很平靜的，一旦對話中斷，我馬上就開始擔心了。」

「那你要游回去嗎？我想以你的體力來看，應該超快就能抵達了喔。」

「我哪有辦法做出那種怪物才做得到的事啊！」

「不不不，你夠資格稱得上是怪物了吧？你仔細想想你的體力跟持有的魔力量。你還敢抬頭挺胸的說自己是人類嗎？我可沒自信呢～」

「……真的假的？我們……已經算是怪物了嗎？」

「雖然不想承認，但至少我是這麼認為的。」

傑羅斯他們打倒的龍王──「暴雪帝王龍」是具備如同那巨大身軀所示的強大防禦力，而且體內含有與身體大小等比例的壓倒性巨量魔力的生物。

可是傑羅斯和亞特的體型明明與一般人類無異，卻不僅擁有超乎常人的體能，還持有龐大的魔力。不管怎麼想，都已經跳脫一般生物的範疇了。

尤其在把魔力視為能量的情況下，我們當然可以斬釘截鐵地說龍王具備能儲存如此強大能量的容量。但追根究柢，一般人類尺寸的傑羅斯他們身上沒有能夠儲存這些龐大魔力的空間。這時自然會冒出「那他們究竟是把魔力存到哪裡去了？」的疑問。

如果是一般人，若是持有過多的能量，身體便會由內而外爆裂開來，不可能承受得住。

「亞特你怎麼看？」

「是不是……靈魂呢？既然魔力無法保存在體內，那麼從奇幻世界的角度來看，唯一想得到能取出魔力的地方，也就只有靈魂了吧。」

「靈魂啊……不過這麼一來，我們就變成類似小邪神的存在了喔？畢竟她雖然體格嬌小，卻能直接毀掉一個行星。」

「唔……」

「你可能已經忘記了，不過小邪神是這樣稱呼我們的。她說我們是『使徒』。你應該知道這代表什麼意思吧？」

「轉生者」即是「使徒」——也就是說，這證明了他們並非人類。

或者是近似於人類的某種生物。

「也就是說，我們不是人吶。」

「怎麼突然說得好像我們是人渣一樣啊？」

「我說認真的，我是不清楚來到這個世界的時候，我們到底被動了什麼手腳，但是我們毫無疑問的已經脫離生物的範疇了。壽命……不知道變成怎樣了吶。」

「那個……傑羅斯先生？我是覺得應該不至於，但我們該不會是長壽種族吧？比方說壽命跟精靈一樣長……」

「也有可能是短命種族啊。由於龐大的魔力，導致肉體的老化速度變快……」

「真的假的？」

天生持有較多魔力的種族都比較長壽。

精靈、矮人和路菲伊爾族這些數量較少但壽命較長的種族，體內的魔力循環機制生來就優於人類，只要能保持健康，壽命將長達其他種族的兩倍以上。

目前已知長壽種族的條件之一是持有較多的魔力，傑羅斯他們也充分地符合這個條件。可是增加持有魔力也未必就能長命百歲。

除了成長外，突然提昇魔力持有量也有可能會縮短壽命，實際上人類當中確實有過在魔力未枯竭的狀態下飲用「香甜魔力藥水」而身亡的案例。

但這究竟是因為飲用「香甜魔力藥水」導致持有魔力量超過上限而身亡，還是單純的急性酒精中毒，目前仍不得而知。既然無法探究原因為何，也就難以判斷傑羅斯等人究竟是長壽還是短命了。

「如果是長壽種族的話，你打算怎麼辦？你可能會活得比唯小姐和小華音還久，搞不好還得看著孩子或孫子死去喔。」

「這感覺有點討厭耶……」

「哎呀，就算唯小姐先走了，你也可以再婚啊。雖然我不知道女兒會不會對你說什麼啦。」

「別說了，到時候如果真的發生那種事，我想唯那傢伙一定會散發著怨氣，一邊大喊著：『不准花心——————！』一邊從地獄歸來吧……」

「有這麼誇張？她的愛到底多沉重啊？而且不是從天國回來喔！」

比起嫉妒更強烈的執著心，就好像偏執或怨念那樣深邃、沉重、晦暗。

不過唯的這種感情只會對亞特表現出來，而且唯雖然會要求他每十分鐘回一次訊息之類的，但她不會每天捕風捉影的尋找其他女人的影子，懷疑亞特是不是有外遇，就可以看得出唯還是有在顧慮亞特的。唉，雖然不管怎樣都是一種束縛啦。

如果從這個角度來看，倒也可說唯是極端地一心向著丈夫，並以支持丈夫為優先的好太太。

跟滿腦子幻想或是病嬌那些腦子有問題的類型或許還是不太一樣吧。

「我有個單純的疑問，亞特你算是很受歡迎的那型嗎？」

「天曉得？沒人跟我告白過啊。我自己也不是很清楚，不過你幹嘛問這個？」

「沒啦……我只是想說唯小姐的心理狀態會過度的往病嬌的方向發展，是不是因為你在學生時期行情太好……原來不是嗎？」

「被你這樣一說，她是在我國中到高中畢業的這段期間，才變得對我這麼執著的……難道我那段時間其實還滿受歡迎的？」

「應該是吧？我猜啦，唯小姐大概是偶然發現有女生暗戀你，而且那樣的女生還接二連三的出現，才產生了獨占欲吧。然後就開始採取行動，確保自己的主權。」

「主權……」

「也就是說，她因為亞特太遲鈍而開始吃醋，並導出了『光是等待一定會輸，我必須主動出擊！』這樣的結論吧？這份感情逐漸惡化之後，就……」

照大叔的推測，唯是在看到亞特這麼遲鈍、不懂少女心後，開始有了危機意識，決定直接採取行動。不然要是從未發生過任何事，從她平常溫柔和善的態度來看，實在很難把她這個人跟她的行為連結在一起。

亞特則像是同意了大叔的推論，嘴裡喃喃說著：「這麼說來，當時好像是有幾個女生會看我，那是因為她們喜歡我嗎？我還以為是我的制服上有髒東西耶。」之類的話。

看到他的反應，大叔雖然心裡想著「他怎麼還不快爆炸」，但沒有說出口。

「我完全沒發現……」

「就是因為你這麼遲鈍，才會讓唯小姐黑暗面成長加膨脹吧，現在這個狀況很有可能是你自找的。你就儘管被沉重的愛給壓垮吧！」

「你幹嘛嫉妒我啦！傑羅斯先生你不也有兩個未婚妻嗎！」

「哎呀～我還是學生時……初戀被我那個垃圾姊姊給毀了啊……在那之後我就與女性無緣了。好好喔～青澀靦腆的青春時光。一想起當時每天都是灰色的日常生活，我真的羨慕你到很想殺了你呢。」

「這種話可不是老實說出來就沒事了！」

一想到過去自己的不幸，他就很羨慕亞特的學生時代。

可是仔細想想，就在亞特過著遲鈍男主角般的每一天時，唯卻漸漸染上了負面情緒的色彩，孕育出嫉妒與獨占欲，利用青梅竹馬的優勢剷除其他對手。

一邊是身邊有個幾乎天天都會做壞事的垃圾姊姊在妨礙他，另一邊則是有個像驚悚或恐怖片登場角色的青梅竹馬會每天逼近他，究竟哪一邊比較幸福呢？

「不管怎樣，你還是跟青梅竹馬的女孩子整天黏在一起，所以我覺得你的學生時代應該還是過得比我開心喔？至少我直到最近都完全沒有女人緣。」

「我說……傑羅斯先生？你不會因為嫉妒而把我丟進歐拉斯大河裡吧？」

「我怎～麼可能會——喔，釣到了……唉，什麼嘛……只是塊頭蓋骨嘛。沒用。」

「等等，剛剛那個顯然是人類的頭蓋骨吧？這不是殺人案嗎！你就這樣直接裝作沒看到？」

兩人正在討論亞特的戀愛經驗並加以考察時，突然發生了異常狀況。

一般來說在釣起人類頭蓋骨時，應該要馬上報警才對，這個大叔卻若無其事的把頭蓋骨給丟回河裡去了。

不知道那究竟是襲擊不成反遭殺害的盜賊，還是被處理掉的黑社會分子，但消失在黑暗中的真相，想必就沉在歐拉斯大河的河底。

「比起那些事，橡皮艇的行進速度能不能再快一點啊？傑羅斯先生願意幫我轉移話題是很好，可是我一想到唯就好擔心……好擔心……」

「這已經是你第幾次把話題拉回來了啊？要先靠岸修理舷外機，還是就這樣順流而下……到底哪一種做法比較好呢……唉～」

就像亞特擔心家人一樣，大叔也很在意路賽莉絲等人的安危。

可是既然橡皮艇的舷外機已經故障，他們也只能這樣順流而下。光是有暫時加速過一段時間，就已經很不錯了。

兩人將焦急的心情藏在胸中，為了轉移注意力而一再重複著毫無意義的問答。

第七話　大叔遇到庫緹

半夜，一艘橡皮艇抵達了桑特魯城的碼頭。

傑羅斯和亞特由於長途跋涉的疲勞，臉色看起來非常差，連開口說話都懶。

而且他們在此同時也看見了經歷震災後的碼頭，臉色變得更差了。

「總算……回來了。」

「回來了吶……」

「這裡……好像還是有災情喔？」

「看來是這樣呢……我有看到好幾棟建築物被震垮了。不過照我的記憶，我記得原本在這附近的都是一些比較老舊的建築物……」

「不然就是偷工減料的建築物嗎？唉，這畢竟是天災，身為人類的我們也無可奈何啊。」

雖然石造的建築物或倉庫幾乎都沒事，不過木造或是用土牆建成的住宅不是全毀就是半毀，模樣相當悽慘。

不可思議的是從建築物的狀態，就能看出負責處理的種族。

之所以會拆除因震災而毀損的建築物，將感覺還能用的建材聚集到一處，應該是考慮到要回收再利用。從有確實分類的狀況來看，怎麼看都是出自矮人之手。

周遭連一點垃圾都沒有，分類、整理得異常乾淨。

「這些堆起來的建材一點都沒歪……而且還打掃過現場，分類也非常的完美，表示這是矮人們處理的吧。」

「那些傢伙……平常做事明明就很隨便，在管理工作用具、材料跟建材這方面卻做得非常徹底啊。就算只是忘了帶走一個工具，隔天早上也會被痛揍一頓喔。」

「新人經常挨揍呢。不撐過這段連黑心企業都會拔腿就逃的修業期間，就沒辦法成為一個成功的工匠吧。」

「他們可是靠指尖的感覺，就能摸出連僅有零點幾公釐的凹凸不平喔？真虧他們光摸就摸得出來，讓我真的嚇了一跳呢～這也是累積了無數經驗後的成果嗎……」

對矮人來說，工作是他們的驕傲，也是興趣。也正因為如此，他們絕對不會做偷工減料的事。

而且可怕的是，就連蓋一間小小的小屋，他們都不容許有一公釐的誤差，心中抱有會讓工程變得更為困難的熱情。說好聽一點是專業，說難聽一點就是工作成癮的社畜。

由於矮人們會以更快、更正確，宛如精密機械所需的精確度來執行作業，還在實習階段的新人工匠根本不可能跟上他們的腳步。

就算他們有在指導新人，新人也會因為作業難度過高，導致工作遲遲未有進展。他們一開始會斥責，到最後則是用拳頭來徹底導正新人的劣根性。透過用魔法藥強制恢復新人的精神疲勞，讓實習的新人們逐漸被洗腦——應該說將新人們培育成一心投入工作的專業工匠。

「畢竟新人和實習生也是賭上了性命，他們認真的想偷學那些技術，為此使出全力，捨棄了所有多餘的念頭，最後變成了滿腦子只想著工作的工匠吶。」

「我在那個好像是索利斯提亞派的工坊裡，也有看到工匠們在哭喔。等到我負責的工作都完成時，原本不拘小節的人，都變成只會一邊嘀咕，一邊工作的人偶了。」

「配合他們那種不合理的工作要求很危險喔……只要短短幾週，就會被矯正成藝人呢～我也差點就變成那樣了呢。哈哈哈。」

「藝、藝人……？」

某間矮人經營的土木工程公司是由會在工地現場唱歌跳舞的工匠集團構成的，不過很遺憾，亞特沒有看過矮人在工作途中用腳打拍子，邊跳舞邊建設的模樣，所以無法理解。

在這個意義上，出現在索利斯提亞工坊裡的矮人們只會怒吼跟舉起拳頭而已，或許光是沒在工作地點唱歌跳舞，就能算是比較正常的矮人了吧。

「雖然我有聽說過，但那樣的矮人……真的存在嗎？」

「存在啊。來，你仔細豎起耳朵聽聽。聽到了吧？那些傢伙打出的節拍……」

「…………咦？」

聽他這麼一說，亞特立刻豎起了耳朵。

接著便聽到前方的黑暗處以一定的間隔傳來了彈指的聲音。

傑羅斯立刻說「亞特小弟，快躲起來！要是被他們發現，可是會被拖下水的」，拉著亞特的手臂躲到了倉庫的陰暗處。

矮人們排成一橫排，整齊劃一地順著節奏踏著小碎步前進，同時彈著手指，出現在壟罩在黑暗中的碼頭。

他們不時會高高抬起其中一條腿，混著跳躍&旋轉，不知為何所有人都帶著得意的笑容，宛如音樂劇般跳著舞。

「這裡……是船埠對吧？或許說因為演歌而耳熟能詳的碼頭對吧？不是劇場的舞台吧？」

「年輕人啊……你仔細看著吧。那個啊，就是……桑特魯城自豪的舞蹈土木工程作業員……其名為，飯場土木工程公司夜間突擊作業部隊！ＡＭＩＧＯ！」

「你為什麼要用老頭子的語氣說話啊！比起那個，他們的舞蹈，就像音樂劇的西城故……」

「勇氣與十字鎬、熱情與鎚子就是他們的ＡＭＩＧＯ啦！」

「你有在聽人說話嗎？完全搞不懂你在說什麼啦！」

「你不懂嗎？年輕人。所謂的工匠，是靈魂與培育出的技術合體後的成果吶！」

「我愈來愈搞不懂了啦，你為什麼講得這麼自豪啊！」

大叔接受過好幾次飯場土木工程的洗腦——不，應該說是洗禮。

或許是因為這樣吧，大叔封印在記憶深處的建築魂開始覺醒，聽到矮人們打的拍子，身體便不知為何自然的跟上了節奏。

照這樣下去，難保傑羅斯不會加入靈活地跳著舞在建造倉庫骨架的矮人。他就是在無意識間被灌輸了這種對於勞動的喜悅（？）。

該怎麼說呢，他的眼神看起來很不妙。

『這、這就是巴夫洛夫的狗……強制灌輸在腦內的工作意願，讓傑羅斯先生變成了一個勞動者嗎……嗯？這樣聽起來不是很好嗎……咦？』

矮人將人變得只有勞動欲望的洗腦法，令亞特為之顫慄。

然而仔細想想，工作本身也沒有錯，對於過著自給自足的生活，但實際上沒有正職工作的大叔來說似乎是件好事。

「比起那個，現在應該先回去一趟吧。照這災情來看，也不知道我們認識的人怎麼樣了。總之現在要優先確認大家的安危。」

「嚇！對、對喔……總覺得我剛剛差點掉進了某個危險的方向……」

「雖然由我來說這話也不太對，不過我建議你還是別太常和矮人往來比較好喔？我想傑羅斯先生你八成會私下以高價賣些危險的東西給他們吧。」

「真失禮。我只有用合理的價格販售提神機能飲料給他們而已。雖然要怎麼運用我賣給他們的東西，就要看購買的矮人工頭怎麼想了。」

「我覺得那是最糟糕的狀況耶……」

判斷繼續留在這裡很危險的傑羅斯，在不被矮人們發現的情況下，迅速地離開了現場。

在兩人離去後，沉醉於勞動的喜悅中，專門負責夜間作業的矮人們讓爽朗的歌聲乘著夜風，在碼頭上持續工作，直到早晨來臨……

◇◇◇◇◇◇

在桑特魯城裡，從新街區直直通往碼頭的大道上。

儘管倒塌的建築物不多，還是可以看到幾棟輕微受損或者半毀的建築物，不過飯場土木工程公司的工匠們果然不出所料地帶著爽朗的笑容在進行重建工作。

傑羅斯因為害怕遇到認識的矮人工匠，打算改走小巷穿過這裡，前往舊街區時，跟亞特一起撞見了那玩意兒。

「「…………」」

綿延於小巷旁的住家也多多少少受到地震帶來的損害，善後工作收集起來的瓦礫和木塊等廢棄物堆在路邊，眼前的慘況讓人根本想像不到這是之前乾淨的小巷弄。

在這當中，有個籃子裡頭裝有拿各式食材做飯時製造出的廚餘。這廚餘籃也跟其他廢棄物擺在一起，可是有個穿著女僕裝的女性，正把頭塞進了那個廚餘籃裡，在翻找裡頭的東西。

然後對大叔來說，這個穿著女僕裝的女性非常的眼熟。

她是那間彷彿隨時都會倒店——應該說，從城裡這慘狀來看，說不定已經物理性倒店的魔導具店店員。專門給上門的客人找麻煩，自稱天才的狗屁偵探，庫緹。

可是現在的她已經徹底變成了一個可疑人士，老實說大叔完全不想跟她有所牽扯。

亞特也有種要是被這人發現，八成會演變成麻煩事的預感，所以悄悄地跟傑羅斯討論起來。

「傑、傑羅斯先生……我記得她是那個叫庫緹的女人吧？她……到底在幹嘛？」

「我不知道……不過幸好她還沒有發現我們。要是跟她對上眼，她一定會擅自把我們當成是朋友然後纏上來，我們要小心翼翼地離開這裡，別被她發現。記得要隱藏氣息。」

「是說那女人……好像在索利斯提亞派的工坊裡被矮人工匠給痛揍過……」

「反正一定又是因為她明明什麼都不會，卻用瞧不起人的態度對那些工匠說『你們連這麼簡單的事也不會喔～？噗噗噗～我就說凡人根本就不行嘛～只要交給我，這點事三兩下就能解決了～』這種話，還一臉得意，對吧？」

「你好厲害……完全就是你說的這樣，但你怎麼知道？」

「我大概猜得到。」

大叔的腦海中清楚地浮現出庫緹在索利斯提亞派的工坊裡幹了什麼事的景象。

雖然庫緹以一個惹怒他人的天才而言，方向性和大叔的親姊姊莎蘭娜不太一樣，但以自我為中心去思考事情並擅自下定論是兩人的共通點，而且還會本能性地嗅到他人厭惡的事情，直接針對那點去惹怒人家。

多半是工匠們被她那囂張的態度給惹毛了，說出『好啊，既然妳都這麼說了，那妳來做看看啊。如果做不好，妳應該知道會怎樣吧？啊啊？』這番話來挑釁她，庫緹接受工匠們的挑釁，結果做出了大量的不良品。

庫緹的成果當然是慘不忍睹，工匠們自然也接著說了『妳這傢伙不要只會出一張嘴啊，混帳！既然話說得這麼滿，那就請妳一直做到能做好為止吧』這番話，持續要她工作。一旦失敗就痛扁她一頓，並且不斷反覆這個過程。而且這些工匠都是矮人，出手更是沒有在客氣或手下留情的。

如果庫緹會因此反省也就算了，偏偏她還是繼續說著『這種小事，交給我這個天才來做根本就小菜一碟啦，隨便弄弄就可以了』這種幹話來挑釁工匠。

矮人當然不會把她這種天真的屁話給聽進去，開口就是用『所謂的技術，是要好好用眼睛觀察、學習來的。妳這傢伙是瞧不起人是不是！』來狠狠斥責她，體罰也愈演愈烈。後來就是沒完沒了的一再重演。

儘管如此庫緹還是一如往常，只能說她健壯的程度實在令人傻眼。

「她不管到哪裡都會給人找麻煩……絕對不能跟她扯上關係。」

「嗯，雖然很不願回想起來，但我也莫名其妙地被她給綁架過……是說我們該怎麼辦？用『透明』魔法隱身嗎？」

「不，你別看她那樣，她的直覺在奇怪的地方特別敏銳。而且在壞的方面上腦筋特別清楚。光是隱身還不能放心。」

「是這樣嗎？」

「因為我從她的雇主貝拉朵娜小姐那裡聽說了不少事情。她根本就是為了惹毛他人而誕生的存在。」

「我記得她在工坊裡的態度也很囂張。」

庫緹的可怕之處就在於她最擅長下意識地利用他人來方便自己，且具有行動力，會在不帶惡意的前提下，毫不猶豫的創造出給人添麻煩的狀況。

而且還具備各種能讓狀況變得愈來愈糟糕的才能，所以才難應付。

「假設我們在這裡用了透明魔法，想從她身後經過，我想她應該會立刻回頭。所以我們不能直接回家，要用光是臉被她看到就算出局的標準來想辦法。」

「是魔力感知嗎？不，可能是直覺技能……也就是說，我們只剩下在她還沒發現我們的時候，繞遠路逃走這個選項了吧？」

「答對了。我想盡量降低我們被發現的風險。就算要繞遠路也要溜掉。」

「畢竟她整個人都散發出會帶來麻煩的氣息啊……這也沒辦法。都快到家了說。」

「明明沒事卻突然出現，毫無自覺的釋放大量惡意之後，還會死命糾纏上來的麻煩人物。她就是這種人……只要被她看到，她就會一邊說『我要跟著你……跟著你』一邊追著你到天涯海角喔，是最惡劣的長跑型賽馬。」

「這……還真恐怖。」

雖然不到傑羅斯的程度，但亞特也了解到庫緹有多可怕，同意大叔所說的「絕對不能跟她扯上關係」。

畢竟庫緹就算被矮人痛揍，也完全不懂得要反省。

「我們就悄悄離開這裡吧。」

「了解。」

兩人緩緩轉身，試著離開現場。

然而傑羅斯還是太小看庫緹了。正確來說，是他沒發現庫緹身上還有另一個異於常人之處。

那就是庫緹對於針對自己的強烈厭惡感格外敏感，而且會嚴重的誤以為對方是對自己有好感。只要她接收到的厭惡感愈強烈，她的身體就會立刻對獵物產生反應，下意識地進行敲詐他人的行動。

順帶一提，諷刺的是她的前雇主貝拉朵娜是因為庫緹惹出的大量問題，困擾到最後達到了超越厭惡的無我境界，才能順利開除掉庫緹。

要是貝拉朵娜對庫緹懷有一絲厭惡之情，就會被庫緹認為她對自己仍有好感，到現在仍糾纏著貝拉朵娜吧。

回到正題。大叔和亞特才剛轉身，就感覺到背後有一道視線盯著自己。

人呢，不知為何在愈是覺得不可以回頭的時候，就愈是會回頭。

然後兩人就看到了。

正看著這邊的庫緹……

「「大、大事……不妙……」」

不知道庫緹是對持續翻找垃圾的人生感到悲觀而絕望，或者只是單純地想逃避現實，只見她的眼神無比空洞。

可是在看到傑羅斯他們的瞬間，庫緹露出了微笑。

那真是一個宛如惡魔般醜陋，黏膩又噁心的笑容。

也許是失心瘋的庫緹露出了自己的本性吧。

「這不是臭小偷跟垃圾工匠嗎～能在這裡遇見你們也是一種緣分，快感激涕零地來照料我這個天才吧。這可是命令喔～」

「「剛剛還在翻垃圾的人，憑什麼這麼囂張啊？」」

方才的醜陋樣貌已經不知道上哪去了，只見庫緹帶著滿臉笑容，揮著手奔跑過來。傑羅斯和亞特也立刻拔腿開溜。

「要死了……她居然記得我。我在工坊的時候明明就沒跟她說過話……」

「應該是當她認為對方可以利用的時候，就會發揮出無比強大的記憶力吧？而且她不僅會竄改記憶，還會認定那就是事實。不過這下你明白了吧，真的不能跟她扯上關係……」

「但她很想跟我們扯上關係啊！」

「所以我們才要逃跑啊。因為不管怎麼揍她，那傢伙都不會死心的。」

「就算是來敲詐的，她也未免太惡質了吧！」

庫緹鎖定了使出全力逃跑的傑羅斯和亞特，沒打算要放過他們。

「太～過～分～了～吧～你們為什麼要逃跑啊～我跟你們感情這麼好，你們當然要乖乖地請我吃飯啊～還要給我地方住，每天給我零用錢～」

「這個人也太不要臉了吧！」

「啊！難道……是因為我太美麗而害羞了嗎～？沒事的～別看我這樣，我對沒用的米蟲也是很寬容的～要進貢給我，我也非常歡迎喔～畢竟這就是好女人的宿命嘛～」

「「而且臉皮超厚……」」

庫緹的大腦總會做出有利於自己的解釋。

遇到傑羅斯他們的時候也是——

「認識的人」➡「其中一個有一起工作過」➡「也就是朋友」➡「既然是朋友，他們應該很樂意請我吃飯吧～」➡「錢也願意讓我隨便借吧～」➡「不用還錢也沒關係吧，因為我們是朋友啊」。

——在腦內做了這樣的轉換。

別說完全沒有反映出當事人的意願了，根本沒有當事人介入的餘地。

「那個女人要追來了……傑羅斯先生，這下真的不妙啊！她比一般的跟蹤狂還不死心耶。」

「是啊～而且……你仔細看吧。尤其是那些從被踢翻的垃圾桶裡灑出來的廚餘。」

「咦？」

雖然在狹窄的小巷裡，傑羅斯二人還是用相當快的速度奔跑著。

即使目前還在進行震災的善後工作，但只要有人在這裡生活，就會產生出垃圾，也有不少住家或店面把裝有廚餘的垃圾桶放在這條小巷裡。

一路狂奔的傑羅斯他們踢倒了這些垃圾桶，庫緹則咬住從那些垃圾桶裡灑出來的東西，嘴邊垂下一條紫色湯汁，一邊咀嚼一邊追著他們。

「那女人是怎麼回事啦！竟然以迅雷不及掩耳的超快速度在吃那些廚餘？還真是不管用多骯髒的手段都要活下去耶，而且真的很髒！」

「不管再怎麼拒絕她，她都聽不進去呢。真的是糟透了……」

庫緹也是拚了命想活下去。

不過她要是拚命工作賺錢那還好一點，然而她始終貫徹著要依附他人過活的信念。是一個不寄生他人就活不下去的邪惡生物。

庫緹已經盯上了傑羅斯他們，用絕對不會放過他們逃走的態度猛力追擊。而且還漸漸縮短了與他們之間的距離。

這樣下去他們遲早會被追上。

「你們為什麼要逃跑啊～像我這樣的絕世美女說要陪你們一起吃飯耶～？身為男性，這時候不就該乖乖掏出錢包來請客嗎～？」

「「…………」」

「哎呀～我也懂你們為什麼會想逃跑啦～畢竟是我庫緹小姐要陪你們吃飯啊～」

兩人雖然想說「我們也是會挑對象的」，但就算跟庫緹說了，她也根本就聽不懂吧。兩人於是放棄，把差點脫口而出的話給吞了回去。

而且全身因為翻找垃圾而弄得髒兮兮，臉上沾有剩飯，散發出惡臭的女人，實在沒資格說自己是美女。他們既不想這樣稱呼她，也不想認同她。

而且庫緹那一臉得意的樣子，讓人看了就不爽。

「我這個人人稱羨的天才頭腦……」

「「那顆頭上沾滿了廚餘耶？」」

「這令男性無法自拔，香氣遠播、有如花香的費洛蒙。」

「「是會引來一堆蒼蠅的腐敗臭氣吧？」」

「美麗真是罪過啊～就因為我兼具知性與美貌，讓人無法靠近呢～」

「妳的存在本身就是罪過啊～」

「是因為可恥又沒救，才沒有人想接近妳吧……」

雙方在逃跑期間牛頭不對馬嘴的對話。

距離也在這段時間逐漸縮短。

判斷會被追上的兩人用眼神向彼此確認需要出手反擊之後，默默地點了點頭。

「來吧、來吧！來吧！不要囉哩叭嗦了，快請我吃飯，你們無權拒絕～！」

「但是我拒絕。」

「我們自己會決定要請客的對象，至少妳是沒資格的，快點死心吧。」

「呵呵呵，即使這麼說，我也不會放過你們的啦～無論如何都要你們提供我吃住跟花用，還要順便供我過著舒適的生活啊～這是為了不讓社會失去我這樣的天才，你們應盡的義務啊。」

「居然說是義務啊。而且還偷偷增加了需求耶。」

「不管怎樣……妳就為自己說出了絕對不該說的話，好好感到後悔吧。」

認為不用再繼續跟庫緹白費唇舌的兩人同時轉身，一起朝著庫緹舉起右手，發動魔法。

「「『閃光』。」」

突然出現的炫目光線將小巷染成了一片白。

庫緹就這樣直視了一個不小心有可能造成失明的閃光。

「咿嘎啊啊啊啊啊啊啊啊啊！我的眼睛……我的眼睛啊啊啊啊啊！」

「成功了……這人真的有病。」

「畢竟她這個人就像是由給人添麻煩所構成的生物。」

「她都沒有道德或倫理觀念嗎？雖然她在某種意義上已經超越了這一切……」

「這倒是有點難判斷。」

就因為她不僅自我膨脹、自我偏愛、自我意識過剩、自我中心、恣意妄行、任性、幼稚、蔑視他人，還會把他人的輕蔑視為好感，才讓人無計可施。就連聖人都無法改變她吧。

她根本已經突破了自以為是的極限，完全是個活在自己世界裡的怪物了。

那些擅自花光家用的小偷媽媽、頻繁且一再外遇的愚蠢老公，光是可以靠法律來制裁他們，都還算是比較像樣的了。至少只要搬出民法或刑法，就能讓他們閉嘴。

以大叔的角度來看，就不會掩飾惡意這點，他姊姊莎蘭娜都好過庫緹。

「她似乎還是具有一般的倫理道德觀念，不過該說她把自己排除在這些規範之外嗎，她好像真的認為自己是超越了人類這個框架的天選之人……明明就只是隻米蟲。中二病都沒她這麼誇張。」

「……是不是該帶她去看精神科醫生啊？」

「精神科醫師碰到她也一定會舉白旗投降啦。會舉起六十八億三千萬支白旗吧……」

「也就是說她的症狀已經嚴重到沒救了嗎……」

亞特看著在地上打滾的庫緹，露出厭惡的表情。

應該沒有人可以比她更邪惡了吧。

「好了，趁她眼睛被閃瞎的時候快離開這裡吧。要是她恢復就麻煩了，而且我們也沒必要等她恢復。」

「說得也是。」

兩人也不想再跟庫緹扯上關係。

只是她既然能憑直覺感受到他人討厭的事，大叔不想讓她知道自己回家的方向，便先用三角跳的方式蹬著小巷的牆壁躍上屋頂，使用隱密技能並繞遠路回去。

亞特也跟著照做。

「有必要做到這種程度嗎？」

「我不想因為磚瓦的聲音讓她得到提示。要是她知道我們住在哪個方向，很可能會發動地毯式搜索，把我們給找出來喔。那樣遲早會被她找到我們的住處。」

「她真的有夠執著的耶。」

「她其實會忠實地執行『偵探要靠自己的雙腳去探查情報』這個偵探小說裡面常見的守則，因為她在奇怪的方面特別有毅力，要是被她知道我們住在哪裡就完蛋了……不過她都會藉由獲得的情報，做出錯誤的推理啦。」

「這樣不行吧。」

「傷腦筋的是她對自己的推理有莫大的自信，會為了把這些錯誤的推理化為真相而糾纏不清，據說有很多人因為這樣被她搞到精神崩潰。」

「這不就只是無憑無據的冤罪嗎！她根本是惡魔吧。」

「我覺得她啊，就算上了斷頭臺，也不會理解自己到底哪裡做錯了吧。」

所謂的反省是要察覺到自己的過錯並改過自新，才得以成立的。

可是庫緹的腦袋裡根本沒有反省這兩個字，她這輩子永遠不會知道自己到底錯在哪裡吧。

「我來到了這個世界之後……怎麼盡是遇到一些不像樣的人啊。」

「亞特小弟啊，你這話是連我都在內嗎？我很想跟你促膝長談，談個三十六小時喔？」

「你既然有自知之明，就不要做些怪事啦！」

兩人就這樣花了大約一小時，繞了一大圈路才總算回到家。

雖然亞特因為時間已經接近半夜，不方便回索利斯提亞公爵家的別館，只好在傑羅斯家借宿了一晚。

隔天早上，亞特便全速奔回心愛的妻子和女兒身邊了。

◇◇◇◇◇◇

伊薩拉斯王國。

是個目前接受了索利斯提亞魔法王國和阿爾特姆皇國的援助，正在建設製造魔導式四輪汽車零件製造工廠，發展狀況出色得令人驚嘆的國家。

之前的地震並未帶來嚴重的災情，建設作業也進行得相當順利。

在建設工地現場，戴著安全帽的路易塔德·法爾南特·伊薩拉斯王才剛開始展開視察，這消息便傳來了。

「陛下！陛下在這裡嗎？」

「什麼事？陛下現在正在進行視察！有事要報告的話，回城裡再報告也行吧。」

「等等，既然他特地跑來這裡，表示這事有急迫性吧？說來聽聽。」

「是！梅提斯聖法神國的聖都『瑪哈．魯塔特』遭到龍的襲擊而毀滅了。由於失去了國家中樞，目前國內的混亂情勢正在逐漸擴大。」

「「！」」

梅提斯聖法神國是個宗教國家，同時也是個權力都集中於聖都的中央集權國家。雖然有持有領地的貴族存在，但領地都是由高層派遣過去的官僚在負責經營管理，掛名的領主根本無權干涉。

也因為一切都是基於國家中樞的命令在運作的，瑪哈．魯塔特既然被摧毀了，可想而知國內將會亂成一團，以伊薩拉斯王國的角度來看，也可以說時機到來了。

然而現實的狀況極為嚴峻。

「太快了……我國尚未做好軍備啊。在現在這個連兵站都不齊全的狀況下，我無法允許軍隊出陣。」

「可是也不能錯過這個大好機會啊。」

「來自索利斯提亞魔法王國的援助狀況怎麼樣？」

「雖然保存用糧食──罐頭幾乎每天都會送來，但數量還不足以分配給全軍。只能撐一個月……要是無法維持戰線，必然會落敗吧。也不能只憑著一股氣勢進攻，反而讓敵人藉此團結起來。現在先觀察一下聖法神國的混亂狀況會擴張到什麼程度可能比較妥當。」

「急躁反而誤事嗎……真令人苦惱啊。」

就算失去了國家中樞，梅提斯聖法神國內仍有適合當領袖的人物。

例如包含葛魯多亞將軍在內的「聖天十二將」。

「聖天十二將會採取什麼行動也是一大問題。」

「該戒備的就是葛魯多亞將軍和剩下的兩人吧。聖天十二將有半數戰死於先前與阿爾特姆皇國的戰爭，以及魯達・伊魯路平原上的戰役之中。儘管有倖存者，但除了那三位之外，也沒有其他能作為將領站在戰場上的人了……」

「葛魯多亞將軍啊……有可能拉攏他嗎？」

「陛下！您這話的意思該不會是……」

「我聽說他雖然已是老將，但相當有人望，在那個國家是少有的高尚清廉之人。能否招攬他成為我國的將領呢。」

路易塔德王是認真的想要挖角葛魯多亞將軍。

不過令人掛心的還有另一件事。

「那『亞倫・賽庫馬』將軍呢？」

「是和葛魯多亞對立的將軍吧。不需要……若他是如同暗部情報所言的人物，將會若無其事的背叛我們吧。說不定還會用卑鄙的手段謀害我。」

「畢竟也有傳聞說他和血連同盟有所往來。而且他雖然年輕，卻是個野心家，是個危險的男人。還是挖角葛魯多亞將軍比較實在。」

「混亂的情勢想必會持續擴大，這對亞倫・賽庫馬來說也是個千載難逢的好機會吧。」

「……通知暗部，要他們盡快和葛魯多亞將軍接觸。同時也要加快腳步，做好進攻的準備。」

「嗯……中原的混亂之後將會如何發展，也得與同盟國之間共享情報才行。總覺得要忙碌起來了啊……」

大國的崩解，對於周遭國家也會帶來巨大的影響。

戰亂的烏雲正無邊無際地持續擴展開來，然而現在仍無人知曉。

第八話　大叔的戀愛症候群發作，受到了精神上的打擊

「……看來災情還滿慘重的呢。」

一早，打算告訴路賽莉絲自己已經從魯達．伊魯路平原歸來的大叔，看到教會後頭那些已經堆成了一座小山的廢棄物，喃喃說道。

昨晚他為了逃離庫緹，一路穿越民宅的屋頂返回家途中，有從遠處看到路賽莉絲疲憊地踩著搖搖晃晃的腳步，走進教會的身影。

從鎮上的狀況來看，不難想像她都在拚命地治療傷患。儘管看到她平安無事讓大叔鬆了一口氣，但大叔也認為現在應該讓她好好休息，所以沒出聲叫住她。

至於亞特則是數度想返回公爵家的別館，但大叔以時間已經接近深夜，以及貴族家的宅邸很有可能出自矮人之手為由，成功說服他留宿了一晚。

經過這些小插曲，隔天大叔吃完早餐，立刻前來教會露臉時，就被在後門前收拾東西的拉維給叫住了。

「啊，是大叔。你回來啦。」

「唷，拉維小弟。早啊。其實我昨天半夜就回來了，但覺得吵醒你們也不好，就沒先過來說一聲。不過……教會受損的狀況還滿嚴重的呢。」

「有一些牆壁垮了，禮拜堂的天花板也掉了下來，除此之外也有一些大大小小的災情。不過我們都沒事，你放心吧。」

「你說天花板掉下來，沒人受傷嗎？」

「因為除了一大早的禮拜之外，沒人會來教會啊，所以災情沒什麼大不了的啦。而且我們幾個和路賽莉絲姊姊都在外面，只有被地震給嚇到了而已。」

「不是，這以教會來說也不是什麼好事吧。就算有些前來懺悔的人也好啊？」

聽了大叔的話，拉維只做出了「反正那些傢伙都是衝著路賽莉絲姊姊來的，來了也只會礙事。那種只想動歪腦筋的客人，不來比較好吧？」這樣的回答。

看上路賽莉絲的男人們跑來的確只會礙事，可是這樣一來，這座教會就沒有發揮供奉神的場所應有的功用，讓人懷疑起這裡的存在意義。

「收拾善後的工作進行得還順利嗎？有需要的話我可以幫忙。」

「沒關係，已經差不多都收拾完了。再來只要處理掉這些廢棄物就好。教會的修復工作……是領主大人要負責的事吧？」

「這很難說喔？畢竟城裡的災情慘重，很難說領主會不會撥出這筆預算呢。我想這問題應該會暫時被擱置吧。」

或許是因為教會是矮人經手的石造建築吧，以建築物的規模來說，沒有太大的災情算是不幸中的大幸了。

這裡似乎也有地下室，不過因為長期以來未被使用，門已經打不開了。

拉維說要是禮拜堂底下有地下室的話，地板搞不好會破一個洞。

「是說路賽莉絲小姐她們人呢？」

「啊？她們在啊，要我叫她們過來嗎？你等一下。」

拉維說完後就跑進了教會裡。

「喂～修女跟嘉內姊姊，妳們的老公回來了喔～？趕快出來迎接人家，然後來個熱情洋溢的啾～吧！」

「喂，拉維！你在說什麼鬼話！」

「拉維，你怎麼可以在大庭廣眾下說這種話呢！」

教會裡頭似乎很熱鬧，沒過多久，路賽莉絲和嘉內就像是被人給推了出來一樣，出現在後門口。

不對，她們應該真的是被孩子們給推出來的吧。

在後門關上的前一秒，大叔看到了強尼他們臉上帶著帥氣笑容，豎起大拇指的模樣。

而且就在後門旁邊，伊莉絲正貼在窗戶上偷偷觀察他們。從這個狀況看來，他大概猜得到發生了什麼事。

「雖然有點晚了，不過路賽莉絲小姐和嘉內小姐，兩位早安。其實我昨晚就回來了，抱歉這麼晚才來向妳們問好。」

「不會，你平安無事就好了。」

「哎、哎呀……你平安回來不就好了嗎？我是沒在擔心你啦。」

「嘉內小姐，感謝妳超讚的傲嬌發言！是說妳們……要來個熱情洋溢的啾～嗎？我不敢保證我在這之後還能保持理性就是了。」

「誰是傲嬌啊！在小鬼們面前，我哪做得出那種事！」

「我很歡迎喔！」

「「咦？」」

路賽莉絲和嘉內面面相覷。

「嘉內……算我拜託妳，妳也該下定決心了吧。妳這樣繼續拖拖拉拉，別說進展了，妳是打算連婚都拖著不結嗎？這樣可不是謹慎，只是膽小而已喔。」

「路……妳為什麼可以表現得這麼果斷啊？一般來說多少會有些害羞或猶豫吧。妳的想法也太堅定，而且身為女人，妳也未免太有男子氣概了吧？」

「唉～……繼續這樣放著不管，感覺嘉內會一直逃避下去呢。沒辦法了……傑羅斯先生，麻煩你給她來個熱情洋溢的啾～吧。」

「咦？可以嗎？我本來只是一早想開個大叔玩笑而已……」

「等等！真的假的？」

事情似乎往奇怪的方向發展了。

路賽莉絲這種一旦決定後就算是要來硬的，也會讓事情進展下去的行為，讓嘉內彷彿看到了某位祭司長的幻影，背脊竄過一股寒意。

人家都說孩子會像父母，不過養育路賽莉絲長大的人毫無疑問的是梅爾拉薩祭司長，路賽莉絲顯然完全繼承了她的行動原則。

「沒關係。既然未來會成為夫妻，不讓她建立起照三餐接吻是每日例行公事的觀念，就不可能發展出更進一步的關係。」

「妳說照三餐……那不是所謂的笨蛋情侶才會做的事嗎？」

「而且每天親也太誇張了吧！」

「是嗎？在公園或廣場常見的情侶們，不是都長時間，而且不管親幾次都親不膩，也不在乎旁人的眼光，光明正大的在各個地方熱吻嗎？」

「「啊～……的確是這樣。」」

仔細想想，在鎮上經常可以看到正在熱吻的情侶或是年輕夫妻。

該說他們的性愛觀念比較開放嗎？也因為他們自由地享受著戀愛，不受無謂的觀念所拘束，所以公然做出這些親暱行為也絲毫不覺得羞恥。

長年單身的大叔甚至對這些人起了一點殺意。

但更重要的是路賽莉絲的言行不太對勁，讓大叔有些在意。

大叔知道她希望三人的關係能有所進展，可是對自己以外的情侶做出這種帶刺的發言，簡直像是好色村或大叔在嫉妒那些情侶們時所表露出的情緒。

『雖然她講話有點帶刺，但不像是在嫉妒那些人的樣子。那是因為關係遲遲未有進展，感到焦躁……不對，路賽莉絲意外的有行動力，如果會感到焦躁，那她應該早就主動出擊了。』

人類的情緒起伏比其他動物更為豐富。

既然路賽莉絲也是人，除了正面情緒之外，當然也會有負面情緒。照大叔的推測，或許是基於某種原因，讓她表現出了負面的那一面。

而大叔所能想到的原因，就是那種病。

沒錯，就是讓人高興害羞又討厭的「戀愛症候群」。

「這樣吧，請你給嘉內一個熱情洋溢的啾～吧♪接下來再輪我♡」

「所以說為什麼要讓我先來啊！既然這樣，路妳先跟大叔接吻也行吧！」

「…………………這麼說也對耶。」

「「哈囉～？」」

嘉內一時失言。

聽到這句話，路賽莉絲露出燦爛的微笑後，走近大叔身邊。

總覺得有股危險的氣息。

「……呃，路賽莉絲小姐？」

「呵呵呵……嘿♡」

然後就突然的抱住了大叔。

看準了大叔因為和成年女性豐滿又柔軟的身體緊密貼合而分心的瞬間，路賽莉絲的唇如同字面上的意義，堵住了傑羅斯的嘴。

那只是個天真可愛，像是孩子們之間的親吻，然而這個行為本身卻奪走了傑羅斯的思考能力，同時喚醒了那個症狀。

覺得「啾、啾」地不斷用可愛的方式吻他的路賽莉絲實在太惹人憐愛了，傑羅斯下意識的伸手抱住了她，湧上的本能以及想回應眼前女性心意的感情交融在一起，一股無法壓抑的衝動掌控了他的身體，促使他做出了行動。

如果是平常的傑羅斯，應該會因為被路賽莉絲吻了而嚇到，僵住不動吧。

在他逐漸消逝的理性當中，僅存的冷靜思考也搬出了「送上門的還不吃，那可是男人之恥」或是「既然都要吃了，就要吃乾抹淨」來幫自己開脫，逐漸遭到侵蝕。

猛烈逼近的衝動，讓兩人的行為逐漸變得大膽起來。

「嗯……呼……嗯嗯……」

隨著兩人舌頭交纏的淫穢聲音，路賽莉絲逸出苦悶的歎息。

嘉內就這樣茫然地在一旁看著眼前發生的景象。

『咦？啊……呃……咦咦咦～？』

面前突然上演起火熱的戀愛場面，讓嘉內不禁羞紅了臉，卻沒把視線從兩人身上移開。

不僅如此，下一個或許就會輪到自己的事實，讓她內心交雜著期待與不安，身體違背了她的意念僵在原地，連一根手指都動不了。

心率也跟著逐漸上升。

『這什麼，好厲害……不會吧，我……我會被他這樣又那樣嗎～～？』

戀愛症候群會透過男女之間的魔力，引發精神波的共振及同調。

不過精神波有所謂的波形存在，波形的同步率愈高，就愈容易因為精神失控而做出奇特的行為，現在的大叔和路賽莉絲就處於這種狀態下。

那為什麼嘉內沒像他們一樣失控呢。

這是因為三人當中只有她體內的魔力持有量和排出體外的魔力量比較低。

大氣中的自然魔力及體內魔力基於會對精神產生反應的性質，不管怎樣都會含帶著無意識的精神波。愈是魔力量高且感知能力敏銳的人，就愈容易發生同調現象。

以路賽莉絲的情況而言，儘管微弱，但她體內源自祖先的天使之力已經覺醒，魔力持有量也增加了。於是受到同為使徒的大叔所散發出的魔力影響。不過接吻的接觸引發了魔力共振現象，這次反倒是傑羅斯的精神受到了她的影響。

但是這個共振現象不會持續太久。

精神波的波長原本就因人而異，身體會漸漸習慣，恢復自我意識。要說有什麼問題，就是他們當下不會意識到自己正在做出異常行為吧。

但就算是沒那麼了解這個症狀的嘉內，也意識到自己也有失控的危險，儘管想做點什麼，內心是個愛作夢少女的她卻無法踏出那一步。

就在嘉內想東想西的時候，兩人結束了這熱情的一吻。

「傑羅斯先生你……意外的大膽呢。」

「畢竟女方都這樣主動了，身為男人怎能讓對方丟臉呢。我也是以自己的方式努力過了喔。」

「而且……那個，你好像……滿擅長的……該不會是以前有過交往對象吧？」

「我年輕時……雖然有個青梅竹馬，但在那之後根本沒交過女朋友呢。真要有的話……」

傑羅斯在腦中喚醒了還是上班族時的記憶。

那是他到海外出差時發生的事。

在某個國家的酒吧裡——

「Hey, Satoshi。你很不High Yo！得再High一點啊！」

「不了，凱西。妳喝太多了喔。這樣明天會……」

「沒事、沒事。你很愛操心耶～對這麼冷漠的Satoshi啊～就要這樣做～♡」

「喂，等一下！她喝多了，大家快來阻止她！喂，別這樣……嗯唔！」

——他和客戶那邊的人去喝酒，還被對方給纏上了。

而且對方不但趁著酒意，把酒精濃度很高的酒用嘴對嘴的方式灌進他嘴裡，還順勢給了他一個熱情又濃烈的吻。

到了現在，一回想起那時候的事，他還是會覺得『我一開始還以為她是個精明幹練，不苟言笑的職業婦女，沒想到喝了酒居然會有這種一百八十度的大轉變……而且酒品還差得要命……』每次都會受不了地嘆氣。

唉，畢竟那就像是酒後發生的意外，也是讓他了解到每個人都有許多不同面相的事件。在大叔心中並未把這件事算在接吻裡。

只是傑羅斯雖然沒注意到，但他在和路賽莉絲接吻時，無意間從潛意識中喚回了這時的記憶和經驗，彷彿受到誘導似地發展成如此熱情又激烈的吻。

既然戀愛症候群會對精神造成影響，當然會在解放本能的同時使人變得缺乏理性，甚至會解放封印在記憶深處的性經驗及欲望。

簡單來說，就是做出性慾與物種的生存戰略完美結合後的行動。

糟糕的是在發生這些失控行為期間的記憶不知為何不會消失，當事人事後會因為太過丟臉而忍不住想在地上打滾，不過那種事情現在不重要。

眼前的問題是現場還有一個戀愛症候群的目標對象。

路賽莉絲雖然靠著熱吻脫離了精神共振狀態，可是傑羅斯因為有嘉內在場，把接吻的目標轉移到了嘉內身上。也就是說他現在還處在失控的影響下。

「下一個輪到嘉內了呢。」

「咦？等等……妳認真的嗎！」

「我是認真的啊？然後三個人一起把這張結婚證書送去戶政事務所吧。」

「等一下，那玩意兒還在妳手上喔～而且上面居然還按了我的指印！」

「啊，既然這樣正好，我也順便寫上名字，按下指印吧。這樣就不需要顧慮那麼多了吶～嘿嘿嘿……」

在失控的影響下僅存的些許理性，讓大叔變成了無所畏懼的行動派。他充滿了幹勁，要給嘉內一個熱情濃烈的吻。

反過來說，不接吻或是做比接吻更進一步的事情，他可能會無法恢復理智。

另一方面，嘉內在還搞不清楚狀況的時候，便已經漸漸沒了退路。

「等一下，路！妳該不會……打算就這樣把結婚證書提交出去吧！」

「我現在是還沒有打算要送件。現在……還沒有。」

「妳那個別有深意的說法是怎樣啊！」

「哎呀，反正遲早會送件的，妳也不用太在意吧。比起那個，嘉內小姐……讓妳久等了。」

「你說讓我久等了……你你你，該不會，真的要……吻、吻我？」

「也不用這麼排斥吧，這樣大叔我的玻璃心也是會受傷的喔～算了，反正我不會讓妳逃掉就是了。」

嘉內已經被思考判斷能力有點壞掉的大叔給鎖定了。

面對眼前這沒情調、沒氣氛，連個屁都沒有的狀況，以及儘管想逃跑，卻感覺到自己身上開始出現戀愛症候群的影響，心率逐漸上升的嘉內，做出『這樣下去不妙！』的判斷後，立刻宛如脫兔般的試圖逃走。

大叔則是帶著莫名高昂的情緒追著她。

要是不知道其中緣由，這就是個犯罪現場。

「哈哈哈，妳打算上哪去啊？」

「你不知道在興奮什麼耶！你沒發現自己不對勁嗎！」

「不對勁？妳在說什麼啊。我很正常啊？就是因為很正常，所以才單純的想加深我和嘉內小姐之間的感情吶～」

「你這個想法本身就有問題了啦！」

像是在追著某個王族後代少女的大佐一樣，傑羅斯逐漸將嘉內逼進了死路。

儘管大叔這麼不正常，但他在開心的追著嘉內跑的同時，腦中一隅也有著『咦？我這是在幹什麼啊……？』的念頭，對自己的行為感到疑惑。

然而因為三位戀愛症候群患者齊聚一堂而引發的共振現象，正在妨礙他找回正常的思考邏輯。

在路賽莉絲和傑羅斯的精神波共鳴開始出現落差的同時，這次換成跟嘉內開始共鳴了，當然嘉內的腦中也閃過『我……為什麼要逃啊？』這樣的疑問。

沒錯，這個時候「路賽莉絲＋大叔」的精神波同調，已經轉換成了「嘉內＋大叔」的同調。

這些疑問最後也開始被生物的本能侵蝕，思緒逐漸被「乾脆就這樣接受也無所謂吧？」的念頭所覆蓋。

既然事情演變至此，一切就端看理性與本能這兩種感情的戰鬥了，然而理性明明感覺到危險而敲響了警鐘，來自本能的影響卻逐漸勝過理性，逃走的速度愈來愈慢——結果嘉內還是被大叔給抓到了。

「我抓到妳了喔，嘉內小姐……」

「放、放開我……」

「妳這樣用水潤的雙眼盯著我的表情實在太可愛，我都快沒辦法壓抑自己的感情了。」

「你、你……你早就壓抑不住了吧。」

「是啊……我已經沒辦法再忍耐了。都怪嘉內小姐妳這麼誘人。」

直接進入了狂熱狀態Ｒｏｕｎｄ2的大叔。

被壓在自家的外牆上，嘉內已經無處可逃了。

不對，正確來說，是她的本能拒絕選擇逃跑。

兩人的臉逐漸靠近，雙唇溫柔地相觸。

「哈啊……嗯……」

「聲音真可愛呢，嘉內小姐……再多讓我看看妳可愛的地方吧。」

「好……好♡」

在耳邊低聲呢喃的這句話，徹底吹走了嘉內的理性。

腦袋朦朦朧朧、失去判斷能力的嘉內陷入了戀愛症候群狂熱狀態。

這時大叔的腦袋裡也充滿了『我說這什麼丟臉的台詞吶～不過算了……就這樣GO！GO！』的念頭。

兩人在一旁拍著手的路賽莉絲監視之下，持續地熱情擁吻。

直到兩人的精神波共振同調結束為止……

在那之後，恢復理智的三個人像是意識到初戀的小學生一樣，不僅坐立難安、扭扭捏捏，行為舉止變得非常可疑，還因為自我厭惡及強烈的羞恥，而不敢直視彼此的臉。

◇◇◇◇◇◇

亞特在回到索利斯提亞公爵家別館後，忍下了立刻衝去找唯和女兒的衝動，先去向克雷斯頓進行了報告。

「……原來如此。連安佛拉關隘都被攻下了啊。」

「雖然傑羅斯先生有說會爆發戰爭，但實際狀況怎麼樣？這邊有打算採取什麼行動嗎？」

「在老夫等人採取行動前，就出了這麼大的事吶。你也看到鎮上的狀況了吧？」

「老舊房舍全都因為地震而出現了災情呢。雖然重建的速度很快……」

「因為熟識的土木工程公司很拚啊。然而工匠們的眼神都死了……」

亞特因為有先聽大叔提過所以沒那麼驚訝，但他還是重新體認到，不管怎麼想，飯場土木工程這間公司都很不正常。

只是就算他理解了矮人的工匠志氣，依然沒能理解到這特質究竟有多麼惡劣。

「嗯，我國目前採取的方針是打算先觀察情勢一陣子。畢竟還有地震的災情……其實啊，梅提斯聖法神國的聖都瑪哈・魯塔特似乎遭到龍的襲擊而毀滅了。現在那個國家正處於無政府狀態吶。」

「啥？事情怎麼會變成這樣啊！」

亞特驚訝得忍不住發出了怪聲。

這對亞特他們協助的伊薩拉斯王國來說是個好機會，可是會因為戰爭受害的是民眾，所以他沒辦法單純的為此感到高興。此外，若是梅提斯聖法神國的貴族們焦急起來，仰賴暴力進行強硬統治的話，應該也會出現因此不滿，企圖發動叛亂的組織。

更何況要是處在無政府狀態下，勢力抬頭的貴族們會擅自宣布建國，最後有可能會發展成大規模的內亂。

「您說無政府狀態，要是變成那樣……」

「中原想必會步入戰亂之世吧。」

「傑羅斯先生大致上有預料到事情會演變成這樣，但實在太突然了吧……」

「唉，他們為了安撫混亂的情勢，會拱有力的貴族出來吧。然而這些人的評價全都很差。想往上爬的野心家一定會把他們視為必須率先剷除的目標。」

「唔哇～……」

說白了，戰亂之世的到來對野心家而言是個大好機會。

可以趁機解決掉看不順眼的對象，透過擴大掌控的領地來興建自己的國家。而且只要大力宣傳已滅亡國家的惡行，還能順便獲得正當的理由及合理性。

懲處那些過去恣意妄為的神官，更是最能為民眾所接納的行為吧。

而且這種神官大多是貴族階級出身，只要利用他們在外的負評，還能讓他們的民眾支持度下降，提高把他們拉下台的可能性。

「還有這雖然是尚未確認的情報，但四神似乎遭到天誅了吶……由阿爾菲雅閣下動手。」

「……啊，總覺得這一點也不意外。（也就是說……她已經取回這個世界的管理權限了吧？）」

「根據密探的報告，梅提斯聖法神國的內幕以及惡行似乎全都曝光了吶。這下那個宗教國家的威信也要一落千丈了。這混亂的狀況會像水波般擴散開來，產生巨大的轉變，成為引發戰亂的契機吧。畢竟神官們已經失去其合理性了。」

「我倒是很擔心伊薩拉斯王國會採取什麼行動。畢竟我之前受過那個國家的照顧……」

「嗯……」

克雷斯頓試著站在伊薩拉斯王國的角度，在腦中推測他們在這前後可能採取的行動。

伊薩拉斯王國接受阿爾特姆皇國和索利斯提亞魔法王國的援助，以穩定的速度在擴張軍備，暗中籌備要發動戰爭，可是兵力和軍事後勤都還不夠充足。

單憑現況，他們也能攻下一定範圍的領土吧，可是那就必須在兵力不足的狀況下持續作戰，很難持續守住獲得的土地。

既然如此，在梅提斯聖法神國滅亡並陷入長期混亂的狀況下，他們才有機會行動，最好是在做進攻的準備的同時拉攏一些人才進來。如果是手上握有領地的有力貴族那就更好了。

戰爭不是只要持續打倒敵人就好了，仔細做好事前準備也是戰略的一環。

「照老夫的預測，伊薩拉斯王國暫時不會有什麼動作。」

「您是基於什麼理由這樣推測的？」

「那個國家的士兵人數以及維持兵力的糧食有限。而且梅提斯聖法神國裡也有些人才吶。就算這是個好機會，他們也不可能盲目行事，在進攻之前，應該會先從挖角開始做起吧。」

「我是很懷疑優秀的人才是否願意乖乖順從弱小的國家。而且這樣時間不會不夠嗎？」

「正好相反。時間過得愈久，聖法神國的混亂情勢反而會拖得愈長吧。這樣一來，兵力就會集中到人才底下。只要把那個人才給拉攏過來就好了。這也沒什麼，就算對方不宣示效忠也無所謂。只要願意成為能派上用場的棋子就夠了。」

若對方是野心家，就有可能會向周遭的國家推銷自己。就算是無法對應混亂情勢的貴族，也能開出只要對方願意割讓領地，就保障對方能擁有一定地位的條件。就算不開戰也有機會擴張領土。

只要先成功拉攏對方進來，等到對方變得礙事時，看是要用自己國家的法律處理掉，還是當成棄子來利用，要切割的方法要多少就有多少。

簡單來說，只要不會對國家造成損害就行了。

「但就算是那樣，對方也要有點能夠把握現狀的能力才行吧？畢竟無能的傢伙可是極端的無能。」

「只要還算有點小聰明，就會以自保為優先吧。不過要判斷對方值不值得拉攏，不等他們內部開始相互競爭，也沒有個判斷基準吶。」

「要引發他們的危機感，觀察他們行動後的結果來挑選目標嗎？畢竟現階段會跑來鞠躬哈腰的，很有可能是一碰上麻煩事就會逃跑，派不上用場的傢伙，要看穿對方的本質真不容易呢。」

「這方面就是老夫這些貴族和暗部的工作了。接下來的部分因為大多屬於機密，老夫沒辦法再告訴你了，抱歉吶。」

「別這麼說，我再多問也很不識相，而且問了感覺就像是在干政了。既然我也報告完了，就容我先去見見唯跟女兒吧。」

「嗯，話就說到這裡。亞特閣下你也快點去露個臉，讓唯小姐安心吧。她很擔心你呢，呵呵呵。」

「那我就先失陪了。」

亞特行禮並起身後，從門口離開了辦公室。

克雷斯頓目送著他的背影離去，嘴裡喃喃嘀咕著：「挖角行動早就開始了。我國也得多少瓜分一些領土，不然可不合算啊。」

現在明顯懷有野心，想獲得領土的同盟國是伊薩拉斯王國。

阿爾特姆皇國滿足於現狀，而且他們認為要是想增加領地，只要經由「邪神的爪痕」，去開拓法芙蘭大深綠地帶就行了。路菲伊爾族對中原的領土紛爭沒有興趣。

除此之外還有其他同盟國，不過在中原發生戰亂時，也必須要仔細看清這些國家會如何展開行動才行。與這些當政者的複雜思緒無關的亞特，跳著小跳步，走向沒來由的認為妻子應該會在那裡等著他的沙龍。

他明明只是沒來由的這樣想，卻在那裡看到了唯的身影，不知道究竟是野性的直覺還是愛情的力量所導致，總之幸好他不用在廣大的宅邸裡到處找人了。

「唯、華音。我回來嘍。」

「啊，是亞特先生。」

「阿俊，歡迎回來。」

「你沒帶點伴手禮回來啊？亞特先生在這方面意外的很不機靈呢。」

「夏克緹……在什麼都沒有的魯達．伊魯路平原上，我怎麼可能弄到什麼伴手禮啊。要說有什麼，只有傑羅斯先生得到了一套神祕的威力外裝甲而已。」

聽到某個在奇幻世界不可能聽到的詞彙，讓三人的思考瞬間凍結了。

夏克緹原本說這話也只是開開玩笑，但亞特顯然只要跟傑羅斯混在一起，就容易被捲入意想不到的事情裡，讓人很在意他們到底又去做了多麼不合常理的事。

「看來大家都沒事呢。我回到桑特魯城時看到好多房子都垮了，真的很擔心妳們耶。」

「阿俊你太愛操心了。我們都沒事喔。」

「就是說啊。我們在地震後還去做了慈善活動呢。」

「這種時候真的會感覺到人有多強韌呢。就連一開始因為失去了家而消沉不已的人，隨著災後復興作業的進行，他們不僅重新振作了起來，還會主動幫忙，投入重建工作呢。」

地震帶來了極大的災害，也有許多人失去了家人。

儘管如此仍挺身而出，為了災後復興而奮力工作的人們，那模樣讓他們理解到，努力活下去的生命那份悲傷卻又強而有力的光輝。

人類絕對不是弱小的存在。

「唉，雖然還有一群在不同方向上表現得強而有力，充滿能量的人啦……」

「妳是說那些在做土木工程的人吧。」

「那些人真的不要緊嗎？總覺得他們的眼神不太對……」

「……土木工程。」

亞特想起了昨晚看到的矮人工匠。

飯場土木工程公司——只要看到可以學習技術的機會，就算是災區，他們也會喜孜孜地衝進去，以異常的速度促進復興作業，是最為可靠的援軍。

只是他們的行動完全不具慈善精神，只一心專注在提昇技術上。就連救援活動都是順手做的。

對於這些矮人成了災後復興的核心人物這件事，正因為非常了解他們那份多到快要滿出來的工作熱情，亞特露出了難以言喻的複雜表情。

「「「啊啊啊啊啊啊啊啊啊啊啊啊啊啊啊啊啊！」」」

在戀愛症候群的影響消散時，竄過傑羅斯等人腦海中的是無所適從的羞恥心所帶來的衝擊，以及精神上的打擊。

說得好聽點是行動會變得大膽起來，但換個說法就是源自感情的精神失控。這在理性產生自覺時，會因為實在太丟臉了，讓人忍不住想死。

失控期間當事人毫無自覺這點更是糟透了。

不過這三個人產生自覺後的反應各不相同就是了……

「嗚……我……我明明……是第一次做那種事……」

「沒想到我居然會主動和他接吻……雖然我是覺得遲早會發展成這種關係，可是從來沒想過我會主動投懷送抱啊……」

「我是單純的感到開心就是了啦……如果心中湧出的這份憐愛之情，是我真正的心意，那我已經無法再隱藏下去了……」

已經取回理性的傑羅斯，實在沒辦法說出「我深愛著妳們」這句話。

這是因為現在的大叔不知道，自己究竟是將路賽莉絲和嘉內視為獨一無二的女性並愛著她們，還是只是基於本能的衝動渴望獲得她們而已。

不，他確實受到了這兩人的吸引。他可以肯定的這麼說。

問題在於他不知道這之中是否真的有愛，還是單純只是以性的角度來看，覺得她們是很有魅力的女性。

如果是前者那還無所謂，如果是後者，那對她們兩人實在是太過失禮了。因為這表示大叔只把她們當成紓解性慾的對象……

因為方才處在理性與本能逆轉的狀態下，找回自我之後的罪惡感也更為強烈。

「雖然我已經下定決心了，可是實際體驗之後，還是覺得很不好意思呢。」

「妳還在旁邊拍手歡呼，根本只覺得高興得不得了吧！」

「可是妳剛剛真的很可愛喔？嘉內。」

「唔嘎啊啊啊啊啊啊啊啊啊啊啊！」

戀愛也有每個人自己的步調，可是那個症狀會不由分說的逼人跳過這些階段，讓人處在本能和真心全都暴露出來的狀態下。傑羅斯認為要是勉強自己隱藏下去，有導致憂鬱症或是精神衰弱的危險性。

不過戀愛症候群所引發的行為，全都是藏在自己心中的感情爆發後的結果。只要接受這一切就沒問題了。

可是事情沒有這麼單純。

人不會只是單純老實地活著，而是活著便會裝腔作勢、在意外在形象的生物。

就算他們再怎麼適合彼此，嘉內仍是個徹底的少女，沒辦法輕易接受自己愛著年齡差距與她有如父女的傑羅斯一事。

換句話說就是她能接受的範圍非常狹隘。

「唉～……都已經那樣熱吻過了，妳也差不多可以接受事實了吧……話說回來，傑羅斯先生呢？」

「他在那邊擺出奇怪的姿勢，一副很苦惱的樣子……」

「他為什麼要在田中央煩惱啊……」

「誰知道。」

找回自我的大叔在害羞與罪惡感的驅使下，怪異的扭著身體，和路賽莉絲她們保持了一段距離。

「戀愛症候群」的症狀發作後，就會在他眼前加上一層美化濾鏡，讓路賽莉絲和嘉內在他眼裡看起來美化了一百倍。要是被兩人抱住，用水汪汪的眼睛凝視著，不管是多麼正直的男人都很難保持理性吧。遑論這次的傑羅斯也處在戀愛症候群的影響之下，根本無力抵抗。

要用其他說法來形容嚴重的戀愛症候群症狀，那就是「突發性超好騙熱戀誘發症」吧。就像伊邪那岐和伊邪那美愛上彼此那樣，瞬間墜入愛河。

剛才處在發情狀態時的記憶折磨著大叔。

『太恐怖了……自己簡直變得不像是自己。雖然能和年輕女性接吻的確算是我賺到……不不不，不是這樣！問題是那時候我完全無法壓抑想要直接推倒嘉內小姐的欲望。要是症狀就那樣持續下去，我就會在光天化日之下，與她興奮的合而為一了耶！糟糕！太糟糕了！我怎麼會想對還沒娶進門的女性做那種事……唔喔喔喔喔喔喔喔喔喔！』

比起嘉內，大叔的症狀更嚴重。

『我現在就能理解了。那些在全裸在沙灘「啊哈哈」、「唔呵呵」地玩你追我跑的笨蛋情侶，還有在無視旁人的眼光大聲訴說愛意後，當場來個你儂我儂全壘打的人的心情……因為自己的視野被侷限在只容得下兩人的空間裡了啊！要是這對象不只一個人……嘖，我本來還以為這是別人家的事，但現在我也沒辦法取笑布羅斯了。』

對於要陪伴超過三十位老婆的凱摩．布羅斯的勇氣，大叔心中甚至湧現出一股敬意。

由於獸人族忠於本能，每天都像處在戀愛症候群發作的情況下。大叔又重新意識到，無法壓抑的本能以及渴望情慾的衝動究竟有多麼地危險，也在真正的意義上，理解了持續抵抗著老婆們的布羅斯心中的苦惱。

根本就無計可施。

「布羅斯小弟，我太小看你了。你……毫無疑問的是個勇者啊！」

大叔奮力吶喊，但這不過是他想偏離原本的焦點，在逃避現實而已。

內容是什麼都無所謂，他要是不說些廢話來轉移注意力，真的會因為羞恥與罪惡感而發瘋。這是為了保護自我的逃避行為。

不過不管再怎麼逃避，已經發生的現實都不會改變，三人有好一陣子都過著這種苦惱煩悶的日子。

在一旁偷看了整個過程的教會孩子們是這樣說的——「你們趕快送做堆啦！」……

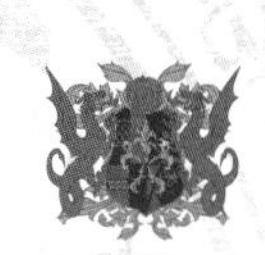

第九話　中原動亂的序章之序章

梅提斯聖法神國——不對，正確來說應該要加上「前」了吧。

由於失去了聖都「瑪哈．魯塔特」，復興國內的工作只能委由各領地的貴族來進行，然而這些貴族過去都把領地拋給中央派來的文官們去管理，根本沒有那樣的經營手腕，遲遲未有進展的復興工作成了重大的問題。

而且還有其他的問題。因為四神被視為邪神，過去的邪神才是真正的「神」一事已經傳開，讓四神教的權勢一落千丈。

在國政背後暗中幹下的諸多惡行暴露在光天化日之下，而不確定是否為真，但感覺才是真正的神在降臨時，也公然宣言了「神」不會偏袒人類。

因為這些原因，事實上他們已經無法再靠宗教信仰來維持這個國家了。

「這下還真傷腦筋啊……」

「呵呵喝，你這麼想嗎？我倒認為這是個好機會。」

「這是……好機會嗎？」

在代替貴族管理領地的文官們面前，男人愉悅地笑著，望向窗外。

他年紀大約在二十五歲到三十歲之間吧。奢華的金色頭髮在太陽光照耀下，簡直就像是王冠。

他堅決不回頭，有些興奮地繼續說了下去：

「這下就能讓那些囉唆的神官們閉嘴了。他們的時代已經結束了啊，你不認為下一個時代該交由年輕人來開拓嗎？沒錯，像我這樣的年輕人……對吧？」

「您該不會打算背叛祖國吧！」

「祖國？你在說什麼啊？國家不是早就滅亡了嗎？沒錯，在神的處刑之下，連一點痕跡都不剩。既然這樣，剩下的人該採取什麼行動，已是不言而喻了吧？」

「……要為了人民，盡早治理好領地，使情勢穩定下來……嗎？」

「沒錯！人民正感到不安吧。過去信奉的神是毀滅世界的邪神，神官們則是謀害了拚命付出的勇者們的惡徒。說不定還會覺得國家過去都以信仰為由，強迫他們過著不自由的生活。所以你不認為新的時代，需要一個更自由開放的國家嗎？」

儘管不是很能信任這位頭也不回、用有如在演戲的口吻說著這些話的男人，但他說的話也不無道理，讓文官們無從反駁。

位於國家中心的四神教信仰及威信已經一敗塗地了。

而且就算想仰賴真正的神，也被一句「世上沒有會讓人類順心如意的神」徹底拒絕了。

現在需要的是能夠將人民凝聚起來的向心力和政治能力，以及能夠以力量控制住混亂情勢的軍事實力。以現況來看，只有極少數的人符合這些條件。

例如眼前這個男人。

「……將軍，您打算開創那樣的新時代嗎？」

「不不不，那樣實在太傲慢了吧？就算是我，也不敢說這種大話啊。我可沒有自戀到那種程度，也不是那麼有自信的人。」

「那麼………是像葛魯多亞將軍那樣的人嗎？」

「哈哈哈，那一位雖然是軍人，但不是政治家。他沒有自行建國這種野心的。」

葛魯多亞將軍雖然很為人民著想，被譽為是騎士中的騎士，具有說他將會成為英雄也不為過的才幹，可是他的本質完全就是位戰士。

就算他在戰場上是個能力出眾的將軍，問他能不能治理國家，也只會讓人疑惑。更何況他年事已高，已經到了該退休的時候。

就算有許多民眾支持他，他還是沒有足夠的時間能夠當上王。

「王是在民眾的期望下誕生的存在。不是亂揮劍就能決定的。」

「可是這樣下去，國家只會愈來愈亂啊！不盡快想點辦法的話……」

「你是擔心其他國家會攻打過來嗎？周遭都是小國家，所以不會攻打到我這塊位在中原深處的領地。至於國境一帶的領地，就讓他們拿去吧。」

「怎麼這樣……」

「不管怎樣，現在的我是沒辦法收拾這事態的。中原會陷入動盪之中……這已經是確定會發生的事了。你們也下定決心比較好。」

被召集過來的文官們面面相覷。

派遣他們過來的梅提斯聖法神國政治中樞已經消滅，他們必須基於自己的意志來決定今後的行動。

已經沒有任何人會指示他們了。

眼前的男人雖然用演戲般的語氣煽動著他們的不安情緒，同時也像是拐彎抹角地在測試這些文官。硬要說的話，聽起來就像是在說「你們最好做出明智的選擇」、「若是跟從我，我就會保障你們的地位」、「我會幫你們準備好能夠發揮所長的工作場所」。

以及「對我宣示效忠」。

當然實際上他什麼都沒說。這些不過是文官們心中的感想罷了。

「哎呀，我是不會要你們立刻給出答案，不過確實沒有多少時間了。希望你們會做出最好的選擇。」

「……方便請問您一件事嗎？」

「什麼事？」

「方才將軍您說葛魯多亞將軍不適合當王，那麼『亞倫・賽庫馬』將軍呢？」

「啊啊……他啊，我想他應該會以成為霸王為目標吧，不過當中完全不帶絲毫想要拯救民眾的慈悲之心。我敢如此斷言，因為他是隻渴望著鮮血的猛獸，完全迷上了戰鬥啊。」

「怎麼會！他好歹也是聖天十二將之一啊！」

「你們也知道聖天十二將有許多空席吧？有許多人戰死於先前與阿爾特姆皇國的戰役之中。在魯達・伊魯路平原上的戰役也出現了死者，現在還能動的，只有葛魯多亞將軍、亞倫將軍……還有我而已。雖然也有其他生還者，但就身體狀況來看，他們都無法再站到戰場上了。你們知道明明是遭受了如此沉重打擊的戰役，高層卻沒派亞倫上戰場的理由是什麼嗎？是因為他只要一時興起，就連部下都會拿來開殺戒……而且是每天。」

「「「！」」」

文官們不禁倒抽了一口氣。

據說聖天十二將具有等同於勇者的實力。

理由是因為他們身上或多或少都有勇者——異世界人的血統，跟一般的騎士相比，有著特別出眾的成長速度和強大實力。

只是勇者的血統也會隨著世代累積而逐漸被稀釋，沒那麼容易出現能夠得到將軍地位的強者。所以高層才會用合適的地位來綁住這些具有實力的人。

沒錯，其實梅提斯聖法神國的高層也不信任聖天十二將，才會任命他們為將軍，藉此監視他們。

「我是希望你們沒機會去他底下工作。嗯，不過這是你們的自由。我不會多說什麼的。你們高興怎麼做就怎麼做吧。」

「……不。」

「我們已經決定好答案了。」

「我們決定跟隨您，『菲利・雷・雷巴爾特』將軍。」

「喂喂喂，能不能別叫我將軍？我畢竟是因為受傷，早早就從將軍一職退下來的人啊。」

「您真愛說笑……您的傷早就痊癒了吧。若是您不喜歡將軍這個稱呼，那用伯爵來稱呼您可好？」

「我比較希望你們這樣叫我呢。不管怎樣，這對我的領地來說都是值得高興的事。我在此向你們起誓，我今後也會更加奮鬥，不會讓你們的選擇白費的。接下來可要忙起來了呢。」

菲利・雷・雷巴爾特邊說邊轉過身來，臉上浮現出笑意。

他是個乍看之下宛如舞台演員的優雅美男子。

雖然感覺很受女性歡迎的端正五官以及細長優美的藍眼睛是他的特徵，但他也不可能只是因為長得帥才被選為將軍的。更何況是要獲得聖天十二將的地位，他的實力想必不下於其他將軍吧。

只是他總給人一種享樂主義的感覺。

「那麼關於今後的方針……」

「先穩定我們領地內的情勢吧。畢竟我的聖騎士團依然健在，更重要的是我還獲得了你們這些優秀的部下。要在一年內處理好這件事。」

「您、您說一年內……嗎？」

「就算亞倫採取了行動，我也不認為他能治理好領地。在那之前我們也要平定領地周遭的貴族們。有必要的話……就攻打下來。」

「這、這個……」

「我明白。就算要出動騎士團，沒有軍事後勤就沒有意義了。因為也得將長期戰納入考量當中，所以必須迅速穩定內政。在亞倫察覺到我已經開始行動之前。」

賭上貴族領地的小規模競爭就此開始。

雖然其他國家的動向也很令人在意，但他知道小國能掌控的領地不過少許，是需要警戒，但不需要過度擔憂。

不如說更該警戒的敵人就在身邊。

『好了……這下事情有趣起來了呢。我就悠哉地處理雜務，等著看亞倫那傢伙會怎麼出招吧。如果是他，一定會做出正合我意的行動吧。』

這一天開始，菲利開始平定自家領地周遭的貴族領地，不過他始終強調這是為了守護自家領地的人民，從未宣言過要獨立建國。

而在此同時，和他一樣有所行動的貴族們，彷彿要將過去壓抑已久的感情全都發洩出來，率先展開了與其他貴族間的小規模競爭。

梅提斯聖法神國西方，葛拉納多斯帝國國境邊緣。第八十六號砦。

這座城砦的一室被大量的鮮血染成了紅色。

血液的主人們不是四肢被捆綁住，就是被折斷，看就知道他們處在無法動彈的狀況下。恐怕是單方面地受到痛苦的折磨後死亡的吧。

成了屍體的這些人個個面目全非，悽慘得看不出原本的模樣。

在一片慘況中，有個男人正拿著棍棒不斷毆打應是最後一位生存者的男性。

那男人有著一頭如血般赤紅的頭髮，臉上帶喜悅的笑容，眼中宿有猙獰的光芒，嗜虐地不斷毆打對方，毫不留情地凌虐最後一人。

本在哭喊、求饒的男性終究是沒了任何反應，之後那人一臉無趣地把沾滿鮮血的棍棒丟到一旁。

「哎呀呀……已經全都死了啊。最近的盜賊真沒骨氣，三兩下就死了。」

這裡是拷問室。

本來應該是要用來拷問逮捕歸案的罪犯，逼罪犯吐出背後其他相關情報的設施，如今卻化為紅髮男子的娛樂室，成了只為虐殺罪犯而存在的場所。

這男人——亞倫·賽庫馬是嗜血的心理病態。

他率領的騎士團雖然多少有些落差，但是都有著類似的傾向，若不是身為騎士，他們就只是虐殺者集團。

事實上有很多人稱他們為處刑部隊，懼怕著他們。

「唉~……真無聊。就算在這邊玩弄這些小嘍囉，也得不到滿足啊……要是開戰的話，我就能大開殺戒了……」

比起在狹窄的房間裡虐殺罪犯，更想在大量的觀眾面前合法殺人的欲望正折磨著他。

可是就算身為騎士，這樣的機會也不多。

那不代表他想當英雄，他只是想陶醉在藉由暴力，在他人眼前破壞人類的快樂當中，這之中沒有什麼明確的理由存在。

之所以會凌虐、殺害抓來的盜賊，也是為了平息這股難以壓抑的衝動，類似儀式的行為。

『乾脆背叛國家，發動戰爭好了……要是可以擺脫這種無聊的日子，感覺也不是不行啊……』

他在盤算著非常危險的事。

亞倫雖然是實力高強，足以被選為聖天十二將的騎士，然而他缺乏身為人的良知和道德觀念，不僅他人，連自己的生命都看得很輕。

假設他真的發動戰爭，一開始想必會徹底表露出他心理病態的一面，看到人就動手，順著自己的欲望大開殺戒。不過形勢馬上便會逆轉，遭到鎮壓吧。

『那樣是很有趣，不過感覺沒辦法玩多久啊。雖然在民眾看得到的地方狠狠殺了敵人，嘲笑那些嚇得一抖一抖的傢伙也很有趣，但得扛下一些麻煩工作啊。』

對梅提斯聖法神國發動叛亂，就算奪走了弱小貴族的領地作為據點，也沒辦法應付後續的戰鬥。奪下領地不僅得繼續管理並維持領地的運作，也會對軍事後勤造成影響，可是他根本沒空花力氣在營運領地上。真有那種時間，他就會去攻打其他地方了吧。

然而既然跟前還有部下，他就得維持糧食供給才行。

說起有效的方法，那就是一邊從敵人那邊搶奪糧食，一邊作戰的戰術，只是這也不是什麼聰明的辦法。因為敵人若是知道他們的目的是奪取物資，有太多辦法可以應對了。

「我喔～到底是在想什麼亂來的事情啊……要是上面那些大頭知道我在盤算這種事情，一定會馬上把我抓去做異端審問。畢竟那些傢伙一直蠢蠢欲動的想處理掉我啊～」

夾在難以壓抑的衝動與被國家監視的立場之間，亞倫雖然對這不自由的狀況感到焦躁不滿，他倒也不是個會跟國家翻臉的笨蛋。

至少到這一刻為止，還是這樣的……

「抱、抱歉在您享樂時打擾您，將軍！」

「啥？你覺得我看起來像在享樂嗎？我超不滿的。你的眼睛是長假的喔。啊？」

「非……非常抱歉。」

「唉，算了……所以找我有什麼事？如果是無聊事，我就殺了你喔？」

「向您報告。聖都……」

「聖都？聖都是怎樣了？趕快說啊。」

「聖都…………因為龍的襲擊而被摧毀了。雖然尚未判明法皇大人的安危，但恐怕凶多吉少……」

儘管亞倫腦中瞬間閃過『什麼嘛，果然是無聊事啊。還是殺了這傢伙好了』這樣的念頭，但隨著話語所代表的意義完全滲透到他的腦內，他意識到了一個重大的事實。

聖都毀滅表示梅提斯聖法神國失去了政治中樞。

國內會陷入混亂，而且影響將會遍及全國吧。

也就是說往後暫時不會有人責怪亞倫的行動了。

不僅如此，他還可以利用將軍的地位，自由地派兵出去。

『喂喂喂……真的假的。不對，等一下。就算自由了，不經思考就做出什麼大動作可不妙。讓那個自命不凡的菲利抓到我的把柄就危險了。好了，我該怎麼辦呢……』

對亞倫來說，菲利．雷．雷巴爾特將軍是個麻煩的對象，也是個不可大意的敵人。儘管同為聖天十二將之一，也不是可以放心的對象。

總是一副事不關己的表情下，隱藏著一股摸不透他在想什麼、令人不舒服的感覺，總是用打量的目光看著其他將軍。亞倫做出了他絕對是個本性惡劣的野心家這樣的結論。

老實說是個絕對不能輕忽大意的對象。

「事情不妙啊。」

「是啊……而且四神教過去隱瞞起來的惡行，全都因為某種力量而傳開，四神的威光也一落千丈。這樣下去國家會崩解的。」

「笨蛋～早就已經崩解了啦。在瑪哈．魯塔特被摧毀時，這國家就已經滅亡啦。這樣下去還拿不拿得到薪水都很難說啊。（這麼說來……我在拷問囚犯時，好像有聽到什麼。我雖然覺得那應該是透過技能或是其他能力傳來的，不過那個……原來是在揭發高層的惡行啊。）」

「重點是那個嗎？」

「薪水很重要吧。」

薪水這些事情先不提，國家中樞的消失將會招來混亂。

就算想生事，也很難說底下的人到底會不會跟著他。

畢竟他已經失去能夠留住部下的錢包了。

『該怎麼辦呢……混亂，也就是沒有領導人吧？要我坐到那個位子上太麻煩了，得去找個合適的傢伙來。而且最好是個超級無能的傢伙。』

亞倫動用起所有的腦細胞，思索今後該如何行動。

在梅提斯聖法神國，愈是靠近東西國境的貴族，獨立性愈強，都是有能力的人才在治理著領地，加入這些人的旗下不是個好選擇。

既然這樣，拱個領地在聖都附近，和中央往來密切的貴族比較好。

「喂，你知道這附近有沒有無能的領主嗎？」

「您說無能……是嗎？」

「是啊……真的是個無可救藥的膽小鬼，毫無才能，沒辦法往上爬，幫不了忙但也無害的貴族。如果是那種容易被旁人影響的類型就更棒了。你知道哪裡有這種派不上用場的貴族嗎？」

「將軍……您還真是毫不掩飾的說了相當過分的話呢。像這種明明停在中間管理職就爬不上去了，卻連簡單的工作都做不好的笨蛋貴族領主，根本多到數不清啊？」

「你講話也是很過分啊……」

能想得到的沒用貴族實在太多了。

誰叫梅提斯聖法神國是個滿滿貪汙官僚的爛國家，候補人選當然是多到不行，可以任君挑選。

可是如果對方不是多少有身為貴族的自覺，會動點小聰明的人就沒有意義了。拱一個在真正意義上的無能之徒為王是極為愚蠢的行為。

『算了，眼下就盡量操這些文官吧。得準備好愉快的戰爭舞台才行。』

亞倫雖然很樂見國內亂成一片，可是不想被迫處理一些麻煩的事務性工作。說穿了他只想在戰場上作戰。而且不是民眾那些弱小的對象，他想要單方面的蹂躪具有一定實力的騎士們。

所以他需要的是正當的理由和表面上的形式。

靠著重振荒廢的國家這個合法的名目，以及為了人民挺身而出的將軍這個定位，他就可以合法的使用武力。

問題是要拱出來當頭的對象。

「把話題拉回來，所以你有沒有想到哪個合適的貴族？」

「也要看您希望的條件呢。有正義感的貴族比較好嗎？」

「不需要。最好是明明不成氣候卻很有野心的傢伙。要是領地還算大而且付錢不手軟，那就無可挑剔了。」

「既然這樣，感覺可以縮小範圍到一定程度。請您稍等一下，我去列幾位候補人選出來。」

「好，動作要快啊。一直窩在這城砦裡面毫無作為，會被搶先的。」

「被誰搶先？」

「菲利那個討人厭的混帳傢伙啊！」

菲利雖然是將軍，同時也是負責管理一地的領主。

具有足以維持騎士團的財力及政治手腕，看來也是深受民眾信賴的好人，可是亞倫注意到了。

他其實是個滿肚子壞水的野心家。

跟只想合法的與人相互廝殺、滿足想解放殺戮衝動欲望的自己大不相同，不過硬要說的話，也可以說菲利是想成為英雄吧。

「……如果是那個傢伙，應該會以當上王為目標吧。他現在一定正坐在辦公桌前，虎視眈眈的擬定計畫。」

「將軍您也可以試著以當上王為目標啊？」

「你開玩笑的吧，誰想要把自己塞在哪種無聊又綁手綁腳的位置裡啊。我只要能在戰場上釋放這股衝動就夠了。」

渴望著鮮血的野獸——那就是亞倫．賽庫馬這個男人的本質。

然而這份感情極為純粹，也極為駭人。

為了舒緩無法壓抑的衝動，他至今為止都會把盜賊之類的囚犯或是路邊的流浪漢給抓來，施暴並虐殺他們。以前這都只要寫一張報告書交上去，就能掩蓋他不合法的殺人行為。然而在國家已經滅亡的現在，亞倫就可以恣意殺戮了，但這也很無聊。

他不排斥玩弄弱小的對手，但那就跟之前沒兩樣了。

果然還是在大規模的戰場上作戰最令他興奮。

「……那傢伙感覺到了我的殺戮衝動，所以他才在等待我採取行動吧，為了讓自己成為英雄。」

「您要是沒有那個病在身，就是個好上司了呢。」

「也只有你會把我說成這樣了，因為大家心裡都很怕我啊。」

「乾脆向獸人族宣戰怎麼樣？聽說安佛拉關隘被攻下來了喔。」

「等狀況穩定下來再說吧。這西國境一帶的和平，也頂多只能再撐三個月了吧。」

梅提斯聖法神國今後的走向，全看貴族們所採取的行動。

會先行動的想必是有力的貴族吧，問題是他們是否會準備亞倫渴望的戰場給他。要是那些貴族把他留在身邊只是為了要他當護衛，那就沒有意義了。

「說不定會意外的快喔。」

「那也無所謂，我只會去向能讓我享受愉快戰爭的傢伙推銷我自己。」

「那無能貴族呢？」

「那個……就是那個啦，勇者們所說的保險。所以說就拜託你把感覺能派上用場的傢伙，整理成一份名單給我了。」

「唉～……您還真會使喚人。」

騎士頭痛地離開了拷問室。

「……好了，來處理這些屍體吧。」

亞倫詠唱冰屬性的咒文，將盜賊的屍體凍結後隨意一踢，讓屍體徹底粉碎，再用水屬性魔法把碎屑沖進汙水排水溝裡。

『不過……那些神官們，為什麼不想利用這麼方便的能力啊？明明就超好用的啊，他們是傻了嗎？』

聖天十二將之一，亞倫·賽庫馬。

他利用暗中透過地下管道購得的魔法卷軸，學會了魔法。

他雖然是個內心藏有殺戮衝動的危險男人，但更是個會收拾打掃，喜歡乾淨環境的男人。對他來說，魔法就是個方便打掃的工具。

在他打掃過後，拷問室被整理的像是一流餐廳的廚房一樣乾淨，鐵處女一類的拷問用刑具經過擦拭、打磨，宛如全新的醫療用具，閃耀著銀色的光輝……

地震發生後過了六天。

原本因為地震帶來的影響而陷入混亂的索利斯提亞魔法王國，已經開始出現了復興的徵兆，同時也收到了梅提斯聖法神國崩解的消息，包含王族在內的高層人士們開始討論起了今後的對應方針。

這消息當然也傳到了各地，伊斯特魯魔法學院的學生們也經由報紙得知了這件事。

「……雖然老師有說過那個國家會滅亡，不過真的滅亡了耶。而且還這麼快……」

「對我們來說，看到那個礙眼的國家消失是很開心，可是就現實來看，似乎不是那麼值得高興的事呢。」

「是這樣嗎？」

「我可以理解瑟雷絲緹娜小姐妳因為不須背負貴族的責任，所以不太能實際感受到事情的嚴重性，但現在的狀況相當嚴苛喔。」

連同國家中樞一併毀滅的梅提斯聖法神國。

無法預測的是國家滅亡後殘存下來的那些有力貴族的動向。

過去因為只要擔任神官，就能得到國家的禮遇，所以貴族子弟全都以四神教信徒的身分被送進了神殿裡。然而有許多對此不滿，儘管未轉為實際行動，仍展現出反抗態度的貴族存在。

把繼承人送入神殿表示恭順國家，同時也具有人質的意義在。貴族們為了保護孩子而賄賂高層，結果也間接促進了國家的腐敗。這些貴族是不可能放過這個機會的。

當然貴族中也有懷有野心的人，他們想必會趁著這個機會，企圖獨立建國吧。

「根據我父親的猜測，在不遠的將來便會開始發生貴族之間的內亂了。要是戰火擴大，難民流亡到這裡，我們實在沒辦法應對呀。」

「畢竟聖法神國的國土大得誇張呢。」

「貴族之間要開戰是無所謂，可是真希望他們能為遭受波及的民眾想一想呢。因為那個國家的貴族當中有許多傲慢的人，我想情況一定會變得很糟。」

「畢竟戰爭這個行為本身就是個很糟的狀況呢。我是覺得要是國土荒蕪，那根本不是打仗的時候……」

「要是城鎮或村落因此受害，會導致貧困階層的人數增加，產業發展速度也會明顯下滑，最後一定會害到自己的。」

「而且要打仗也很花錢呢……」

貴族之間的戰爭要分出勝負，不是看哪一方先被殲滅，就是看誰先用光軍事預算。

就算打了勝仗，也很難補充損失的兵力，不僅如此，也沒有餘力跟時間從零開始培育士兵。要是被人趁虛而入，反而有可能被殲滅，可說是一條險路。

可是對弱小貴族來說，只要事情進展順利，這也是他們往上爬的好機會。

「有才能的人會在這時候掌握權勢嗎？」

「我認為會。我覺得冷靜且狡猾，而且有時會做出大膽行動的人會在這時候往上爬喔？不過……他們都是些只會利用勇者，再暗中殺害勇者的人呢。」

「四神教……真的很過分呢。」

這次的事件讓四神教的惡行整個傳開了。

雖然不知道原本在聖都瑪哈．魯塔特的勇者們是否還活著，但得知真相後，他們肯定會叛離吧。

也就是說，既然不能再仰賴勇者了，他們就必須靠著手上的兵力，找出存活下去的方法。

「結果不是選擇投靠到才華洋溢的有力貴族底下，就是得迅速展開行動，打倒周遭敵對的貴族呢。至少企圖保持中立的人根本不可信任，形勢也不允許他們這麼做。問題是……」

「是這場戰爭會不會也燒到我們這裡來，對吧？」

「畢竟投靠到我們這裡來的貴族，就對方的角度來看是叛國賊。對方很有可能會以要我們交出罪人為由，發動戰爭呢。」

「說是罪人……人家只是懂得看情勢，做出了聰明的選擇啊？這樣強行安插罪名……」

「我是覺得笨蛋不懂得瞻前顧後，只顧眼前的事，就算必須採行比較強硬的手段，也會想擴張自己的領地。而那些投靠他國的貴族，領地的防備狀況跟他們差不了多少。如果行動只限於強奪，那倒是不難達成。唉，雖然只有一開始會進行的比較順利，之後便會遭受沉痛的打擊吧。」

「──茨維特學長（哥哥）！」

「妳們在討論很不安穩的話題呢。沒打算要加入我們這邊嗎？」

茨維特不知何時來到了她們身旁。

卡洛絲緹因為自己激動地在談論著不淑女的話題而羞紅了臉，瑟雷絲緹娜則是因為突然有人從背後搭話，嚇得心到現在還是跳得很快。

沒錯，兩個人所在的位置，是茨維特等人在進行近身戰鬥訓練的訓練場。

「哎呀，反正老爸他們會在檯面下做點什麼吧，倒戈到我們這邊來的貴族，這時候搞不好已經在晉見陛下了喔？我想應該會挑邊境伯爵之類的去挖角吧。」

「如果是父親大人，確實會這麼做呢。不如說，他在事情發展成這樣之前，就已經和對方有所接觸了吧……」

「對吧？」

「公爵大人就算做了那樣的事也不意外呢。為什麼像他那樣的人卻不是國王，真的很不可思議呢。」

「因為就負面意義上來說，他是個自由奔放的人啊……」

德魯薩西斯公爵具有教養，腦袋精明，而且也有膽識採取大膽的行動。

可是他卻不是國王。

儘管有那樣的才能，在做的事情卻像是黑手黨的老大。可是不管是檯面上還是檯面下，他都無法藏住那股強大的領袖魅力。

「我覺得陛下很可憐……那種跟怪物沒兩樣的人是他的堂兄弟耶？如果是我，一定會再也無法振作起來。身為他的親兒子，我都覺得很難受了……」

「唉……的確是如此呢。」

「父親大人一定是喜歡幕後工作吧。是說哥哥，你的訓練已經結束了嗎？我看你剛才好像在跟烏爾娜格鬥。」

「啊～……跟獸人做訓練真的很吃力耶。他們的強韌度真不是蓋的。那是混血兒的話，純種的獸人到底有多強韌啊。聖法神國的傢伙居然能跟他們交手……」

「那是因為他們有神聖魔法這個王牌吧？」

雖然梅提斯聖法神國有著將獸人們作為奴隸的歷史，但茨維特實在不懂他們為什麼能辦到。和烏爾娜過招之後，又更加深了他的疑問。

不過他沒注意到，生活在索利斯提亞魔法王國的獸人，和生活在魯達．伊魯路平原上的獸人之間有著決定性的差異。

生活在魯達．伊魯路平原上的獸人充滿野性，都用肌肉在思考，不怕折損兵力，只會拚命突擊。

另一方面，生活在索利斯提亞魔法王國的獸人平常就會接觸到文明，再加上教育鍛鍊了他們的思考能力，會用更有戰略性的方式戰鬥。

簡單來說是生活環境使得獸人們的性質出現了落差。

「是要跟會『鬥獸化』而且還異常強韌的戰士交手耶。光靠神聖魔法的話，只能一味防守吧？只能設下陷阱，單方面的打倒他們。就算對手只有烏爾娜一個人，以前的魔導士也完全不是她的對手。」

「這個……畢竟她是薩加斯大人的家人，有受過特別的鍛鍊吧？」

「也是，畢竟他是能和獸人打得不分高下的高手……烏爾娜作為他的養女，有受到他的指導也不是什麼奇怪的事。不過單純是獸人的身體能力太有威脅性了。」

「看來是這樣呢……」

在三人的視線前方，烏爾娜正在和惠斯勒派的學生們過招。

雖然面對烏爾娜一個女孩子，幾個男生一起上是有點卑鄙，但她的技術遠遠凌駕於對手的人數優勢，簡直像是大人在陪小孩子玩耍一樣。

「啊哈哈哈，不好好反擊的話，會被我趁隙打飛的喔？就像這樣——！」

「咕啊！」

「可惡，為什麼她有辦法從那個角度踢人啊！而且馬上就重新站穩、擺好架式了。真的是……我都快迷上她了。」

「你在這種時候說什麼鬼話啊！」

「你喜歡強悍的女人喔？你的喜好怎樣我是不管啦，但是要守住包圍網，不然會被她一一擊倒的！」

「我是很高興啦，不過想告白的話，要變得比我強喔～那麼，我要上嘍～～！」

「「「咕～啊～～～～～～！」」」

烏爾娜有如龍捲風般的踢擊，把圍成包圍網的男生們全都踢飛了。

她雖然完全沒有使用戰鬥技能，但是她在踢腿瞬間產生出的衝擊波，明顯擁有等同於技能的威力。

身高和體重都勝過烏爾娜的男生們就這樣可笑地飛了出去。

「來，再比一場吧～要是誰能打贏我，我就跟他約會喔。」

「真、真的……嗎？這真是……天大的獎勵…………」

「好！我絕對要贏！」

「和女生約會……餌都這樣放到眼前了，要是逃跑那還算什麼男人！」

「讓妳看看我們認真起來的實力吧！」

身上充滿欲望的男生們全都像殭屍一樣爬了起來。

對於有生以來從沒交過女朋友的他們來說，約會這個詞別說燃起他們的鬥志了，根本有足以讓他們的鬥志徹底爆發的效果。就算只是獎勵性的約會，也值得他們為此賭上性命。

他們帶著幹勁之火，用比平常多了三成男子氣概的認真表情擺好架式後，爭先恐後的挑戰烏爾娜。

可是不管多認真，還是無法彌補雙方之間的實力差距。

沒過多久就被打回來的男生們飛舞在空中。

看到他們可悲的模樣，茨維特用手扶著額頭，低聲說著：「那群笨蛋……」

「烏爾娜……是不是又變強了啊？總覺得她出招的動作比之前混進戰鬥訓練時又更俐落了……」

「剛遇見她的時候，她因為不會用魔法而受到欺負的事，簡直就像是假的一樣呢。現在她可以輕鬆的放出魔力塊喔？也已經學會好幾種魔法了呢。」

「她也成長得太快了吧！到底是怎麼辦到的……」

「那傢伙……難道是在我們不知道的地方做了嚴苛的修行嗎？」

三兩下就被烏爾娜打發掉的男生們接連倒下。

和屍橫遍野的他們不同，烏爾娜依然活力充沛。

她看也不看因為疲勞與傷害而狼狽地趴在地上的男生們，高舉拳頭，可愛地發出「呀～～～～！」的叫聲。

「是說妳們不做訓練喔？」

「呃……這麼以實戰為目的的訓練，對我來說有點……」

「對手是男性，我們沒辦法一打多啦。」

「妳們好歹要有能力保護自己吧。不能同時對付十個男人，把他們打得落花流水，那怎麼行？」

「「這也太強人所難了吧！！」」

茨維特是認為身為貴族，還是需要做能夠從敵人手中保護自己的訓練。可是以對淑女的要求而言，這程度有點太誇張了。或許是受到了傑羅斯的影響，他的標準也有點脫離了常識的範疇。

相較之下，瑟雷絲緹娜和卡洛絲緹是不希望手腳長出肌肉變粗，所以才刻意減少實戰訓練次數的。複雜的少女心和對於武術的上進心，兩者之間絕對不會產生交集。

在這之後，擔架反覆來回訓練場與醫務室之間，跑了好幾趟，就為了把因腦震盪而暈過去的男生們送去醫務室。

第十話　大叔得知了進化體系的構造

自從吻了路賽莉絲和嘉內之後，大叔和她們之間的距離感就變得有點奇怪。

話雖如此，也頂多是碰面之後講起話來會覺得尷尬，而且聊也聊不久，彼此的動作都會變得不太自然的程度。也不能說他們的關係完全沒有進展。

只是看著這三個人，無論是誰都會想說「這年頭的小孩子進展得都比他們快」，有種皇帝不急、急死太監的感覺吧。

在這樣的情況下，梅提斯聖法神國崩解的消息占據了整張報紙的版面，路賽莉絲和傑羅斯分別在教會與自家驚呼出聲。

「聖都瑪哈．魯塔特被摧毀了啊…………」

傑羅斯雖然之前就有預料到梅提斯聖法神國將會毀滅，卻也沒想到事態會發展得如此快速。

他當然知道國家中樞一旦毀滅，整個國家就會迅速瓦解，但梅提斯聖法神國裡應該還是有掌管廣闊領土的有力貴族才對，大概是緊接在小邪神大鬧之後又發生地震，成了壓死這些貴族的最後一根稻草吧。不如說當四神教的惡行公諸於世時，這個國家就已經玩完了。

比起這些，傑羅斯對別的事情更有興趣。

「我說阿爾菲雅小姐呀，我有些事情想請教妳呢。」

「嗯哼？」

正在大叔眼前吃著炸半獸人肉的小邪神儘管對大叔的聲音有反應，卻也沒有回話，只默默地繼續往嘴裡塞肉。

嚥下口中的肉以後，小邪神又拿起桌上的炸半獸人肉，沒教養地吃得滿地掉屑。

完全看不出有半點神的威嚴。

「沒收。」

「唔喔！汝好樣的……竟敢拿走獻給吾的供品，汝是惡魔嗎！汝會遭到懲罰的！」

「這些菜是我做的，妳要是有意見，就自己準備食材自己做啊。妳這只會吃的沒用神！而且我這些本來就不是拿來獻給妳的供品，因為我連一丁點都沒有要供奉妳的意思吶。」

「唔唔唔……好吧，吾說就是了，快把肉還給吾！」

「態度這麼囂張？如果想吃，不是應該跪下磕頭說『請可憐可憐吾這個沒用的流浪神，施捨吾一點慈悲吧，求您了』才對嗎？」

大叔用極為鄙視的眼神看著小邪神。

從旁觀的角度來看，根本是在虐待兒童。

然而身為當事者的小邪神似乎也不在乎尊嚴，反而真的哭喊著「請施捨吾這個可悲的沒用神吧～～！求您了～～～！」認真地乞求大叔。

看來小邪神貪吃的程度，遠遠凌駕於她身為一個神的尊嚴。

「既然阿爾菲雅小姐妳已經完全復活了，表示妳能夠掌握管理權限了嗎？」

「嗯。雖然成功防止了次元崩壞，但收拾善後的部分陷入了苦戰吶。儘管吾和異世界的援軍攜手在處理，但這個世界的法則遭到異世界法則的侵蝕，所以不出所料，已經到了幾乎無法修正的地步了。」

「異世界法則啊……那是指緊黏在受召喚勇者的靈魂上，他們原本所屬世界的殘渣。而那些殘渣已經與這個世界的抗體程式相融，導致系統出錯了，對吧？情況有那麼嚴重喔？」

「緊黏……汝用的比喻方式真不舒服。唉，差不多就是這樣，所以吾等正以即使要納入部分異世界法則，也要讓管理系統穩定下來的方向努力。而這又是個麻煩的工作，老實說吾已經受夠了。行星管理系統因為這個錯誤，現在全是漏洞啊！」

「簡直是電腦病毒嘛。」

如果將這個世界的法則比喻為作業系統，異世界法則就是病毒。

換句話說，小邪神目前採用的方式，是容許某些病毒的存在，並在這個前提下去調整目前正全力運作中的作業系統，試著讓系統穩定下來，而這似乎是非常麻煩的工作。

在這麼忙碌的情況下，「她還跑來這裡吃肉，沒問題嗎？」大叔心中充滿了疑問。

「妳跑來在這裡沒關係嗎？」

「打撈勇者靈魂與找出他們原生世界……同時還要進行把必要的部分留下，刪除多餘資訊的調整作業。而這些作業實在太困難了，進展緩慢，如果不派分體到地面上來喘口氣，吾根本做不下去。吾的本體現在可是不眠不休的在持續工作吶，還不多多慰勞吾！」

「辛苦您做除錯工作了。」

「這慰勞的話還真是毫無誠意吶……追根究柢，吾可是一誕生就遭到封印了唷？就算獲得了所有管理權限，也不代表吾完全掌握了這個系統啊。而且這個世界的法則打造成了不需要神來管理的全自動型。汝等可能不懂，但這個世界是由一個極為精細且縝密的系統在管理的吶～要是吾有先接觸過一次這個系統，就能做好備份了……現在為了掌握這到處都是漏洞的系統，可是費了好一番工夫啊。」

「入侵作業系統骨幹的病毒與其他地方的病毒產生連動，所以會持續產生棘手的程式錯誤，是這樣的意思嗎？」

「因為免疫——改用勇者系統來稱呼比較好嗎？勇者系統引發了自我診斷系統的誤判，所以現在的狀況是明明出了錯，自我診斷系統卻會誤認為那是正常狀況……而且影響還遍及其他管理世界。光是能阻止問題繼續擴大，就算是運氣好了吶。真是好險……」

從召喚勇者開始引發的負面效應不只會導致世界毀滅，甚至還讓世界陷入了可能會影響到其他次元世界的慘況。

雖說光是能避免發生次元崩壞現象就已經是不幸中的大幸了，但是因為收拾善後的工作讓她吃了許多苦頭，所以小邪神的臉色也不太好看，一副已經受夠了的模樣。

就連擁有以壓倒性來形容都不夠，誇張到不行的情報處理能力的神在精神上都如此疲憊不堪，身為人的傑羅斯當然無從理解那份辛勞。

不過小邪神好歹還是有為了重建這個世界而在努力，所以傑羅斯又放了一些炸半獸人肉到阿爾菲雅的盤子裡，當作一點小小的獎勵。

「所以這個世界以後會變得怎麼樣?這裡原本應該不是跟遊戲沒兩樣，具有升級機制的世界吧?」

「得依據現況，調整到一個恰到好處的狀態吶。只有魔物那還好說，但人類的進化限制壞光光了，幾乎處在沒有限制的狀態下吶。」

「沒有限制………妳的意思是等級沒有上限？」

「嗯……不過以目前的生物來看，頂多能承受到等級500為止的變化，所以必須以此為基準，重新審視詳細的設定吶。這等級數值原本應該是要花好幾個世代來推進的，現在卻只要一個世代就能到達可進化的等級，完全是異常事態吶。想想汝等原本所在的世界，應該很容易就能理解這有多麼不尋常了吧？」

「嗯……既然這樣，為什麼現階段沒有出現進化現象？」

「在充滿魔力的世界裡，所謂的進化啊，說起來就是指轉變成另一種生物。體內持有魔力到達上限的生物，會透過將自身肉體改造為另一種生物的方式，來提升物種的位階。然而要完成這件事，除了生物本身持有的魔力外，還必須吸取自然界的魔力。生物持有的魔力說穿了就是一種生命能量，跟這種生物的靈魂波動有著同樣的波動。在進化時，這些生物持有的魔力會形成保護靈魂的外殼，透過吸收自然界的魔力，重新建構更強大的肉體。汝想像成是昆蟲變態時的蟲蛹狀態，應該比較好理解吧。」

「也就是說，因為勇者召喚魔法陣遭到濫用，所以自然界中沒有足以讓生物進化的魔力？」

「正是。這世界一直維持在自然界魔力的濃度過低，生物無法取得進化所需魔力的狀態下。儘管如此，生物的進化卻沒有上限唷？要是吾沒發現這件事，就這樣放著不管，幾乎所有物種都會滅絕吧。所以吾才急忙設下了暫時性的限制吶………累死了。」

儘管可以無上限地進化，進化卻需要高濃度的自然界魔力。

那麼要是不使用自然界魔力，只用體內的魔力進化會怎麼樣呢？大叔因為有點好奇而詢問了阿爾菲雅，得到的答案是「積存於體內的魔力會持續膨脹，撐破肉體」。

可是勇者召喚魔法陣已經毀了，自然界魔力也開始從法芙蘭大深綠地帶流入世界，如果有等級達到500級的人，那麼他們身上就算出現進化現象，也沒什麼好不可思議的。

可是大叔至今從未聽說類似的事。

順帶一提，自然界魔力的濃度也會嚴重影響植物的繁殖以及對環境的適應能力，所以在生態系的管理上，這也是非常嚴重的問題。

畢竟不只有動物擁有進化的權力。

「既然這樣，只要在法芙蘭大深綠地帶賺經驗值，豈不是馬上就能進化了？」

「汝啊……難道以為人類能在那個魔境中生存嗎？在進化之前就會被魔物吃乾抹淨了。雖然也是有例外啦……」

「說得也是呢～」

可是這樣他就搞不懂為什麼在人類生息的土地上沒有發生進化現象了。

畢竟富有自然界魔力的法芙蘭大深綠地帶就在旁邊，就算有大量的魔力流入此處也不奇怪才對。

傑羅斯對此感到疑惑，便試著問了阿爾菲雅。

「關於這一點吶，不是有像法芙蘭大深綠地帶那種魔力濃度過高的地區嗎？在那個地方的地底下，存有大量的天然魔石結晶，自然界的魔力就滯留在那裡。流往這裡的魔力不過是鳳毛麟角，人要使用魔法是沒問題……但這濃度不夠讓生物進化吶。」

「也就是說進化一定要有自然界魔力的輔助。成長到可以進化的生物個體，會汲取周遭的魔力來強化靈魂與肉體……然後體內的持有魔力量也會直接往上翻好幾倍……嗯～這的確是需要用系統層面管理的事～呢。」

「嚼嚼……這樣的物種在『那個地方』一直不斷增加。若不設下一些條件限制，人類三兩下就會滅亡了。可是復原行星管理系統的工作遲遲未有進展吶。」

「就算有神的情報處理能力都來不及修正這些問題，那情況已經不是一句嚴重就能帶過的吧。所以說妳打算怎麼處理？」

「嗯，為了減輕世界樹這個行星管理中樞系統的負擔，吾喚醒了這顆星球上所有的迷宮核！」

「……啥？」

迷宮核會在世界各地吸收大量的魔力，參照過去到現在的情報，創造出廣大的迷宮。當然會有魔物在迷宮內部繁殖，等迷宮將處理不來的魔物放到迷宮外，就會引發群體暴走現象，是極為危險的狀態。

而這些迷宮核卻在行星上的各地開始活動了。

「妳剛剛是不是說了件很危險的事？可以請妳詳細說明一下嗎……」

根據阿爾菲雅的說法，她讓能夠填補這個行星失去的魔力，以及一手管理自然界生態系的世界樹系統復活，並把世界樹周遭用結界封鎖起來，在世界樹產生的魔力累積到即將飽和的狀態，同時執行自然界的再造程序。可是在這個過程當中，世界樹周圍的廣大土地卻差點變成了像法芙蘭大深綠地帶那樣的環境。

在那裡猛烈增加的，是動植物的異常進化物種。

由於這些動植物的凶猛程度和繁殖速度過於異常，難保不會在食物鏈形成之前就過度擴散，就連正順利繁殖的廉價版世界樹，也就是精靈樹等的稀有物種，也有可能會在這場生存競爭中落敗。

就算強行再造大自然，也很有可能會因為不正常的食物鏈而失敗。

所以阿爾菲雅才會利用休眠中的迷宮核，讓它們來吸收這些增加的魔力。

「…………所以世界各地都會出現迷宮？」

「嗯……而且從大規模的迷宮到適合新手的迷宮，都會廣泛地出現在各處。不覺得很興奮嗎？大迷宮冒險時代即將到來了吶！」

「我要成為迷宮王！不對，最好是這樣啦！這也就表示人類將持續暴露在世界各地迷宮排放出的魔物威脅下吧！」

「可是這對人類來說也有好處吧？迷宮產出的武器、素材以及礦物資源可是無窮無盡的唷？可以靠著挖寶一舉致富吶。」

「但代價可是人類存亡的危機耶！」

雖然阿爾菲雅說得輕鬆，但傑羅斯很清楚會發生在迷宮裡的棘手事實。

沒錯，迷宮不僅會重現古代的建築物，甚至會重現舊魔導文明時代的兵器。

如果只是重現遺跡那還無所謂，但連兵器都會重現，狀況可就不同了。要是這些兵器被人帶出迷宮，甚至運用在戰爭上，那可不是鬧著玩的。

「要是會重現出飛彈或雷射兵器的迷宮變多了，我可應付不來啊。」

「吾也沒那麼笨吶，吾也不至於會把兵器拿來當成誘因——應該說寶物吧？由於迷宮核和尤克特拉希爾系統是連結在一起的，所以可以加以調整，讓系統不會製造出那種東西。然後再把這情報共享給其他迷宮核，設為禁止事項就行了。畢竟文明和文化要由人類親手打造，不該重現失落文明的產物吶。」

「原來如此……阿哈恩村的廢礦坑迷宮是因為沒有世界樹這個管理系統，所以才會重現出那些魔導文明時期的研究設施啊。光是知道迷宮今後不會隨意再造出兵器，也算是個好消息了吧……」

「再來是散落在法芙蘭大深綠地帶裡的迷宮，從那裡繁殖出來的魔物吾全都會處分掉。畢竟要是放那種生物出來，人類不出一年就會滅絕啦。」

「……那裡還真是養出了非常危險的魔物吶。」

這下傑羅斯知道法芙蘭大深綠地帶的魔物為什麼會強到令人絕望了。

因為是先在迷宮裡繁殖後才排放出來，原本就很強的魔物在經歷生存競爭之後，能存活下來的自然是強到不合理的個體。

既然神都決定格殺勿論了，就表示牠們是不適合出現在這世界上的生物吧。

「能跟汝等使徒戰到不分軒輊，甚至略勝一籌的魔物，早就跳脫生物的範疇了。要進化到那種程度，得具備更高的知性才行……鬥爭本能特別突出的野獸只會破壞生態系，對這顆星球來說百害而無一利吶。」

「妳這話是不是拐了個彎在說我也跳脫了生物範疇啊？」

「這是事實吧。儘管是限定的，但所謂的使徒都具有強大的力量喔？記得吾之前就說過，汝等早已脫離生物的範疇了。」

「妳說限定的是什麼意思？」

「一旦離開這個世界，汝等就是普通的人。雖說已經收回許多實驗用使徒了，但汝在這個世界不管是意外身亡，還是壽終正寢，汝也是可以回到地球上的喔？只不過……吶，就算只是短時間，曾與勇者靈魂接觸過的靈魂，都會出現奇怪的反應，很堅持要殘留在這個世界上吶。現階段實在不便收回，只能先放著不管了。老實說吾現在根本沒餘力處理這事。」

「連神的世界都這麼缺人手喔……嗯？咦？我可以回去嗎？回地球上？」

「汝當然能回到原本的世界啊……唉，雖說汝暫時還得留在這裡生活，不過就在壽終正寢前，盡量享受人生吧。畢竟汝對吾的復活有所貢獻，要吾給汝這點獎勵，也是合情合理吧。」

「妳說獎勵……？那……妳的真心話是？」

「吾不懂汝在說什麼。吾只是出於好意才這麼說的啊？」

「好意啊……？」

怎麼聽都覺得背後有鬼。

儘管使徒的能力是由原本世界的諸神附加的，但傑羅斯的靈魂應該多少刻劃著一些異世界法則，即使他死後靈魂一定會被回收，讓他持續待在這個世界上應該還是有危險的。畢竟他很有可能會導致系統出現新的錯誤。

話雖如此，傑羅斯覺得繼續追問下去，小邪神也只會裝傻。

「話說，那個名為戀愛症候群的發情期……能不能想點辦法啊？」

「現在沒辦法。真要說起來那個根本不是病。只是因為勇者召喚魔法陣的影響，導致大氣中的魔力濃度降低，身體習慣了自然界缺乏魔力的狀態，才會造成這個現象。所以只要在季風吹來較多的自然界魔力，暫時性的提高了魔力濃度，就會以過度反應的形式表現出來。」

「……也就是類似過敏的反應？像花粉症那樣？」

「是有些不太一樣，不過……也差不多吧。另外就是因為魔力本身的特性，精神波會透過魔力傳遞，所以適合的對象會半強制地受到彼此的吸引。」

「然後就不顧場合的進入激情時間耶？至今為止有多少人因此社會性死亡了啊……這根本就是梅提斯聖法神國造成的大規模間接傷害啊。」

簡單來說就是大氣魔力濃度變化所引起的精神失控狀態。

換句話說就是必須要讓大氣魔力穩定地維持在固定的濃度下，才不會引發這個現象。從這個角度來看，目前確實沒有方法能防止戀愛症候群發作。

不如說往後可能還會有更多的受害者出現。

「……可是為什麼男女之間只要跨過了那條線，就不會發作了？」

「汝聽過所謂的房中術嗎？就是一種透過男女交合使魔力循環的方法。如果在精神失控的狀態下發生關係，將透過結合部位進行魔力循環，肉體將逐漸習慣高濃度的魔力。隨著交合次數增加而漸漸恢復正常。雌雄之間的交合將會促成不小的魔力循環，懷上孩子後，孩子便會繼承父母對魔力的資質。不過以汝等目前的狀態來看，精神失控時恐怕不是結合個一、兩次就能解決的唷？可得小心吶。生育計畫很重要的。」

「別說什麼結合部位還是交合啦，太露骨了！」

大叔本以為世界法則恢復正常後，戀愛症候群的問題就能得到解決了，然而他似乎還是躲不掉這些活生生血淋淋的問題。

不過比起這些，他更在意小邪神那有些開心的表情。

一邊看著大叔一邊談論性行為的小邪神莫名的有活力，絕對是在盤算些什麼。

畢竟神應該不是什麼喜歡插手別人家務事的存在，大叔雖然覺得這之中一定有鬼，卻還猜不出那究竟是什麼。

無計可施的大叔只能繼續和小邪神閒聊，觀察她的反應。

「我也有失控的危險啊……」

「死心吧，男女互相吸引是大自然的法則。汝就乾脆點，趕緊去『對稱連結合體』，遵從生物法則留下子孫吧。吾也對於使徒與原生生物的血統結合，將會產生出什麼樣的進化很感興趣吶。」

（註：「對稱連結合體」為動畫作品《勇者王我王凱牙》中，最強勇者機器人軍團的眾機器人的合體機制總稱）

「不是已經有實際案例了嗎？」

「汝是指路菲伊爾族？那個嚴格來說是退化。然而一想到在退化後種族的血統裡加入使徒的基因，將會創造新的物種，吾也是非常高興吶。生產吧、繁榮吧，然後完成靈魂的進化，超越吾的想像吧。汝不妨好好期待，期待汝等的子孫在未來達到吾的境界。」

「妳在這方面倒是很像神呢。」

小邪神也具有愛這種感情。

但是永生的她對於短暫的生死不感興趣，只會把注意力放在綿延不覺、串起時光的生命，以及生命最終的成就，所以除了有朝一日會成為高等存在的進化過程外，對其他事情都漠不關心。

社會帶來的對立，以及因為對立而產生的戰爭都不重要，重點在於這些過程可以獲得什麼經驗，又會對靈魂造成什麼樣的影響。

她追求的不是肉體上的進化，而是魂魄的靈質進化。

她會持續守著這些播下的種子，直到種子們經歷苦難，成為極致的生命體。

這是一種無窮盡的寬容，也是一種極端的冷漠。

儘管那也是會平等地守護著人們的幸與不幸，持續記憶生命過程的深厚愛情表現。但身為人的傑羅斯無法衡量這樣的行為究竟代表著什麼意義。

「不管怎樣，我至少知道眼前的問題沒有得到解決了……」

「要留下子孫那是愈早愈好唷？等迷宮開始出現，可就不是戰爭那種程度的事兒了。還是早些準備好。」

「那些迷宮難道會放出大量的魔物嗎？」

「迷宮剛形成，不會馬上就出現魔物失控的現象。可是目前運作中的迷宮就很難說了。就算能讀取一定程度的情報，但因為系統出錯的影響，吾也沒能掌握所有迷宮核的情報。頂多只能撈出那些迷宮核進入休眠狀態前的情報。」

「我至少希望能知道魔物什麼時候會從迷宮裡跑出來吶。」

「變化已經開始了。汝就算想逃也逃不掉了喔？現在應該先做好準備。」

世界已經開始重生。

可是世界重生所帶來的影響當中，有許多不利於知性生命體的部分，若不好好擬定對策，國家很有可能會因大自然而滅亡。

「是說我和路賽莉絲小姐之間要是真的有後代，除了能播下靈質進化的種子之外，還有什麼意義？感覺妳好像特別希望我留下子孫耶。」

「汝、汝是在說什麼呀？」

「……使徒的子孫，跟身為現任使徒的轉生者。也就是說，這兩者結合後可能會生出極為接近小邪神的物種，是這麼回事吧？妳到底在期待什麼？有什麼目的？」

「不、不知道……是汝想太多了！」

「目前負責進行法則除錯工作的，是其他世界諸神的眷屬對吧？也就是說，這個世界沒有阿爾菲雅小姐的部下，可是有使徒的子孫。」

「…………」

小邪神別開目光，保持緘默。

也就是說大叔亂矇的這段話算是猜到了個七七八八。

「我記得妳的前任是把神氣還是魔力什麼的灌到妖精王體內，強行讓她們升格為神對吧？身為受害者的妳不可能不知道這件事……這就表示！」

「呼…………呼哈哈哈哈！明智老弟，幹得漂亮啊！現在確實沒有從屬於吾的神族，而這個世界除了路菲伊爾族的祖先之外，也本來就沒有其他神族存在。然而吾知道怎麼創造出神族。」

「不會吧…………妳認真的？」

「只要讓具有弱化神族基因的人類，與具有新鮮神族基因的人類兩相結合，應當能作為擁有強大力量天使的基底吧。不，說不定具有成為從屬神的素質吶。」

小邪神心裡有非常不得了的盤算。

捨棄原先要等待能昇華為高等存在靈魂出現的方針，光明正大的宣言她要進行人體實驗及改造。這份傲慢的確是神獨有的特質吧。

「不是，妳直接創造一個優秀的神出來不就得了？沒必要從能力低劣的人類之中篩選吧？」

「吾也有想過要直接創造吾的從屬神。可是沒時間啊！而且吾的本尊光是要完全掌握這個世界就已經分身乏術了，根本沒時間創造部下。那麼就算能力差了點，但能創造出天使不就好了嗎？」

「妳原本就不是會受到時間箝制的存在，在時間靜止的領域創造新的神不就好了。妳幹嘛這麼猴急！」

「……………現在，吾和『神域』的時間流動一起被固定住了，無法在高次元領域創造眷屬。因為吾的本尊正在全力進行檢查和修正作業，也沒有那些閒工夫。但吾還是想要優秀的人手哪。」

「妳就乖乖仰賴其他世界的諸神派來的幫手啊！」

「不要，吾就是不要啊！吾想要部下，哪怕是天使也好、次級從屬神也沒關係！等這邊的工作一結束，大家就會離開了，這樣吾不是很寂寞嗎？」

從這天起，大叔已經完全放棄把小邪神當成神來看待了。

不對，應該說他本來就沒打算那麼做，現在更不打算了，而且他也沒興趣花時間陪一個只會耍任性的死小鬼。

自貶身價的小邪神，此刻也鬧著脾氣，在地板上難看地翻滾哭鬧著。

那毫無威嚴可言的模樣，只讓大叔覺得無奈到不行。

◇◇◇◇◇◇◇

「……梅提斯聖法神國真的滅亡了呢。」

「是啊……」

「嗯，就像叔叔說的一樣呢。」

「路賽莉絲小姐和梅爾拉薩祭司長，兩位今後打算怎麼辦？事情都鬧得這麼大了，妳們也不好一直穿著神官服吧……」

路賽莉絲讀完報後嘀咕的一句話，引來嘉內、伊莉絲和雷娜三人不同的反應。

老實說，路賽莉絲是覺得梅提斯聖法神國和四神教就算滅亡了也無所謂，因為她原本就是為了學習神聖魔法底下的治癒系統魔法才去當神官的，既然目的已經達成，她也沒必要拘泥於四神教了。

而且更重要的是，她具有路菲伊爾族的血統，一開始就處在與四神教敵對的立場上，所以當她知道這個真相之後，就更不在乎四神教的教義了。

「我本來就對四神教的教義沒興趣，也覺得隨時都可以捨棄這身神官服喔？只是現在丟了的話，我就沒有其他衣服可以穿了……」

「路賽莉絲小姐……這作為一個女孩子來說，可是致命性的問題吧！妳完全沒有一般日常穿的衣服嗎？」

「我是有幾十套一模一樣的神官服啦……」

四神教的神官有義務要穿著上層發配的神官服。

所以路賽莉絲其實連一套自己的衣服都沒有。

自從前往梅提斯聖法神國修行之後，她就從來沒有買過自己的衣服。

「不過這樣也就不用一直煩惱要穿什麼，說方便也是挺方便的。」

「路賽莉絲小姐……雖然我也沒什麼資格說你，但我覺得身為一個女性，妳這樣非常要不得喔。我都好歹有一件禮服耶。」

「「咦？」」

聽到雷娜說自己有禮服，三人的視線全都集中到了她的身上。

雖然雷娜以熱愛少年聞名（？），但她實際上是在黑社會中廣為人知的超強賭徒，也因為會出入高級賭場，手邊當然有幾件禮服。

由於不知道背後緣由的三人臉上寫著「雷娜為什麼會有禮服啊？」的問句，雷娜一看到她們的表情，馬上就知道她們在想些什麼了。

「雷、雷娜小姐……妳竟然有禮服？我還是第一次聽說耶……」

「不行嗎？除此之外，我也有一些飾品和香水喔。當然也有一般日常穿的便服，只是身為一個傭兵，平常沒什麼機會打扮而已。」

「不會吧…………我原本還以為妳只是個普通的變態，沒想到卻這麼有女人味，我……覺得大受打擊，無法振作起來了。我去躺一下……」

「嘉內，妳這樣太沒禮貌了……即使是不挑對象，見少年就吃的雷娜小姐，她畢竟也還是女性啊……」

「妳們說得很過分耶，我也跟一般人一樣，很注重打扮的喔？我可不像自小就捨棄了女人味的嘉內，還有外表看來是聖女內在卻粗枝大葉的路賽莉絲小姐，我還想好好當個女人呢。」

沒錯……雷娜的確是個變態，但還是跟一般人一樣，對時尚流行有興趣。

在場四位女性當中，就屬她最有女人味。

被這樣的她狠狠地反駁了一句，讓兩人受到了嚴重的打擊。

「…………雖然我很訝異雷娜小姐這麼有女人味，但現在先別提這個了吧。問題還是四神教啊。照報紙上來看，四神教不是幾乎已經被認定為是邪教了嗎？這對路賽莉絲小姐來說是不是很危險啊？」

「梅爾拉薩祭司長也…………她應該不會有問題吧。」

「畢竟她雖然已經一把年紀了，還是有種強悍的殺也殺不死的感覺，擔心她反而還會覺得自己有點蠢。畢竟她本來就不信神啊。」

「難道只有我覺得她這樣很奇怪嗎？不過姑且不論先那個婆婆，其他神官是不是有危險啊？」

四神教已經被認定為邪教。

現在狀況還沒有那麼嚴重，但未來確實有可能會變成受到迫害的對象。

而且對於虔誠的信徒來說，他們失去了信仰的對象，這是非常大的打擊。造成的混亂接下來應該也會逐步擴大。

「如果是男性，了不起就是挨揍，但女性的話很危險吧？一定會有人心懷不軌啊。」

「伊莉絲說得沒錯。我覺得路賽莉絲應該立刻準備其他換穿用的衣服。等到被侵犯就太遲了。」

「可是神官服真的很方便耶，很容易就能洗乾淨了，又比外表看起來更耐穿。而且我也沒錢，不管怎樣都買不了其他換穿用的衣服。」

路賽莉絲從以前就不在意身上的衣服。

「都處在這種狀況下了，為什麼還要注重功能性啊……」

知道這一點的嘉內見路賽莉絲到了這緊要關頭仍不肯拋棄神官服也很無奈，但追根究柢，路賽莉絲根本沒有其他可以換穿的衣服。

「雖然神官服有危險，可是買衣服又得花錢啊～既然這樣，請叔叔幫忙改造神官服不就好了？我的衣服也是叔叔幫忙改造的，如果拜託他，他說不定能改成跟四神教不一樣的款式喔？」

「對喔，還有這一招。伊莉絲，幹得好。」

「不不不，這樣不行吧。難道要不付半毛錢，直接跟他說『你給我改良好這些神官服』嗎？這樣太說不過去了吧。」

「是啊。而且包含備用的份在內，我有很多套神官服，要傑羅斯先生幫我改良這所有的衣服，我心裡也會覺得很過意不去……」

「為什麼？這樣做是為了保護老婆，叔叔應該會免費服務吧。你們都是夫妻了，幹嘛這麼見外？」

伊莉絲這話說得率直又天真。

但路賽莉絲和嘉內卻對「夫妻」這個詞起了反應，臉一下子紅了起來。

「為什麼嘉內要臉紅啊，現在又不是在說妳？」

「吵死了！對我來說，路的事情就跟自己的事情一樣啦！」

「啊～……這倒也是，畢竟妳也跟路賽莉絲小姐一起嫁過去了，這事確實跟妳有關。我真是的，竟然沒注意到這點，這明明是個消遣妳的大好機會耶……」

「妳已經消遣夠了吧！不要講得這麼刻意！」

「我……可以繼續說下去嗎？我就不管妳們了喔。」

雷娜和嘉內開始把話題扯到了別的地方去。

伊莉絲放著她們不管，又繼續說了下去。

「我記得除了少部分的人以外，四神教的神官風評大多都不好吧？利用神聖魔法治療時會在治療費裡灌水，對不信仰四神教的國家頤指氣使。即使到了其他國家也是為所欲為，做盡壞事……這些惹人反感的行為多得數都數不清，招來了許多怨恨吧？而這次的事件揭穿了這宗教是邪教的事實了喔？女性神官們的下場應該會很悽慘吧？」

『『『這孩子……………為什麼一臉開心地在說著這些事啊？』』』

「而且這領地的治安雖好，但要是被從索利斯提亞魔法王國……的其他地方跑來，心懷不軌的罪犯給盯上，更有可能會被拖進小巷裡，讓妳聞那種一聞就會失去意識的藥，等妳醒過來之後才發現自己不知身在何處，罪犯還對妳做了這樣又那樣的過分事情。我覺得在這種憾事發生之前，還是修改一下四神教神官服的款式比較好。」

『『『啊～…………伊莉絲（小姐）原來是個悶騷啊。』』』

伊莉絲其實只是單純地在擔心路賽莉絲。

但是在她說出這些難以啟齒的內容時，不知為何顯得興致勃勃。大概只有她本人沒發現吧。

「哎呀，伊莉絲的擔心也很合理。可是傑羅斯先生有那個品味來修改女性的衣服嗎？伊莉絲的魔女洋裝，也是在原有服裝的基礎上加了一些裝飾而已，基本的設計幾乎沒有做改動吧？」

「啊～大叔感覺的確不太擅長這種事……」

「畢竟他也是比起外觀，更注重功能性的那種人啊。」

「總覺得直接去買衣服好像比較簡單……」

「路賽莉絲小姐，妳不是沒錢嗎？可是很奇怪耶？這間教會不是有在販售自家栽培的藥草，藉此賺取收入嗎？我記得曼德拉草可以賣到不錯的價錢啊……」

「那些都是教會的錢，不是我個人的資產，所以我不會挪用喔。」

路賽莉絲沒錢。

會變成這樣的原因其實出在傑羅斯身上。

路賽莉絲為了幫助孤兒們，不僅學了神聖魔法，還取得了藥師的資格。如果她知道魔法藥的藥效有多好之後，會發生什麼事？

她當然會優先著手去精煉魔法藥。

但是調製魔法藥需要使用多種材料，有時只靠後院田裡種植的藥草，種類會不夠，這種時候她就會去材料行購買所需的材料。

可是藥草這類材料其實不便宜，她又不能挪用教會的營運費，或者該說是生活費，所以這部分她只能自掏腰包。

也就是說，路賽莉絲把薪水全拿去買調製魔法藥時不夠的材料了。

這是教她精煉魔法藥的傑羅斯應該要先想到的問題。

路賽莉絲說明來龍去脈之後——

「「「妳應該要先跟大家商量啊！」」」

——就挨罵了。

「咦？可是這是我自己想這麼做的啊。」

「但妳卻因此搞得自己身無分文是怎樣！頑固也該有個限度吧……雖然我早就知道妳是這種人了。」

「路賽莉絲小姐也是一意孤行的人呢……」

「沒發現問題的傑羅斯先生也有錯，所以神官服的事情，就讓傑羅斯先生免費幫忙吧。反正只是要修改四神教神官服的款式，應該比修改伊莉絲的衣服更簡單吧。」

於是路賽莉絲就在幾乎是被三個人給強行帶走的情況下，突然闖進了傑羅斯家。

第十一話　大叔接下了改造神官服的委託

傑羅斯認真的看著壓力鍋噴出蒸氣的樣子。

在他前面的則是兩眼閃閃發光，等待炸半獸人肉上桌的小邪神。

阿爾菲雅可以永無止境地一直吃下去，而且她也不會吃飽，所以要等到她本人吃膩了以後，才會結束用餐。

然而她存在於其他次元的本體或許真的累積了不少壓力，導致小邪神這個分體的食慾完全沒有平息的一天。

先膩了的反而是大叔。

「……我也實在是做膩了呢。我教妳做法，妳等下可以自己做嗎？」

「汝太過分了，竟然要如此可愛的吾做事？吾明明就連此刻也全心全意地在工作，汝是惡魔嗎！」

「人類是有極限的。因為妳的胃是個黑洞，所以我覺得我在做非常沒有意義的事。」

「汝這是在直接供奉給神吶，光是這樣就夠幸運了吧。汝可是吾的僕人，別抱怨了。」

「可惜，我根本不信神這種東西呢。包含妳在內……我的座右銘是Give And Take，所以對我沒有好處的話，以後我就不會再做飯給妳吃了喔？」

「鬼啊，這裡有鬼！而且還是惡鬼！」

就算是傑羅斯，要他供奉給只要有心就能沒完沒了的一直吃下去，食慾永無止境的究極生命體，他也覺得這根本就是瘋子才會做的事。

要是這樣做可以得到什麼報酬那還另當別論，只有他單方面吃虧的狀況，他可是敬謝不敏。

更何況小邪神已經完全復活了，大叔根本沒道理要繼續陪她。

「唔……既然如此，吾將前一副身體的素材上殘留的瘴氣全都除掉吧。反正汝八成是把那些素材都當成了危險物品，封印在異空間吧？」

「前一副身體……？啊～是說我在『Sword and Sorcery』裡打倒妳的時候，拿到的那些報酬啊。我完全忘了，不過那種詭異的素材就算去除了瘴氣，又能用在哪裡？那可是看起來像鱗片，上面還浮出了無數人臉的玩意兒耶？」

「因為吾把來攻擊吾的敵人全都吸收了吶……靈魂是都回收了，但或許還殘留著怨念。」

「詛咒類道具可不是我擅長的領域啊。而且我已經做膩了，做完這份我就不打算再做了喔。」

「吾可還沒吃夠啊！」

「誰管妳啊。」

這時大叔和小邪神的立場顛倒過來了。

小邪神拚命抱著傑羅斯的腿，哭喊著「求您了！再多給吾點供品……吾不會再說什麼不合理的話了，所以求您做炸半獸人肉給吾！」的模樣，簡直沒有半點神的威嚴，就是個任性的小鬼。

就在這沒營養的互動持續進行著的狀況下，玄關處傳來了敲門聲。

「我在家～門開著喔～我現在手上在忙，自己開門進來吧。」

「叔叔，我們好歹也是客人，你也別回得這麼有氣無力吧？這樣很失禮耶。」

「哎呀～被罵了呢。可是啊，我現在爐子上還煮著東西，沒辦法離開這裡啊。而且腳邊還有個礙事的傢伙……」

「腳邊？啊，是小阿爾菲雅。妳在做什麼？」

「汝聽吾說，這傢伙竟是對吾如此無情……實在是不應該吶！」

「我沒有多餘的同情心可以用在無止境地吃個沒完的黑洞上。」

大叔對神也毫不留情。

把吃飯當成唯一樂趣的阿爾菲雅，這樣看起來也不過是個普通的小女孩。

以傻眼的看著這景象的伊莉絲為首，路賽莉絲等人也跟著走進了屋裡。

「傑羅斯先生，抱歉我們來打擾了。」

「打擾了。」

「嘉內……這裡不久後就是妳自己家了，不用這麼戒備吧？」

「妳少在那邊多嘴！」

之前基於戀愛症候群而發生的熱吻事件，讓路賽莉絲和嘉內變得會特別在意傑羅斯。

相對的，大叔則是很在意無法壓抑的衝動是否又會發作，心中忐忑不安。

假如只是接吻那還好說，要是更為失控，在人前做出了跨越那條界線的事，他一定會面臨社會性的死亡。

「你說黑洞，小阿爾菲雅有那麼會吃嗎？她來教會的時候都吃得跟一般人一樣多啊。」

「啊？喔……她可以把吃下去的食物立刻轉換為能量喔。所以實際上她可以無限的吃下去，吃到她吃膩為止。她的食量可是誇張到只要她有那個心，就能把全世界的食物都吃得一乾二淨的程度吶～……不覺得做飯給她吃感覺很蠢嗎？」

「唔哇～……」

伊莉絲傻眼地看著阿爾菲雅，那視線相當刺人。

儘管如此阿爾菲雅還是抱著大叔的腿，從這點看來，她還真不是普通的貪吃。

「今天怎麼會過來？很遺憾，但我現在沒做能讓胸部變大、身高長高的藥喔？」

「你現在是在嗆我又矮又是洗衣板嗎！可惡！」

「哎呀…………應該還算有達到平均標準……吧？」

「你中間停頓那一段是怎樣？而且還不是肯定句！」

「抱歉，我這個人就是不會說謊……」

「不要一副真的很歉疚的樣子！」

開場就在挑釁的大叔。

大叔也有種很久沒跟伊莉絲像這樣拌嘴的感覺了，逗她逗得很開心。

「雷娜小姐也好久不見了。妳還是老樣子，享受著跟少年間的危險戀情嗎？」

「那個啊，最近都沒什麼好緣份……因為我等待邂逅也等累了，正想著下次開始要積極出擊呢。我也覺得我差不多該認真找個對象了。」

「那聽起來是不錯的傾向啊？」

「可是沒那麼容易啊。有沒有哪裡有不會長大、永遠的美少年啊？」

「應該只能往精靈或是草原妖精去找了吧？嗯，不過也有可能會碰到外表看似少年，腦袋卻是老頭子的情況，很難一眼就辨別出來呢。」

「我想找的是純真無垢的永恆美少年啊。」

「那太強人所難了。不管是哪個種族的人，都會隨著年紀增長而變得汙穢啊。只想得到尚未成熟的青澀果實，根本是天方夜譚。香格里拉是不存在的。」

「人類為什麼會長大呢？如果能永遠當個孩子，不是很幸福嗎……」

「最初的人類之所以會被逐出樂園，最大的原因不就是獲得了性知識嗎？在意識到男女性別的差異時，就已經成了與純真相去甚遠的存在了喔。」

「唔……如果是這樣，那我永遠都遇不到純真的少年了。因為當他們意識到我的存在，少年便會永遠失去他們的純真……」

『在討論那個問題之前，首先妳就是最汙穢的啊。』大叔說不出這句話。

伊莉絲她們可能也想著一樣的事情吧，大家看向雷娜的眼神都很尖銳。

「所以說今天到底是有什麼事？」

「啊，關於這點，我們有事想要拜託叔叔。」

「想拜託我？」

「你有辦法把路賽莉絲小姐的神官服改造成別的款式嗎？就是跟四神教感覺不太一樣的……」

「啊～……是這麼回事啊。要改應該是有辦法啦，可是我對服裝設計沒什麼自信喔。如果只是要換個顏色或加點裝飾那還容易，可是象徵四神教的十字架該怎麼辦？」

改造神官服的委託。

簡單來說，就是在四神教已經滅亡的現在，畢竟有不少人對神官們懷恨在心，為了多少減輕那些人的敵意，最好換個打扮吧。

如果只是這種程度的事情，那大叔要接也不是不行，問題是設計。

假設是要製作武器，那大叔自己就能設計造型了。可是他很不擅長需要時尚品味的服裝設計，在玩遊戲的時候，也只有這部分會拜託其他的玩家幫忙。

所以他只能拿現有的東西來改造。

「神官服啊……嗯，主要就是修女服和長袍，不過就算款式的部分直接沿用現有造型，四神教的十字架又該改成什麼呢……要是有什麼合適的圖樣就好了。」

「是啊，如果上頭有十字架，一看就知道是四神教的服裝了，還是有可能遭到笨蛋襲擊吧。雖然路本人不太在意這件事，但這一切都是為了安全起見。」

「唉，畢竟走到哪裡都會有笨蛋呢。」

四神教的沒落，讓原先受到四神教影響的人也蒙上了一層陰影。

很難說在這當中不會出現硬是上門來找麻煩，趁機幹出下賤勾當的人，所以先採取一些防範措施，也是理所當然。

仔細想想，既然早早就料想到梅提斯聖法神國會沒落了，他們卻沒想到這一點，也是很不可思議。

「因為款式和魔導士的長袍不一樣呢。要說起合適的象徵……」

「那個……就算不拘泥於神官這點也無所謂喔？真有需要的話，我可以轉職成魔導士……」

「因為要進行治療行為，所以顏色維持現狀比較好，不過重點是想消除四神教的痕跡吶。」

「果然還是要有個引人注目的象徵性標誌吧。放個圖樣上去？像是動物之類的……」

「如果是醫療相關行業，多半會採用形象簡潔的獨角獸或是菲尼克斯的圖案，可是我不太想用那種常見的標誌耶。」

「就用那個也無所謂吧。為什麼你偏要跳脫一般普及的設計啊？」

「因為他是叔叔啊……」

「因為他是傑羅斯先生吧？」

儘管她們這話很過分，但這是他過去的行為所造就的結果，所以大叔也無話可說。

只是對於改造神官服，還有一件讓他有點擔心的事。

「是說就算改造了路賽莉絲小姐的神官服，其他神官還是穿著原本的衣服吧？這樣不會讓其他人認為路賽莉絲小姐是個『只要我自己好就好，其他人我不管』，很獨善其身的人嗎？」

「「「啊……」」」

沒錯，不只路賽莉絲，包含梅爾拉薩祭司長在內，這個國家裡還有許多神官。

當中有像過往一樣惡意收取高價治療費的人，也有配合索利斯提亞魔法王國的國政，學會了魔法的異端人士。還有我行我素，不受法律拘束的神官們。甚至還有捨棄信仰，已經脫下神官服的人存在。

「如果只有路賽莉絲小姐穿著其他神官服，不會被其他人批評，說妳專斷獨行，或直接罵妳是叛徒嗎？要是因此害妳樹敵眾多，那可不妙吧。」

「經你這麼一說……確實是如此。這同時也是其他人的問題呢。」

「雖然我們只關心路賽莉絲小姐，但可能是因為沒什麼交集吧，我完全忘了其他神官的存在。這樣搞不好反而會害路賽莉絲小姐受到大家的責怪……」

「因為我們沒什麼受到神官的照顧，所以會忘記也無可奈何吧。」

「我們還真是若無其事的說了很過分的話呢……」

『咦？她們說沒什麼受到神官的照顧……意思是她們沒怎麼受傷吧？這是怎麼回事……啊，是魔法藥啊！畢竟如果是簡單的魔法藥，那伊莉絲小姐也會做，自然沒有神官出場的餘地。』

在這個世界，不太需要像「Sword and Sorcery」裡那種藥效特強的魔法藥。

就算是低階的回復藥水，只要靠數量來彌補，就能夠治療一定程度的傷勢。伊莉絲要是做了一堆回復藥水，那嘉內她們三個當然沒什麼機會接受神官的治療。

實際上伊莉絲的確在傑羅斯不知情的狀況下，做了一大堆的回復藥水。

「既然這樣，那其他人也需要換裝了呢。」

「妳說換裝……路賽莉絲小姐，你們又不是舞台演員。不過可以這樣隨便更動神官服的造型嗎？神官當中也有虔誠信奉四神的信徒吧？」

「嗯～這樣就必須去說服那些個性認真死板的神官，還需要用來轉移大眾目光的正當理由了吧！既然這樣，這裡不是正好有小阿爾菲雅在嗎？」

「伊莉絲小姐……妳覺得這玩意兒能派上用場嗎？這可是丟臉的攀在人類腳邊乞討食物，空有神之名的米蟲喔？」

正因為她是非人的存在，其思考方式和人類也有著巨大的隔閡，這也不是不能理解的事，可是只把想破壞的東西破壞掉，對後續的情況置之不理，這就讓人不能接受了。為了讓事情穩定下來，要她多少幫忙做點事也不為過吧。在場所有人都默默地用期待的眼神看著阿爾菲雅。

「汝、汝等為何要看著吾？」

「沒用的女神大人，可以請妳幫忙做點事嗎？」

「……汝是想叫吾給那些愚蠢之徒的僕人，能作為往後行動方針的正當理由對吧？吾拒絕。為何吾非要做那種事？追根究柢，宗教不就只是人類擅自創造、相信的玩意兒嗎？跟吾完全無關啊。雖然信仰心會給靈魂帶來靈質性的變化，然而那也微乎其微，不是吾需要特意偏袒的東西。」

「那個微乎其微的變化，也是讓靈魂變質的可能性之一吧？妳也沒必要完全除掉這個要素啊。只是大眾對於四神的信仰轉移到了妳身上而已，對妳自己又不會有什麼影響。」

「對吾沒好處。不如說只會有更多人拿吾的名義去外頭招搖撞騙，壞處還比較多。」

「要進行往後的世界改革，也會需要借助神官們的力量吧。妳不覺得為了把犧牲控制在最小的範圍內，稍微幫點小忙也無所謂嗎？只要隨便說些鬼話，誘導他們就好了啊。」

「別把吾說得跟騙子一樣！」

小邪神不想做事。

畢竟她的本體此刻也在「神域」裡賣命工作，沒必要連她派到地上來轉換心情的分身都去工作。這大叔也可以理解。

然而傑羅斯是覺得她這樣想到就突然現身，跑來討食物吃也不對吧。

修復世界的法則本來就是她的工作，跑來白吃白喝只是她強調自己是神所做出的敲詐行為。既然有所求，那就該付出代價。這可是物質世界的常識。

「說是這樣說，但妳仗著自己是神就跑來討吃，這又如何呢？你們要實現人所祈求的願望時，都會要人付出代價吧？既然這樣，妳又要對我付出什麼代價？」

「高位存在去實現人類心願的行為，換言之就是改寫事象。雖說只是部分，但還是扭曲了世界應有的事理，所以要人付出相對的代價也是理所當然的吧？吾這樣的高位存在，為什麼非要對你付出代價不可？」

「也就是說，只要是高位存在，就可以像流浪漢一樣跑來敲詐別人啊？這頭銜還真是好用呢～」

「汝、汝這傢伙～……」

在大叔眼中，小邪神就跟沒有穩定工作，生活在橋底下的流浪漢沒兩樣。

他的心胸可沒寬大到能容得下這種想到就跑來白吃白喝一頓的存在。

「真要說起來，我根本沒必要施捨妳食物。反正妳不吃也不會死，又是個平常不知道在哪裡幹嘛，說來就來、說走就走的傢伙。而且這樣做對我也沒有任何好處。想吃炸半獸人肉就做事啊。妳這卑鄙的小吃貨。」

「路、路賽莉絲……汝快說說這傢伙，這傢伙不把神當神看吶！」

「咦？咦～？（就算這時候把話題拋給我，我也不知道該說什麼……）」

「吾可是很努力的喔！在這段時間裡，吾也在修正差點毀壞的法則，放出分身，為使世界重生而四處奔波，這傢伙卻絲毫不感謝吾！」

「那是妳的工作吧，我有需要感謝妳嗎？妳就是為此而存在的吧。」

「太過分了～～～！」

小邪神痛哭失聲。

伊莉絲她們雖然覺得小邪神看起來很可憐，但大叔依然沒有要放過小邪神。因為他沒有看漏小邪神悄悄移動目光，偷偷觀察他反應的模樣。

傑羅斯毫不留情，冷酷地對著假哭的小邪神拋下一句「給我去工作」。

這次小邪神真的大哭了。

大叔想必是第一個史無前例的弄哭了神的人吧。

「惡魔啊……這裡有惡魔啊…………」

「我又沒叫妳做什麼困難的事。只是要妳稍微去安慰一下那些熱衷於信仰卻慘遭四神背叛，因而大受打擊的主教級人物嘛。如果是遭到流放的人，妳不覺得更是適合的人選嗎？我也沒要阿爾菲雅小姐妳去要求那些人崇敬妳，妳只要以神之名，稍微給他們一點使命就行了。」

「用甜言蜜語誘導心靈脆弱的人，這聽起來不就是騙子常用的手段嗎？」

「反正神官不就是仗恃著神的權勢，跟騙子沒兩樣的職業嗎？讓騙子去唆使騙子有什麼不對？要是這樣能讓世界稍微變得好一點，那不就萬萬歲了嗎？」

『『『『這、這發言不妥吧（吶）……』』』』

「這也不是那麼複雜的事情吧。在這段時間內，我會準備好炸半獸人肉等妳回來。我也差不多該把肉從壓力鍋裡拿出來了，不然好不容易才調好的味道會變差的。」

小邪神的耳朵動了動。

她的眼睛雖然瞪著大叔，但嘴邊垂著一條口水，擺明了就是想吃。

「……沒辦法，只有這次喔。」

「妳明白就好～啊，麻煩妳在菜涼掉之前回來喔？因為炸半獸人肉冷掉就不好吃了。」

「汝那高高在上的態度看了真火大，不過吾會速速解決這事的。」

『『『居、居然敗給食慾了……』』』

為了交換炸半獸人肉，得稍微干涉一下人世的小邪神利用轉移能力，不知道上哪去了。

目送她離去的大叔關上魔導式瓦斯爐的火，讓壓力鍋裡的蒸氣一口氣全散了出來。

美妙的香氣隨著蒸氣擴散開來。

「好香喔。」

「因為我是用低溫的油花時間慢慢將肉炸熟啊。肉質柔嫩、香料的味道與香氣也會完全滲進肉裡喔。雖然用高溫油炸處理比較快，但那樣就會破壞香草的風味了，所以就算得多花點時間，還是用低溫油炸比較好。」

「凱要是看到，一定會連整個鍋子都搶走。」

「啊，我也這麼想。」

「那些孩子們最近會去城裡的近郊狩獵呢。好像是想存一筆去傭兵公會登錄的費用喔？」

「他們也快要自立了啊……會變得有些寂寞呢。」

教會的孩子們今年就全都要離開教會自立了。

孩子成年後就必須離開教會去外面工作，這是孤兒院和其他相關的教會設施定下的規矩。

他們要從受人保護的立場畢業了。

「根據阿爾菲雅的說法，接下來各地都會出現迷宮喔？他們可以輕鬆賺錢的時代要到來了呢。」

「不會吧！那個消息……是真的嗎？」

「如果是這樣，那迷宮放出魔物的危險性也會隨之提昇吧。雖然會是個好賺錢的時代，但同時也代表危險的時代要到來了呢。」

「是這樣嗎？我是覺得世界會變得很有趣耶……」

「迷宮增加就表示危險地點增加了啊。魔物的素材確實可以拿去賣錢，可是既然不知道迷宮在哪裡，假設有尚未發現的迷宮放出了魔物，也沒辦法即時做對應。因為很有可能會引發重大事件，國家和公會必須使出全力來管理才行吶～」

大叔一邊悠哉地說，一邊用夾子從打開蓋子的壓力鍋裡取出炸半獸人肉。

除了大叔以外的所有人都嚥下了一口口水。

「呵……要吃嗎？」

「可以嗎？那小阿爾菲雅的份……」

「她的份我再來準備。反正她不管吃多少都吃不夠，隨便準備一些給她就行了。就算我有點偷工減料，她也吃不出來啦。」

『『『那樣沒問題嗎？』』』

取出所有剛炸好的炸半獸人肉之後，大叔從旁邊隨便拿了幾塊已經裹上麵衣的肉丟進壓力鍋裡，再度蓋上鍋蓋，打開瓦斯爐。

在等肉炸好的期間，他心裡想著『試著設計一個參考小邪神造型的圖案，來取代十字架好了？』這種跟料理無關的事情，當場在紙上開始畫了起來。

「這個該不會是阿爾菲雅小姐吧？」

「我想說可以試著把圓或三角形這些單純的圖形或線條組合起來，設計個會讓人聯想到女神的圖樣。我覺得這很適合用在神官服上喔？」

「這是小阿爾菲雅？咦？十二片翅膀……會不會太多啦？是說可以未經本人同意就拿她來用嗎？不會遭到天譴嗎？」

「她不會在意這種小事吧。我覺得她根本不會注意到喔？比起那個，我很喜歡這個張開羽翼的設計耶。」

「可是採用這個設計的話，翅膀的部分是不太寬了啊？」

「是啊。要在背上加上這個圖樣，還是小小的繡在胸口上呢？不管怎樣感覺都很費工夫呢。造型太複雜了……」

五人熱烈討論著要加在神官服上的圖樣。

然而這個時候，路賽莉絲發現了一個大問題。

「那個……雖然我也是突然才想到這件事，不過追根究柢，真的可以擅自改造神官服嗎？至少也得先取得梅爾拉薩祭司長的同意，才不會出問題吧？」

「「「啊……」」」

「咦？妳們……沒有先取得同意嗎？如果是這樣，那這不就會變成路賽莉絲小姐的專斷獨行了嗎？在被外來的惡徒找麻煩之前，這一定會被其他神官說話的吧。這樣沒問題嗎？」

在四神教被認定為邪教後，就立刻改造神官服。

要是穿了那種東西，虔誠的祭司很有可能會認為路賽莉絲只顧著自保，進而去追究這件事。而且根本不知道她這到底是改成了哪一個教派。

「如果決定要改宗，應該會選創世神教吧？不過小邪神只是繼承神，不是創世神本神，以定位來說，應該算是調和神吧？

「叔叔，創世神教是怎樣的宗教啊？」

「比較接近神道教吧？雖然有信仰，但不會依賴神明，神就只是存在於那裡，受到人們的景仰。年初和年末好像會有一些例行活動，不過詳情我不清楚呢。因為各個地區的作法都不太一樣。也有紀錄顯示，以前各地都有創世神教的祠堂呢～」

「沒有類似彌撒那樣的活動嗎？」

「沒有呢。工作基本上跟神官在做的事情差不多，不過因為跟人民的關係密切，所以也沒聽說過有藉由醫療行為敲詐信徒的事。跟四神教完全不一樣呢。」

「沒有彌撒……那樣聽起來很棒耶。每天都要想該怎麼引用聖經來傳教也很麻煩。」

路賽莉絲是贊成改宗的那一派。

只是崇敬的神是那個小邪神阿爾菲雅，君臨於世卻沒有要統治世界的存在。

雖然神原本就是這樣的存在，但是從別的角度來看，小邪神對人類毫不關心。實在不是人們所渴望的神。

「阿爾菲雅小姐的任務是管理世界，以及挑選出有機會昇華為高位存在的靈魂。說白了就是『越過各種苦難，鍛鍊你們的靈魂吧』，除此之外她什麼都沒想。她也不關心生活在地上的人類。從一開始就不能在她身上追求寫在聖經上的那種道德與寬容。改宗創世神教到底好不好，我沒辦法判斷吶。」

「咦？既然這樣，創世神教以前都在做什麼？照叔叔的說法，創世神教的神官，工作只有治療傷患嗎？」

「好像也有在精鍊魔法藥喔？除此之外還有主張『要鍛鍊出健全的精神與體魄，首先要從肉體開始』，帶著大批信徒窩在山裡，或是去各地淨化受瘴氣汙染的土地，幾乎都是慈善活動。現在依然信仰著創世神教的阿爾特姆皇國不知道怎麼樣了呢？」

「他們很有奉獻精神呢。不如說反而是比四神教更為健全的宗教。學學他們不就好了嗎……」

「雷娜……妳這樣一說，四神教的神官們不就無地自容了嗎。雖然事到如今也沒差了啦……」

要改宗創世神教，必然會使人的靈魂往更高的境界發展。把在現世的人生全都獻給靈魂的修煉，是創世神教的大前提。

靈魂的昇華等於是進化為高位次元的存在，說所有靈魂都肩負著這個責任也不為過。教義中有提到人會不斷輪迴轉生，人生的一切全是修煉。

說穿了等於是要人以成為仙人為目標吧。

接納善性與惡性，由於要以人之身獲得高位存在的思考一事也包含在修行中，所以創世神教也肯定性慾的存在，也允許神官之間的婚姻關係。

簡單來說就是在接納欲望的同時，以從欲望當中解脫為目標。

因為大叔這也只是把以前從歷史書上看到的內容照搬過來，現在的創世神教發展成了怎樣的信仰文化依然成謎，阿爾特姆皇國也因為國內的情報相當隱密，所以沒有學者知道詳情。

由於四神教的興起，含有宗教相關內容的歷史文化書籍大多遭到焚毀，梅提斯聖法神國以外的國家也因為害怕會造成外交問題而處理掉了這類書籍。

「哎呀，想成是一個無欲無求的慈善團體就好了吧？我也不清楚實際上到底是怎樣就是了。」

傑羅斯也不知道四神教的神官們要改宗創世神教，還是興起一個全新的宗教。不如說大叔根本不在意往後他們將步上怎樣的人生。

他可以確實預測到的只有那國家會因為四神教的滅亡而分裂、迎來戰亂之世，還有接下來會出現無數的迷宮而已。

傑羅斯對此也只低聲的說了句「希望黑暗時代別持續太久啊～」，一副事不關己的樣子。

◇◇◇◇◇◇

成為完全體後，阿爾菲雅在自己所管理的世界是近乎於全知全能的存在。

因此她能夠掌握關於整個星球的一切事象，也能夠從住在上頭的眾多人種當中找出特定的人物。

她利用空間轉移飛到外頭，從桑特魯城上空俯瞰著某棟建築物。

在那棟建築物裡，得知了四神教的醜聞後，包含派遣主教在內的祭司們齊聚一堂，正在討論今後的方針。

阿爾菲雅透過讀取事象的能力偷看著他們。

「召喚勇者差點導致世界毀滅，做出在歷史背後抹殺勇者的惡行，而且因為這惡行而誕生的龍，還摧毀了瑪哈．魯塔特……」

「四神明知有這些惡行卻置之不理，被人稱為邪教也是無可奈何。我們究竟該如何清償這些罪過呢……」

「「「「唉～～～～……」」」」

包含派遣主教在內的神官們重重嘆了一口氣。

四神教的大本營已毀，諸多惡行也被揭發出來，消息甚至已經傳到了鄰近國家。

往後光是講出四神教之名，就有可能會被憤怒的民眾給丟石頭。這樣的事態令他們的臉上始終充滿陰霾。

「我們雖然一直對本國有所不滿，卻沒想到國家竟是藏有連邪惡都不足以形容的狠毒一面。根據聽到的消息，他們在召喚勇者時，甚至是拿獸人族當作活祭品……」

「這罪孽實在是太深重了……竟是犯下了光憑我們的性命，根本無法償還的罪行……」

「今後外界對我們的批評聲浪想必會變得更強吧。我們明明只要順著讓人們得以健康安穩生活的教義，走在人道之路上就好了，為什麼會演變成這樣的狀況……」

氣氛簡直就像在靈堂守夜。

今後幾乎沒有任何展望可言，而且四神教犯下的罪實在太重了，根本不可能東山再起。

在這種情況下，現場有位大白天就在喝酒、有點年紀的女性祭司。

「唉～……你們怎麼個個都愁眉苦臉的，酒都變難喝了。」

「梅爾拉薩祭司長……畢竟亞當主教大人也在場，請妳別做出這樣的行為。」

「哈！不管你們再怎麼想，都不會有答案的。那個國家早就爛透了，這不是我們最清楚的事情嗎？」

「儘管如此，我們還是得討論今後該怎麼走下去，可是妳卻……」

「在我看來啊，只覺得你們把話題扯遠了啊？我問一句，想要拯救他人的心意，有優劣之分嗎？我認為重要的不是神或是宗教的教誨，而是為了去拯救某人，我們能夠做些什麼。只要能夠弄清楚這點，不就自然能做出行動了嗎？」

「四神教——不對，妳是想說我們太拘泥於神的存在了嗎？」

他們是因為有神的存在，才會懷著信仰，相信人類的善性，抱持道德感活動至今。神的存在一直是他們重要的心靈支柱。

然而四神被視為邪神一事，彷彿折斷了支撐著他們的骨幹，讓他們不知道自己該相信什麼了。

四神教腐敗的原因再怎麼說都是出在人類身上，他們始終抱持著總有一天要導正這些錯誤的理想與信念，卻在得知他們崇拜的神本身就是災禍的根源後，迷失了自我吧。

梅爾拉薩祭司長用非常差的語氣狠狠地斥責他們。

「所謂的神啊，就算真的存在，也不過就是從外面看著我們而已。追根究柢，想要仰賴神這想法本身就是錯的。我們現在還是可以使用神聖魔法，所以要做的事情跟以前一樣。重要的是你們要貫徹自己的善性到什麼程度，你們不是想要救濟他人嗎？」

「在活著的時候達成某個目標。這才是最重要的事嗎……梅爾拉薩……妳跟以前一樣，一點都沒變啊。老實說我有點羨慕妳那自始至終都貫徹自我的態度。」

「哈！我只是順著自己的意在行動而已。過去是這樣，未來也是這樣。在仰賴不知道在哪裡的旁觀者之前，得先靠自己去思考、去掙扎啊。要我來說，去仰賴神這種行為，就像是一開始就去要答案一樣，只覺得是卑鄙又欠缺思考的作弊行為。所謂的人生啊，不是那麼輕易就能得出答案的東西吧？要一直活下去，活到最後就會知道人生所耗費的這段時間的答案是什麼了。亞當你以前明明也是這樣活過來的啊，什麼時候變得這麼膽小沒用了？」

不能仰賴神。

聽到梅爾拉薩祭司長如此斷言，亞當主教不禁苦笑，同時對因此變得消極退縮的自己感到羞恥。

『我……是什麼時候拋棄了理想呢？』他在心中喃喃自語。

然而經梅爾拉薩祭司長這麼一說，他也確實感覺到自己的體內仍留有些許尚未完全熄滅的火種。

能發現這點讓他真的很高興。

「……說得對。我——不，我們從一開始就沒有想過要仰賴神。看來我確實是變得膽小沒用了啊。在離開梅提斯聖法神國時，我明明就做好了接受各種辛勞苦難的覺悟，如今卻是這副模樣。」

「哼，你這表情不是變得像樣點了嗎？沒錯，要將理想化為現實，需要漫長的時間。你正是因為做好了要成為那最初基礎的覺悟，才會離開那個國家的吧？你也太晚才清醒過來了。」

「抱歉啊。我們原本就沒有要倚靠四神。明明早就下定決心要成為引導人們走上正途的路標，卻在不知不覺間變得依賴起神的存在。看來我好像是和平的日子過得太久，人都傻了呢……」

「那、那麼……」

「嗯，雖然都事到如今了，但我要捨棄四神教的教義。我們就只是為人類用盡一切心力，講述道德的存在。除此之外的事物都是不必要的。」

「「「「喔喔！」」」」

亞當主教發表了要脫離四神教的宣言。

其他神官們也紛紛贊同他所表露出的決心。

「今天就是我們新的開始……咦……？」

「怎、怎麼了！」

「這、這是……？」

這時候，一股彷彿世界突然停止了的異常氣息籠罩住他們。

不對，是他們所在的房間本身被隔絕於世界之外了。

窗外的景色是灰色的，飛在天上的鳥兒也靜止不動。

發自本能的恐懼不斷湧出，身體有如被巨大的手臂給抓住一樣動彈不得，難以言喻的壓迫感折磨著他們的精神。

最可怕的是他們感受到強大存在的氣息，就算他們作為生物的本能吶喊著「這不可能」，拒絕接受，現實仍徹底否定了這些感情。

「以那些愚蠢之徒的信眾而言，汝等還滿像樣的嘛。嗯——本為擔憂國家未來，為了導正國家而團結起來的集團啊。儘管無力，但那份志氣值得誇獎。至少比起那些沉溺於欲望中的傢伙好得多了。」

他們把臉轉向聲音傳來的方向，只見頭上長有銀色的角，背上有著十二枚羽翼，外觀異於常人的少女正浮在空中。

在別說沒人能動，連聲音都發不出來的情況下，少女露出了天真無邪的笑容，突然向還無法理解的他們宣告：「吾就給你們一個正當的理由吧。」

第十二話　大叔也接下了製作神器的委託

「吾就給你們一個正當的理由吧。」

面對那個侵蝕世界應有的事理現身的存在，強烈到令他們身體僵直的畏懼感，讓神官們只能茫然的凝視著那個宛如少女的存在。

就算想擠出話語，他們也只覺得口乾舌燥，流下大量的汗水，身體顫抖起來。

在他們之中，出現了唯一一個能出聲的人。

「正當理由啊……那是妳該做的事嗎？妳是『神』吧？」

「「「「「！」」」」」

是梅爾拉薩祭司長。

儘管承受著恐懼與沉重的壓力，她還是喝著酒。她的臉因為酒精而泛紅，但她仍用非常不客氣的語氣，若無其事的開口提問。

「嗯，吾也是這麼想的，不過人世繼續混亂下去，在各方面上都不太方便吶。因為往後的情勢感覺會變得相當難應付，所以吾才決定來幫點小忙。總之這是吾的盤算，不是要施捨給汝等人類的慈悲，這點可別誤會了。」

「哈，那是當然吧。神是不會施捨人類的。因為神不過就是旁觀者啊。」

「正是如此。吾看重的是靈魂的昇華，對受肉體這種物質束縛的不完全之物沒什麼興趣。若是看起來有點希望的，那吾是會多少給些庇佑，但基本上都是置之不理的。」

「而妳卻說要給我們正當的理由。聽起來很可疑啊。」

「吾不在意汝等怎麼想。是否要選擇是汝等的自由。吾只是來為汝等指出一條路的。」

神官們很是驚訝。

在這股強烈的精神壓力下，梅爾拉薩祭司長卻用平常的語氣在說話。

他們光是要承受住這股壓力，就已經用盡全力了。

「所以妳要我們做些什麼？」

「沒什麼大不了的。雖然這是之後的事，但吾打算派遣管理者到這顆星球上。在那之前，希望汝等能防範人世陷入混亂。畢竟接下來想必會流下不少人類的鮮血吧。」

「…………是戰爭嗎？」

「不僅如此。使過去枯竭的魔力復原所帶來的影響，將會導致迷宮出現在各地。吾都說到這裡了，再蠢也該懂了吧？吾的意思是希望汝等能為了盡力守護物種而努力做事。吾不會強迫汝等就是了。」

「戰爭再加上迷宮啊…………還真難搞呢。」

「戰爭是人類引起的，跟吾無關喔？但迷宮就不同了，那是吾進行重生作業帶來的影響，所以吾也只能要汝等做好事前準備。畢竟吾無法直接干涉，湧出的魔物既然有『靈魂』，除了少數例外之外，吾也不能親自動手消滅那些魔物。」

從神的角度來看，人和魔物都只是眾多物種之一。

無論哪方都是同等的存在，她沒打算要特別偏袒其中一方。

簡單來說，關於迷宮放出的魔物，她想表達的就是『吾已經事前告訴汝等了，汝等自己處理唷？啊哈♡』這麼回事。

完全是單方面的告知。

「這是神託。汝等要怎麼使用這神託，是汝等的自由，要無視也無妨。往後的未來要怎麼做，那是汝等自身的問題。」

「妳沒想要拯救人類嗎？」

「導致這個世界只差一步就要滅亡的不是別的，就是人類吧？雖說原因已經消失了，但犯下的罪可不會消失。既然遵從四神的意志，就表示汝等也知道勇者召喚一事吧？就算沒有直接關聯，既然容許召喚，表示汝等也是同罪啊。」

「妳言下之意是要我們贖罪嗎？」

「不，汝等要利用吾的神託也無妨。吾只希望汝等能以盡量別讓人死去為目標來行動。活動內容本身就像之前那樣也行。」

說起神官們的活動，那就是保護孤兒和醫療活動。

在戰場上救濟士兵，或聆聽人的煩惱，和派遣到其他國家的神官私下合作，進行人道活動。

麻煩的是那些負責監視國外派遣神官的密探及異端審問官吧。

他們常以來自本國的命令為由，對派遣神官們提出各種不合理的要求。

然而現在那些傢伙也失去了後盾，落得了會被懷恨在心的民眾扔石頭的下場。

在這種狀況下，就算想認真的傳教，既然四神已經被認定為邪神，他們這些原為四神教的神官要行動也會碰上問題。

就算接受了神的神託，要是沒人相信，他們也無法改變現況。

「雖說我們接受了妳的神託，可是誰會相信我們？我們不過是已沒落宗教的神官啊。」

「汝的意思是想要能展示神意的證據？」

「說得直白一點就是這樣。因為就算多少能說服民眾，貴族那些了不起的大人物也不會協助我們的。」

「嗯……既然這樣，吾就在這裡創造能作為證明的神器吧。雖然這片大陸會因此消失就是了……」

『『『『『咦？事情是不是變得超糟的啊？』』』』』

若是神能授予他們神器作為神託的證明，那就更具說服力，本國的神官們也會順從他們吧。

可是神要是當場創造神器，這塊大陸就會消失。

就算是受到四神的唆使，就因為後來持續召喚勇者前來的是人類，他們認為要冒這麼大的風險來仰賴神反而是錯的。

不如說大陸消失實在不是他們能夠承受的代價。

「大陸會消失那可就不好了。不能用更平穩的方式解決嗎？」

「那樣一來，就只能將吾的神氣封在某個觸媒裡了。但世上沒有能承受神氣的物質存在……嗯？等等，那傢伙手上正好有適合的玩意兒。」

「有替代方案的話，可以改用那個方案嗎？」

「嗯……也罷，反正辛苦的是那傢伙。得花點時間，行嗎？」

「只要不會對這一帶產生影響，要等是無所謂。」

「那麼吾會在近期內將神器授予汝等，以此締結聖約。為做準備，吾得先歸還一趟。」

「能麻煩妳就這樣做嗎？因為大家都被妳的氣息給嚇得動不了了呢。」

「……真是弱不禁風吶。」

以神的這句嘀咕作結，世界恢復了原樣。

神的氣息消失，有著少女模樣的神簡直就像是夢境或幻影。

儘管如此，彷彿在陳述著方才神都還在這裡的事實，神官們依然止不住顫抖。

「呼、呼……神、神離開了嗎……」

「……似乎是這樣。唉～～～～～感覺減了三百年的壽啊～」

神氣帶來的重壓消失，神官們總算得到解放。

儘管只是短暫的時間，但持暴露在神氣下，無論是誰都身心俱疲、憔悴不堪，其中甚至有人失去意識，暈了過去。

「可是還真是聽到了很不得了的事啊。」

「是啊……戰爭另當別論，沒想到會出現迷宮。完全預測不到會是多大的規模啊。」

「到時候迷宮放出魔物……鬧出的騷動恐怕不是群體暴走程度就能了事的呢。我開始有些期待接下來到底會迎來怎樣的時代了。」

「我倒是不想期待……是說，梅爾拉薩祭司長啊，真虧妳在那情況下還能動吶？」

「到最後關頭，最可靠的還是氣勢啊。」

亞當主教看到剛才的情況，覺得比起在面對神時什麼都做不了的自己，梅爾拉薩祭司長更適合當主教。

畢竟她耐住了神氣的重壓，氣勢十足地與神交談，所以她完全具備這個資格。

可是亞當和她說了這件事之後，梅爾拉薩祭司長只說「主教那玩意兒我死都不想當啊，當了豈不就沒辦法這樣大搖大擺的喝酒了嗎」，豪爽地笑著帶過了這個話題。

「吾回來嘍……唔喔！」

小邪神搞定一樁工作後，回到傑羅斯家，只見包含路賽莉絲在內的四位女性正在那裡吃著炸半獸人肉。大叔則是一邊偷吃剛炸好的炸半獸人肉，一邊默默地繼續料理新的炸半獸人肉。

「這個吃起來香香辣辣的，很好吃耶。」

「是啊……雖然很不甘心，但我可以理解凱為什麼那麼喜歡吃肉了。」

「以凱的情況來說，應該還有別的原因吧？」

「叔叔，我還要再來一塊！」

「汝等太狡猾了！吾明明剛做完不想做的工作回來，什麼都沒做的傢伙卻在吃吾的供品，不可饒恕！」

小邪神非常的憤慨。

傑羅斯把剛炸好的炸半獸人肉丟向她後，只見小邪神就像是全力衝過去咬住飛盤的狗一樣，靈活地跳了起來，漂亮的用嘴接住了那塊肉。

對食物的執著實在強到讓人感覺不出她是神。

「歡迎回來。事情處理得怎麼樣啊？」

「給吾肉！不給吾，吾就不說！」

「那就算了。路賽莉絲小姐還另當別論，我根本不在乎其他神官會怎樣。」

「汝這傢伙～～～～！」

根本不把神當神看的傲慢態度。

唉，看到她現在這個毫無威嚴的丟臉模樣，沒人會敬畏她吧。

畢竟她看起來就是個只會把東西吃得到處都是，厚臉皮的臭小鬼。

「哎呀，我只是說笑的。基本上我還是有準備啦，這邊的盤子裡可是有成堆的肉喔？」

「快、快給吾炸半獸人肉……吾的手在顫抖……快平靜下來啊，吾的右手啊。這樣下去吾有可能會為了一道肉料理，就毀滅一顆星球啊。咕唔……不行，吾控制不住。」

「妳是哪來的中二病患啊？算了，妳就邊吃邊把現況告訴我吧。雖然我沒什麼興趣……來，妳吃的時候至少好好品嚐一下味道吧。不覺得對廚師（我）很失禮嗎？」

「吼喔喔喔……嘎喔！嘎喔！」

她把整張臉埋進堆成小山的炸半獸人肉裡，專心一意地猛吃著肉的模樣，說實話非常詭異。以別種意義來說很恐怖。

明明也不是餓著肚子，那模樣真的是難看得令人不忍卒睹。

「………………神已死。」

「神就在汝眼前好嗎！」

「妳滿臉油光的跟我說這種話也沒用啊……至少我想像中的神已經死了。現在的妳有哪裡能讓人感到敬畏啊？」

「只要外在形象沒問題，剩下的事怎樣都無所謂吧？真要說起來，汝哪有信仰之心。」

「我還是有一般程度的信仰之心的喔？只是沒有要仰賴神的意思就是了。」

「就算人類來仰賴吾，吾也不會做任何事。」

「這我早就知道了……但妳這個只顧吃的任性態度，根本就是自我中心的表率啊。妳只要能達成目的，可以輕鬆犧牲其他事物，根本是合理主義的象徵，對生命的感情表現也和人類極為不同。我從一開始就沒期待過妳。所以說，妳有見到正經的神官了吧？差不多可以跟我說說現在是什麼狀況了吧？」

「汝先等等……」

她再度像野獸一樣把臉埋進盤子裡，貪婪地吃著肉。

創造出她的創造主能力雖強、個性卻很差這點令人感到十分遺憾，但是被創造出的阿爾菲雅似乎也繼承了那令人遺憾的個性。

「………………呵，說穿了還是一丘之貉啊。不對，該說孩子是看著父母長大的嗎？」

「汝這話什麼意思？」

「我是想說妳這個遺憾創世神的女兒，說到底也是令人遺憾的存在啊。算了，妳只要有好好工作就沒問題。還有就是別把麻煩事推給我就好了。」

「汝是使徒吧。汝不打算扮演好使徒的角色嗎？」

「因為我不記得自己當上了那種東西，也不記得自己有接受過這身分啊。就算真是這樣，我在讓妳復活的時候就可以卸任了吧？」

「唔唔唔……」

在阿爾菲雅看來，傑羅斯毫無疑問的是使徒。

可是傑羅斯是從她所管理的世界之外的世界被送過來的，她沒有權限把傑羅斯當成自己手上的棋子來運用。

就像傑羅斯所說的，在他讓阿爾菲雅復活的時候，他的任務就已經結束了。

而且既然有幫忙讓她復活的恩情在，只要傑羅斯不會危害到這個世界，她就只能放著他不管。此外，在傑羅斯壽終正寢之前，她也沒辦法回收傑羅斯的魂魄。

要把魂魄給送回去，也必須和異世界的諸神協議，得到許可才行。然而她現在忙著修復扭曲的法則和次元屏障，所以這也有困難。

仔細想想，傑羅斯是個她很難處理的存在。

『那個……阿爾菲雅小姐好歹也是神吧？』

『為什麼叔叔可以用那種高高在上的態度說話啊？他不會遭天譴嗎？』

『唉，看到她那模樣，確實會覺得她沒有半點威嚴啦……』

『傑羅斯先生真的是天不怕地不怕耶……』

另一方面，把所有經過都看在眼裡的女性們，都覺得大叔的態度讓她們不敢恭維。不把神當神的態度完全就是傲慢的表現，面對擁有強大力量的存在也毫不畏懼，還不客氣的說出自己的意見跟抱怨。

這雖然也會讓人覺得他很可靠，可是換個角度來看，這態度實在太高傲了。

讓在旁邊看著的人都怕了起來。

「大、大叔……我說你啊。阿爾菲雅好歹是神吧？就算你們再怎麼熟，還是該有基本的禮貌吧？」

「禮貌？對這玩意兒嗎？對這個會無止境狂吃的暴食魔神吃吃大王，我實在不覺得需要有什麼禮貌吶。要是放著不管，她會把全世界的食物都吃光的喔。」

「汝竟然開始把吾當物品對待了嗎！吾才不會做那麼沒常識的事！」

「我才不相信妳。要說妳有多不值得信任，就是妳現在就算立刻從頭部零件變形，展開磁力合體，我也不會感到奇怪那麼的不信任。因為妳的存在本身就非常的可疑又不合常理了，八成會一時興起就搞出什麼事……」

「根本聽不懂汝想說什麼！」

「改成三機合體六型態比較好嗎？」

「別再拿合體來當例子了，吾愈來愈聽不懂啦！」

在傑羅斯的認知裡，「神」＝「不是什麼好東西」。

四神每個都自我中心。阿爾菲雅貪吃。她們的創造主不負責任。

或許是因為他看過這些實際案例了吧，他現在完全不相信這些名為神的存在。

順帶一提那些合體的比喻沒有任何意義，他只是想戲弄小邪神而已。

「更重要的是，妳趕快告訴我妳去做了些什麼啦，妳說到一半就沒繼續說下去了耶。」

「是汝把話題扯遠了吧……算了，簡單來說，吾將會授予神器給神官們，以證明吾給了認真工作的渠等保護人類這個正當的理由。」

「神器？為什麼要給他們那種危險的東西……啊啊，是要用看得見的形式，給他們一個神掛保證的證物，藉此提昇他們的合理性吧。因為四神教成了邪教，所以這東西等於是在證明他們獲得了真正的神的寬恕吧。」

「正是。吾不知渠等會興起怎樣的宗教，但就當作吾派遣行星管理神前的過渡期替代品吧。雖然吾還沒創造，但吾是打算在不久後的將來送過來。」

從小邪神這話中的含意來看，如果阿爾菲雅是次元世界的管理者，那負責管理充滿生命的行星的，就是行星管理神了。

簡單來說，可以推測出那是負責管理靈魂固定於環境的神，只是類似的存在失敗了，所以讓人不太能信任。儘管傑羅斯多少能理解這是必要的處置，但要說能否期待這個神的降臨，實在不好說。

「是負責維持行星環境、生態系以及觀測持續進化魂魄的次級神對吧？妳雖然說是在把這種存在送來前的過渡期替代品，但我不認為身為人類的神官能當次級神的替代品喔？實際上四神教就腐敗了。」

「吾也沒那麼信任渠等吶。在看到名為神的存在的瞬間，具有知性的生物便會尋求這些存在的意義。一開始或許會虔誠的信奉吧，但人類是容易流於欲望的生物吶。當然會出現以此作惡的人類。然而對吾來說，那才跟吾無關啊。若是會腐敗自滅，那也就是如此了。破壞自行求來的法則，那也是渠等自己該負責的事吧？畢竟吾對人類別無所求啊。」

「因為人類追求的是法律帶來的秩序下的安寧，神所追求的是在輪迴轉生的終點達到的境界，也就是成為高位次元存在的進化啊。既然不知道靈質的變化是怎麼一回事，人類和神之間就有著莫大的隔閡。在選擇追求安寧的那一刻，人就完全無法理解神的想法。轉瞬即逝的生命與在漫長時光中持續存在的神，追根究柢兩者的價值觀就完全不同，無法掌握對方的想法吧。」

「正是。正因如此，人才會擅自打造神像、擅自信奉神吶。吾等不可能特別偏袒有智慧的存在。若是能抵達吾等的領域，即使原為野獸也無妨。這點人類完全不懂啊。」

「明知如此，妳卻要賜予他們神器？那不是很危險，而且是破格過頭的待遇嗎……？」

雖說只有一小部分，但神器可是具有神之力的物質，是一旦誤用難保不會自取滅亡，等同於核彈的道具。讓人類持有這種東西太危險了。

「吾光看歷史，就已經充分理解到人類有多愚蠢了。過度的信仰將會招來怎樣的結果，吾也很清楚。唉，在汝等提起之前，吾是覺得這也無所謂，但是仔細想想，從可能出現的迷宮數量來看，吾不認為現在的人類能避免危機發生。既然這樣，也就需要人手來救濟傷者，難得渠等會用治癒術，放著不用也有點可惜吶。」

「所以是想要有效利用原本不需要的人才嗎？這對我們來說算是令人感激的體貼行為啦，但比起那個，會出現那麼多的迷宮嗎？」

「吾會做某種程度的調整，但現在最重要的是要讓魔力均等地分布、充滿整個世界吶。事態既然已經開始動起來了，事到如今也無從停止。讓迷宮核吸收多餘的魔力是最有效率的作法吶。迷宮核可是存在於世界各地喔？」

「然後魔物就會增加，等魔物被迷宮放出來之後……人類應付得來嗎？」

「這會緩緩將世界的法則切換為新的法則，也會促進靈質的進化。人類中說不定也會出現進化物種喔？要能滿足適性條件就是了。」

「感覺會變成一個相當有趣的世界呢。」

大叔雖然說「有趣」，但可以想見實際上真的演變成那種狀況的話，世界將會非常混亂。

由於不知道埋在哪裡的迷宮核早已開始吸收魔力，重新活動起來，所以受到魔力枯竭影響而沙漠化的南半球也正在進行重生。

多餘的魔力也擴散至地脈及大氣中，或許馬上就會有小迷宮出現了。

傷腦筋的是這不過是序章，狀況還會持續惡化吧。

也不知道這會對現存的迷宮帶來怎樣的影響。

「缺乏人手所以要僱用不必要的人才，這我明白了。可是神器——這類器具實在太危險了吧？」

「若是由吾親手製作，那確實如此。」

「這意思是？」

「神器的本體將由汝來製作。吾再把神氣注入其中。只注入微量就沒問題了吧。」

「妳說的微量，在我們看來是具有毀滅性威力的破格力量啊……」

「汝沒有選擇權喔？追根究柢，是汝教唆吾的吶。這點事還是要汝做的。」

「我手上可沒有耐得住神氣的素材喔？」

「有吧？吾的素材。」

「……………妳認真？」

大叔啞口無言。

邪神的素材——也就是受瘴氣汙染的詛咒素材。

由於那素材散發出就連擁有極高抗性的傑羅斯拿著，感覺都會受到詛咒的濃烈瘴氣，是跟濃縮鈾這種放射性物質相比也毫不遜色的危險物品。一般根本不會想到把這種東西拿來當成製作神器的材料吧。

「不不不，那種東西沒辦法拿來當成素材啊。如果是普通的人類，一拿就會被詛咒，三分鐘就會徹底腐爛、壯烈犧牲了喔？就連我都很難淨化那些瘴氣啊。」

「吾不是說過吾能淨化了嗎？吶……」

阿爾菲雅在空中開出一個小小的黑色洞穴後，在指尖創造出與魔力不同的異質能量球，隨著「唷」地一聲怪叫，隨手把球給扔進了黑色洞穴裡。

接著大叔的腦中便不知從何處響起了『邪神素材已全數淨化完畢』的語音。

「啊，總覺得這語音很懷念耶……不是，我說阿爾菲雅小姐啊，妳該不會直接干涉了我的道具欄吧？」

「是啊？不過就是薄皮程度的空間屏障，對吾來說跟不存在一樣吶。」

「也就是說，妳想這麼說對吧？『用那個素材做個危險的玩意兒出來』。」

「吾沒要那麼極端的玩意兒！吾只會稍微附加一點吾的神氣上去而已！」

「………您真愛說笑。面對那種素材，妳要我別做出危險的玩意兒？別客氣，來做個史上最瘋狂、超危險，肯定要封印起來的危險物品吧☆」

「為什麼汝會這麼喜孜孜的想製作危險物品吶！這樣只會給旁人添麻煩吧！」

「該怎麼說呢，就……會讓人熱血沸騰起來吧？」

大叔露出了棒到不能再棒的笑容。

他看起來比平常更充滿了活力。

「那個……傑羅斯先生？你到底打算要做什麼？」

「你剛剛好像說了非常危險的話吧？」

「說什麼肯定要封印起來的危險物品，你打算為了讓神官們有正當的理由，把那種東西交給他們嗎？沒處理好的話，可能會在國內引發戰爭喔？」

『我不知道那是什麼素材，不過畢竟是叔叔嘛～既然是殲滅者之一，他當然會想做危險的武器啊。因為他是殲滅者嘛。』

只有伊莉絲莫名地接受了這件事。

照這感覺，大叔應該會做出非常愉快又要命的危險物品吧。

從平常毫無幹勁的樣子一百八十度大轉變，現在的傑羅斯充滿了無窮無盡的幹勁。或許這正好開啟了他的幹勁開關。

而按下這個開關的雖然是阿爾菲雅……

「普通的就行了，普通的！可以提昇回復魔法的效果，還是增強屏障魔法的強度，做做這種無傷大雅的東西就行了！」

「ＯＫ，接到您的訂單了。這神器將會飛躍性地大幅增強回復魔法的效果，相對的也會將使用者的魔力抽乾到極限，發揮會全身上下噴血的效果，以及在魔力增幅時會有生命危險的效果喔！沒問題，都照您的要求做。沒問題喔☆」

「所以說，為什麼要加上會讓使用者有生命危險的效果啊！」

「不是嘛，這好歹也是邪神的神器呀～想要得到什麼效果，就得付出代價吧？不做到這種程度，神官們不就能想用就用、用個爽了嗎？要是他們變成像四神教那樣的宗教也很傷腦筋啊。更何況人類就是種只要有方便的道具，就會想用的生物吶。」

「唔………好像有道理吶。」

『『『『她被歪理給說服了？』』』』

擁有強力效果的神器，的確有必要刻意加上負面效果，避免人們隨意拿來使用吧。畢竟愈是便於使用，就代表使用的頻率也會愈高。

那樣方便的道具卻是神器級的東西，實在是太危險了。

就連只是將魔力凝聚成塊，擊飛對手的簡單魔法「魔力球」，都可能會具有能夠徹底粉碎對手的危險威力，為了避免濫用，刻意加上負面效果是很有效的手段吧。

「想要拯救大量的重傷患，使用者有可能會因此犧牲。要具有這種程度的危險性才像是神器吧。畢竟這裡面可是藏有神之力喔？雖然不知道神之力的威力，還有會增強效果到什麼程度，但我覺得這不是該讓人類持有的東西吶。必須要盡量讓這東西只是個象徵而已，所以不需要方便好用。再來是設計，做成一看就會讓人有不祥預感的造型正好吧？」

「為什麼啊！那樣哪裡像是神器了啊！」

「妳問我為什麼，那當然是因為這是邪神的神器，配合這點，還是做成帶有黑暗氣息，又有股難以名狀、恰到好處的詭異感，像那樣的造型比較好吧。阿爾菲雅小姐啊，妳是在說什麼呢？」

「是吾有問題嗎？喂，有問題的是吾嗎？」

「我一直很想做一把感覺會狠狠削弱人的ＳＡＮ值，讓大量的人陷入重度憂鬱，外觀看起來超不妙的武器呢。」

「根本就只是汝想做吧！」

「是這樣沒錯，有什麼問題嗎？」

沒事，就只是大叔想做而已。

只不過收到這種危險的東西也只會讓人頭痛，是就連真正需要的時候都派不上用場的無用之物。

就算神器就是這樣的東西，在緊急時刻無法派上用場，那就跟廢物沒兩樣。傑羅斯的計畫需要再做調整。

就算是主張寬容、慈愛、自我犧牲的神官們，在使用的瞬間就會壯烈死亡的話，實在沒有作為神器該有的威嚴。

不管怎麼想都是受詛咒的寶物。

「……汝要用多的素材做啥都行，但一開始先做個像樣的玩意兒來。」

「呀呼～～！」

「叔叔……你被某個紅衣水管工上身了喔？」

「好了好了，既然都得到許可了，那一開始就先做個打安全牌的玩意兒吧。總之做成杖好了。該設計成什麼樣子好呢～♪」

「傑羅斯先生……好像很高興呢。」

「……我倒是覺得很不放心。」

「真受不了他呢。唉，反正這件事與我們無關，就看看他能做出什麼東西吧。」

已經差不多死了心的阿爾菲雅和情緒高昂的大叔。

雖然大叔就這樣開始製作神器，不過這時在場的四位女性還無從得知，他也順便強化兼改造了路賽莉絲的神官服。

◇　◇　◇　◇　◇　◇

存在於阿哈恩村的廢礦坑迷宮。

地底下的迷宮核開始積極地動了起來。

來自法芙蘭大深綠地帶的魔力會經由龍脈流入這座迷宮，所以這迷宮從未像南半球的迷宮那樣因魔力枯竭而進入休眠狀態過，每天都依據既有的系統持續地擴張著。

然而到了這時候，這迷宮開始和其他迷宮核連結，伴隨著連結，在星球上所有迷宮核之間建構起網路的同時，這個迷宮也開始進行自身系統的檢測。

檢測後，看來廢礦坑迷宮本身出現了系統錯誤，所以在迷宮內創造出了原本不應重現的文明遺物。系統也立刻修正了這個錯誤。

『第１３６９７迷宮，概念修正完畢。即刻開始實行。』

『第５３１迷宮，開始執行第一階層至第二十八階層的空間擴張，開始嚴選生息之生命體。同時進行異常進化種的淘汰程序。』

『為了擴大棲息領域，流用第二文明圈之情報。開始從目前運作中的迷宮中挑選生息生物，同時進行異空間領域的更換程序。第２４７迷宮的領域建議於各迷宮最下層處分割管理。開始與第２５６７迷宮共享資料。隨著各迷宮的系統連結，開始實行領域的複製程序。開始掃描……』

『根據與現存地上生物之比較，判定無法討伐。認可。』

所謂的迷宮是神所創造的實驗地，同時也是練習場與養殖場，也是用來淨化停滯魂魄的淨化裝置。目的是為了紀錄生物的魂魄與肉體進化的過程，反映於之後誕生的新世界之種子上。或是用在世界毀滅之後的重生上。

此外，在迷宮內死亡的人，他們痛苦和懊悔的感情會被淨化，返回輪迴轉生的圓環。

然而就算跟現在棲息於地上的各種生物比較，迷宮內的生物仍壓倒性的強過地上的生物，迷宮已經管理不來，放入自然界又有可能會破壞生態系。

所以目前運作中的迷宮之間決定開始進行領域的交換及抽換，讓領域內的魔力濃度降低，以促進退化的方式進行管理。

可是這也只是一時性的對策。

由於生物會繁殖，若是無法持續管理，不管怎樣都必須放出迷宮，所以正在等待其他開始活動的迷宮核成長。

在通常情況下，迷宮既然有蒐集生命體資料的功用，到接近極限之前都不會允許系統減少生物數量。只有異常進化種因為不知道會發生什麼狀況，會謹慎地管理及觀測。

所謂的異常進化種藏有光是存在就會破壞事理的潛能，說起來就像是世界的漏洞。

若是異常進化種未超過一定數量，系統將會持續觀測，免於處分，但超過這世界生態系上限值時，便會遭到強制排除。

因此只要迷宮系統在內部發現異常進化種，就會接收到來自尤克特拉希爾系統的最重要指令，進行監視。在某些情況下甚至會趁異常進化種尚未成熟，便抹消其存在。

不過魂魄會被回收並送回輪迴的圓環，所以不會造成世界的損失。

如果管理到這種程度仍無法處理的情況，會執行的就是啟動抗體程式。

也就是召喚勇者。

『第２５６７迷宮內檢測到入侵者反應。』

『搜尋……判定有87％機率是職業名為傭兵的人類。』

『入侵者有可能妨礙迷宮內的領域抽換作業。』

『有需要立刻排除或逼迫其撤退。建議派生息生物前往該處。』

『允許。一旦確認其從該領域撤退或生物活動已停止，立即繼續作業。』

迷宮核讓包含了廢礦坑迷宮在內的其他迷宮相互連動，現在正企圖重新整理內部構造。

由於正在進行將領域換到其他迷宮的程序，無法判斷外來入侵者的實力，只有逼迫其撤退或殲滅排除這兩個選項。

迷宮系統判斷，若是像以前一樣，發生因超重力崩壞而破壞了迷宮的事件，那才真的會對程序造成極大的影響。

就因為這樣的理由，迷宮決定派魔物去處理傭兵們。

這時候，在廢礦坑迷宮的第五階層——

「喂喂喂……這裡變成了超悶熱的森林耶。」

「還長有看都沒看過的植物呢。」

「這個領域好像調整成了南方的氣候啊。領域又發生變化了嗎？也太不穩定了吧。」

「哈啊～～讓人熱血沸騰呢。」

「而且感覺還能拿到不錯的素材呢。看啊，是從沒見過的魔物喔。」

「喔～～這感覺可以期待呢。」

——傭兵公會派來的迷宮調查員們正在進行調查。

他們身為傭兵，當然不可能不收任何報酬就接下這工作，是因為公會給了他們迷宮內寶物的獨占權，他們才會跑來調查這個不知道會發生什麼事的廢礦坑迷宮。

然而他們還不知道。

現存於這顆星球上的所有迷宮正在為了穩定內部狀況而開始活動，會盡可能地排除來自外界的異物……

「比起那種玩意兒，寶物在哪裡啊～？」

「我們還在比較上面的階層，沒那麼容易發現寶物啦。不好好工作的話，之後可是得扛責任的喔？最慘的情況下說不定會被視為任務失敗，拿不到報酬。而且迷宮裡不知道會發生些什麼事，請你們還是要保持警戒啦。」

「那就交給守規矩的你去做啦。我們只想好好利用接下這任務額外獲得的好處啊。」

「對啊，活得太認真只會顯得你很蠢喔。」

「像這種任務，放輕鬆點去做就對了啦。反正公會給的報酬也沒多少。」

「唉～……」

除了其中一個人之外，傭兵們都不具有危機意識。

這結果將會讓他們後悔莫及。

『實行排除作業。』

機械性的聲音開始執行程式。

因為這件事，前去調查的傭兵們除了一小部分，都再也沒有回到地面上了。

事後根據九死一生地活著逃回來的傭兵報告，表示『廢礦坑迷宮又再度進入了大規模變化的時期，所以領域會頻繁的改變，隨意進入迷宮會很危險。此外，新種的魔物強度也只能用異常來形容，在領域穩定前，強烈建議先暫時完全封鎖迷宮』，讓傭兵公會不得不封鎖起迷宮。

靠死亡遊戲混飯吃。 1 待續

作者：鵜飼有志　插畫：ねこめたる

第18屆MF文庫J輕小說新人賞優秀賞作品
一窺美少女們荷槍實彈的死亡遊戲殊死戰！

醒來以後，發現自己人在陌生的洋樓，身上穿著不知何時換上的女僕裝，而有同樣遭遇的少女還有五人。「遊戲」開始了，我們必須逃出這個充滿殺人陷阱的洋樓「GHOST　HOUSE」。涉入死亡遊戲的事實，使少女們面色凝重——除了我以外……

NT$240/HK$80

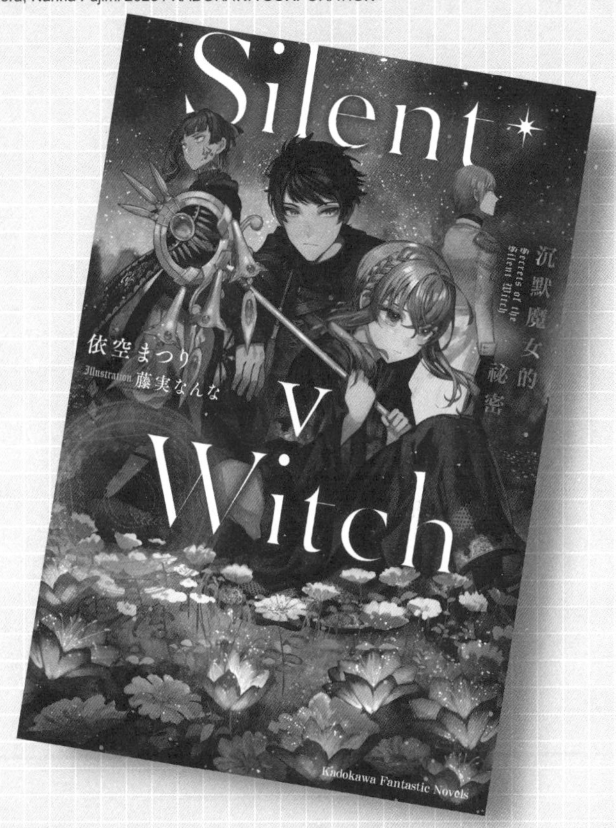

Silent Witch 1~5 待續

作者：依空まつり　插畫：藤実なんな

第二王子與鄰國進行外交談判
〈沉默魔女〉竟被官方指派擔任護衛！

學園開始放寒假。當然，極祕任務也能暫時喘口氣——莫妮卡才剛這麼想，就被官方指派了新任務，要在第二王子與鄰國進行外交談判的期間，以〈沉默魔女〉的身分正式擔任護衛。萬一〈沉默魔女〉與學生會會計是同個人物的真相曝光就糟了！

各 **NT$220~280/HK$73~93**

國家圖書館出版品預行編目資料

賢者大叔的異世界生活日記/寿安清作；Demi譯. -- 初版. -- 臺北市：臺灣角川股份有限公司, 2024.03-
冊；　公分. -- (Kadokawa fantastic novels)
譯自：アラフォー賢者の異世界生活日記
ISBN 978-626-378-635-6(第18冊：平裝)

861.57　　113000358

Kadokawa
Fantastic
Novels

賢者大叔的異世界生活日記 18

（原著名：アラフォー賢者の異世界生活日記 18）

2024年3月25日　初版第1刷發行

作　　者：寿安清
插　　畫：ジョンディー
譯　　者：Demi

發 行 人：台灣角川股份有限公司
總　　監：呂慧君
總 編 輯：蔡佩芬
主　　編：林秀儒
編　　輯：黎夢萍
設計指導：陳晞叡
美術設計：黃永漢
印　　務：李明修（主任）、張加恩（主任）、張凱棋

發 行 所：台灣角川股份有限公司
地　　址：104台北市中山區松江路223號3樓
電　　話：（02）2515-3000
傳　　真：（02）2515-0033
網　　址：www.kadokawa.com.tw
劃撥帳戶：台灣角川股份有限公司
劃撥帳號：19487412
法律顧問：有澤法律事務所
製　　版：巨茂科技印刷有限公司
ＩＳＢＮ：978-626-378-635-6
